A. J. Lake

W0184535

Chroniken der Dunkelheit

Feuerkreis

Band 3

Aus dem Englischen
von Wolfram Ströle

Ravensburger Buchverlag

Bibliografische Information der Deutschen Nationalbibliothek:

Die Deutsche Nationalbibliothek verzeichnet diese Publikation
in der Deutschen Nationalbibliografie.
Detaillierte bibliografische Daten sind im Internet
über **http://dnb.d-nb.de** abrufbar.

1 2 3 11 10 09

© der deutschsprachigen Ausgabe 2009
Ravensburger Buchverlag Otto Maier GmbH

Copyright © 2008 Working Partners

Die Originalausgabe erschien 2008
unter dem Titel *Darkest Age. The Circle of Stone*
bei Bloomsbury, London

Umschlaggestaltung: Sabine Reddig
unter Verwendung einer Illustration
von Joachim Knappe
Redaktion: Iris Praël
Printed in Germany

ISBN 978-3-473-34747-6

www.ravensburger.de

A. J. Lake

Chroniken der Dunkelheit

Feuerkreis

Mit besonderem Dank an Linda Carey
Für Mike – zuerst, zuletzt und immer

Prolog

In einer unterirdischen Höhle lag brütend der Drache Taragor.

Seine Behausung war zerstört. Sein ganzes langes Leben hatte er in dem Berg verbracht, der ihn geboren hatte und aus dessen Gestein er krachend hervorgebrochen war. In einer Höhle hatte er gehaust und die auf den Berghängen lebenden Tiere gejagt. Durch einen flammenden Spalt war er in die Tiefen des Berges geflogen, um jenem zu dienen, der ihn gerufen hatte. Doch jetzt waren Herr und Berg verschwunden. Die heimatliche Höhle war zu rot glühender Schlacke und grauer Asche verbrannt, er selbst war verletzt und auf einem Auge blind und vor der schrecklichen Hitze in diese niedrige, enge Höhle geflohen. Einige kleine Tiere hatten sie bevölkert und er hatte sie verspeist ...

Er brüllte, dass der Fels erzitterte und vom Eingang der Höhle Schneeklumpen herunterfielen. Der Berg war zerstört, die Tiere waren geflohen, und der Fels war überall so heiß, dass nicht einmal er ihn berühren konnte. Doch das war noch nicht das Schlimmste. Die Stimmen in seinem Kopf waren immer noch da. Zwar schwiegen sie jetzt, aber er spürte, dass sie nur darauf warteten, ihn wieder zu rufen.

An einem anderen Ort lag der Eisdrache wie ein weißer Mantel über einen Berg gebreitet und schlief. Immer wenn er mit seinen gewaltigen Schultern zuckte, kollerten Steine die Flanken des Berges hinunter. Der Drache träumte vom Fliegen – von brausenden Winden und Schneefeldern, die sich endlos unter ihm ausbreiteten.

Er träumte davon, wie er zuletzt den vom Himmel fallenden Schnee geschmeckt und den Wind unter den Flügeln gespürt hatte. Ein anderer Drache hatte ihn angegriffen, und er hatte ihn in die Flucht geschlagen. Dann hatte er sich ausruhen wollen, aber plötzlich war Feuer ausgebrochen und hätte ihn fast verschlungen – doch seine starken Schwingen hatten ihn weit weggetragen, an einen Ort, über dem eine unberührte Schneedecke lag. Wo war das piepsige Stimmchen in seinem Kopf geblieben, das ihn geweckt hatte? Es hatte zu ihm gesprochen, ihn aus dem Schlaf geholt und dazu ermuntert, sich in die Lüfte zu erheben. Dann war es verstummt und hatte ihn wieder dem Schlaf überlassen. Tief in seinen Träumen fragte er sich, ob er die Stimme je wieder hören würde.

Unter einer riesigen undurchdringlichen Rauchglocke heulte tief im feurigen Herzen des *Eigg Loki* ein weiterer Drache.

Er bestand ganz aus Feuer und hatte sich über eine lange Zeit gebildet. Zahllose Jahre aufgestauter Wut hatten seine Gestalt der Hitze im Innern des Berges abgerungen. Über ein Jahrhundert lang war sein Schöpfer in den Höhlen über ihm eingesperrt gewesen, und in dieser Zeit hatte der Drache in dem unterirdischen Feuer allmählich Gestalt angenommen und war zum Leben erwacht. Zuletzt träumte er die Feuerträume seines Herrn. Und heute war er erwacht.

Sein Schöpfer hatte sich aus seinem Felsengefängnis befreit und war in eine Welt jenseits der Felsen aufgebrochen, in den unendlichen Raum außerhalb dieser Mauern. Schon hatte er angefangen, sich zu teilen und auszubreiten und alles zu verschlingen, was sich ihm in den Weg stellte. Der Drache schickte sich an, ihm zu folgen. Nur noch die Herrlichkeit des Feuers würde existieren.

Doch etwas hielt ihn zurück. Ein Gedanke setzte sich in ihm fest wie ein Stein, den man nicht verbrennen konnte: *noch nicht, später.* Fauchend und um sich schlagend drängte er nach oben, seinem Herrn nach, der in die Luft aufgestiegen und verschwunden war.

Allein zurückgeblieben, brüllte der Drache nun enttäuscht auf und spuckte Feuer, bis der Himmel über dem Berg sich schwarz färbte. Es war nicht genug, Wolken zu verbrennen. Er wollte alles verbrennen – wenn er erst frei war.

1. Kapitel

Der *Eigg Loki* brannte schon seit vielen Stunden. Der rote Schein der Flammen drang durch die Bäume und das dumpfe Grollen des Donners hüllte sie ein. *Wir haben uns bestimmt schon fünfzehn Meilen vom Berg entfernt,* dachte Adrian, aber der Boden unter seinen Füßen vibrierte immer noch.

Er blieb stehen und schaute zurück. Zwar waren die Schneefelder hinter den pechschwarzen Stämmen verschwunden, aber der Anblick des Berges hatte sich ihm fest eingeprägt – die herabstürzenden Ströme flüssigen Gesteins, der von dem Feuer schmelzende Schnee und die Aschewolken, die den Himmel verdunkelten. Wie schnell sich das Feuer wohl ausbreitete? Er und seine sechs Gefährten waren bei seinem Ausbruch schon fast einen Tag unterwegs und hatten kurz vor Sonnenuntergang den schützenden Wald erreicht. Doch an eine Pause war jetzt nicht mehr zu denken. Das Feuer schob sich über das Eis auf sie zu und die Bäume konnten sie nicht vor ihm schützen. Bestimmt war der See, in dem sie keine drei Tage zuvor noch gefischt hatten, schon voll und ganz verdampft und sein Becken verkohlt.

Unglücklich dachte Adrian an *Jokul-dreki,* den Gletscherdrachen, der ihn und seine Freunde zum Fuß des Berges gebracht hatte. Adrian hatte ihm die drohende Zerstörung seines Zuhauses ausgemalt und ihn dadurch aus dem Schlaf aufgescheucht, und jetzt war das Zuhause des Drachen tatsächlich zerstört. Wenigstens hatte er ihn wegfliegen sehen; er war also – zumindest vorerst – sicher.

„Komm, Adrian!“ Cathbar war zu ihm zurückgekehrt und legte ihm schwer die Hand auf die Schulter. „Wir dürfen hier nicht stehen bleiben, das Feuer kommt näher!“

Adrian eilte hinter ihm her. Sie hatten das Brennholz liegen lassen, das sie schon gesammelt hatten, und die Wasserflaschen auf eins der beiden Pferde geladen. Fritha, das Mädchen aus Schneeland, ging voraus und suchte zwischen den borkigen Stämmen nach einem Weg. Der Sänger Cluaran und sein schweigsamer Gefährte Ari folgten ihr mit den Pferden, die ängstlich die Ohren angelegt hatten. Auf Cluarans Pferd saß mit gesenktem Kopf seine Mutter Eolande, die von der allgemeinen Hast als Einzige unberührt schien.

Hinter ihr gingen Adrian und Elsa. Elsa lief so schnell wie die anderen, doch war ihr Gesicht unter dem Ruß immer noch bleich und sie rieb sich abwesend die verletzte rechte Hand. Adrian berührte sie am Arm und sie wandte sich ihm zu und lächelte schwach.

„Ich versuche, Ioneth zu hören“, sagte sie. „Ich spüre

ihre Stimme in meinem Kopf, wenn ich mich darauf konzentriere – aber sie ist zu leise."

Adrian blickte auf ihre Hand, über deren Innenfläche sich ein leuchtend roter Schnitt zog. „Glaubst du ... dass sie noch kämpfen kann?"

„Sie muss", sagte Elsa entschieden. „Sie hat ihr Leben für die Erschaffung des Schwertes geopfert! Nur deshalb sind wir hier. Es wird zu uns zurückkehren und wir werden Loki finden und töten."

Adrian schwieg. Er hatte mit eigenen Augen gesehen, wie das Kristallschwert sich am Tag zuvor in Lokis unterirdischer Höhle in Luft aufgelöst hatte. Elsa hatte Loki töten wollen, doch der Dämon hatte sie mit einer List dazu gebracht, ihn zu befreien, und das Schwert, das sie alle hätte retten sollen, war zu einer glitzernden Wolke zerstoben. Ioneths Geist mochte noch leben – seine Freundin Elsa bildete sich das bestimmt nicht nur ein –, aber er hatte die Klinge zerbersten sehen. Schweigend stapfte er neben Elsa her.

Die Sonne war längst untergegangen, doch der blutrote Schein des Feuers folgte ihnen durch die Bäume und es war unnatürlich warm. Adrian begann unter seinen dicken Fellen zu schwitzen. Der Schnee auf dem Boden wich nassen, rutschigen Kiefernnadeln und von den Ästen tropfte es auf ihre Köpfe.

„Halt!", rief Cathbar vor ihnen. „Da stimmt was nicht."

Fritha kam im Laufschritt zurück. Ihr Gesicht war

bleich. Dann sah auch Adrian, was Fritha und Cathbar gesehen hatten. Der rote Schein kam nicht mehr nur von hinten, sondern auch von vorn. Im selben Moment hörten sie das Knistern des Feuers. Die beiden Pferde wieherten in Panik.

„Der Wind bläst das Feuer auf uns zu, wir müssen zurück!", rief Cathbar aufgeregt und wollte umkehren.

Fritha schüttelte den Kopf.

„Wir gehen zum Fluss", sagte sie. Sie bog vom Weg ab und bedeutete den anderen, ihr zu folgen.

Im Laufschritt eilte sie zwischen den schwarzen Bäumen hindurch. Es wurde immer heißer und der rote Schein vor ihnen begann zu flackern. Beißender Rauch stieg Adrian in die Nase und er hörte Elsa neben sich husten. Die beiden Pferde wollten in Galopp ausbrechen und wieherten ängstlich, Cluaran und Ari rannten neben ihnen her und sprachen beruhigend auf sie ein. Nur Eolande, die sich mühelos im Sattel hielt, schien die drohende Gefahr nicht zu bemerken.

„Da ist er!", rief Fritha über die Schulter.

Es handelte sich mehr um einen Bach als um einen Fluss, der weder sehr breit noch sehr tief war und zwischen steinigen, steilen Ufern verlief. Auf der anderen Seite sahen sie in nicht allzu großer Entfernung eine gelbe, in Rauch gehüllte Flammenwand.

„Es entfernt sich von uns", sagte Cathbar. „Seht euch die Bäume an."

Adrian spähte in das rauchige Dunkel und zog die

Nase hoch. Die Bäume am anderen Ufer wirkten seltsam klein und dünn – bis ihm klar wurde, dass es sich nur um Stämme handelte, die ihrer Äste beraubt waren. Viele waren umgestürzt oder lehnten in schiefen Winkeln gegen andere.

Weder Blätter noch Äste beeinträchtigten die Sicht auf das Feuer, nur kahle Stämme.

„Hier hat es schon gebrannt", sagte Cathbar.

Die Pferde waren schweißbedeckt und mit aufgerissenen Augen stehen geblieben. Adrian trat zwischen ihre dampfenden Flanken, obwohl ihm nicht kalt war. Auch die anderen drängten sich wie Hilfe suchend aneinander.

„Das ist Lokis Werk", sagte Cluaran überzeugt.

Ari nickte. „Nicht einmal ein Blitz könnte im Winter ein solches Feuer entzünden", sagte er. „Dank eines glücklichen Zufalls ist es auf der anderen Seite ausgebrochen. Wenn der Bach nicht wäre, würde es jetzt auch hier brennen."

„Du glaubst, das war ein Zufall?", fragte Cluaran. „Loki mag geschwächt sein, aber er könnte uns trotzdem mit Leichtigkeit aufspüren und töten." Er starrte düster in die Flammen vor ihnen. „Nein – es bereitet ihm Vergnügen, mit seinen Gegnern zu spielen."

Sie sahen einander an, ein Kreis weißer Gesichter im rötlich erleuchteten Dunkel.

„Er hält sich irgendwo im Wald auf, nicht wahr?", sagte Elsa.

Adrians Kehle war wie zugeschnürt. „Was tun wir also?"

„Ich schlage vor, wir lassen ihn warten", sagte Cathbar. „Wir bleiben bis zum Morgengrauen hier, dann sehen wir ihn wenigstens, wenn wir ihm begegnen." Mit einem vielsagenden Blick auf Eolande fügte er hinzu: „Hat die Frau hier nicht gesagt, er sei nachts am stärksten?"

Cluaran überlegte. „Ich stimme dir zu", meinte er schließlich. „Seine Täuschungen haben bei Tageslicht weniger Macht. Wenn er aber Gewalt anwendet …" Er verstummte. „Wenn wir ihm schon begegnen müssen, will ich ihn auch lieber sehen." Er blickte die anderen an.

Ari nickte, und Elsa, die sich wieder die Hand rieb, erhob keine Einwände. Adrian bekam bei der Vorstellung, dem Feuerdämon im Dunkeln in die Arme zu laufen, weiche Knie. Auf Cluarans Frage, ob alle einverstanden seien, nickte er deshalb ebenfalls.

„Nein", sagte Fritha.

Alle wandten sich ihr zu und sie wurde rot. „Ich meine …" Sie zögerte. „Ihr könnt ruhig hierbleiben. Ich muss jedoch weiter."

Die anderen sahen sie bestürzt an.

„Mein Zuhause liegt auf der anderen Seite des Bachs", fuhr Fritha leise fort. „Ich muss nach meinem Vater sehen."

Sie wandte sich zum Gehen, da trat Elsa zu ihr und

fasste sie am Arm. Adrian meinte, in den Augen der Freundin Tränen glänzen zu sehen.

„Ich komme mit“, sagte sie.

Adrian erwartete, dass Cathbar protestieren würde, doch der nickte. „Du hast Recht“, sagte er. „Das sind wir deinem Vater schuldig.“

Adrian musste ihm zustimmen. Grufweld hatte sie gastlich bei sich aufgenommen, obwohl er selbst kaum genug zu essen hatte, und er hatte erlaubt, dass Fritha, sein einziges Kind, sie auf der gefährlichen Reise begleitete. „Ich komme ebenfalls mit“, sagte er, wenn auch etwas gequält.

Cluaran wechselte einen Blick mit Ari und seufzte. „Na dann los“, sagte er. „Den Weg müssten wir ja wohl finden.“

Der Bach war so schmal, dass sie sich kaum die Füße nass zu machen brauchten. Doch auf der anderen Seite angelangt, hatte Adrian das Gefühl, dem Feuer schutzlos ausgeliefert zu sein. Rauch hüllte ihn ein und stach ihm in Augen und Nase. Die Flammen kamen zwar nicht näher, doch die Hitze und der Gestank nach Verbranntem trafen ihn wie ein Schlag ins Gesicht. Überall ragten verkohlte Stämme aus dem Boden, deren Hitze man sofort spürte, wenn man sie versehentlich berührte. Einige glühten am oberen Ende noch rot und ließen Funken auf die Reisenden herabregnen, die sich zwischen ihnen hindurchzwängten. Cluaran und Ari bildeten mit den Pferden die Nachhut. Die Tiere suchten sich vorsichtig einen Weg über den heißen Boden. Das Weiße ihrer Augen leuchtete im Dunkeln.

Fritha schritt rasch aus. Adrian wusste nicht, woran sie sich in dieser verkohlten Wüste orientierte. Ihre Eile wirkte jedoch ansteckend und er ging unwillkürlich ebenfalls schneller. Dabei fürchtete er die ganze Zeit, sie könnten plötzlich vor Grufwelds Hütte stehen und sie in Flammen vorfinden.

Der rote Schein wurde stärker, die Hitze nahm zu, und das Knistern der Flammen wurde immer lauter. Da blieb Fritha plötzlich entsetzt stehen.

Sie war am Rand einer Lichtung angelangt, die von rot glühenden Baumskeletten und verkohlten Stümpfen gesäumt wurde. Von den noch brennenden Bäumen stiegen Asche und Rauch auf und hingen wie dicker Nebel in der Luft. Auf der Lichtung selbst war alles verbrannt und der Boden war mit einer dicken schwarzen Ascheschicht bedeckt.

Fritha drehte sich um. Ihr Gesicht hatte alle Farbe verloren. „Wir müssen sofort weiter“, sagte sie gepresst. „Seht dort!“

Am anderen Ende der Lichtung, in etwa hundert Schritt Entfernung, klaffte eine breite Schneise. Dort waren die Bäume zwar nicht verbrannt, dafür aber nach rechts und links umgestürzt. Sie bildeten eine Rinne ähnlich der Spur von Schritten durch hohes Gras. Adrian sah Loki vor seinem geistigen Auge. Der Dämon war immer noch so riesenhaft wie damals, als sie ihn zuletzt gesehen hatten. Er stand inmitten der verkohlten Wüste und wandte sich hämisch lachend zum Gehen. Dabei hinterließ er eine Spur, der seine Feinde folgen sollten. Adrian trat neben Fritha. Ihrem entsetzten Gesicht nach zu schließen führte die Spur geradewegs zur Hütte ihres Vaters.

Wortlos kamen sie überein, die gespenstische Lichtung nicht zu überqueren. Die Pferde scheuten vor ihr zurück und auch die Gefährten wollten den geschwärzten Boden nicht betreten. Fritha führte sie in einem weiten Bogen darum herum. Sie mussten die Pferde zwischen den noch stehenden Bäumen hindurchziehen. Zu den brennenden Bäumen hielten sie Abstand. Fritha ging rasch voraus und vergewisserte sich nur einmal kurz, dass die anderen ihr folgten. Endlich erreichten sie den Anfang von Lokis Spur. Sowohl Adrian als auch Elsa waren außer Atem. Der Brandgeruch hatte nachgelassen und der Schein der Flammen kam inzwischen von hinten. Das Erdreich war aufgewühlt, die Spur der herausgerissenen und zur Seite geworfenen Bäume auf beiden Seiten von knorrigen, beindicken Wurzeln gesäumt.

Fritha holte tief Luft und betrat die gewaltsam geöffnete Schneise. „Kommt!“, rief sie und ging die Spur entlang.

Die Lücke im Blätterdach über ihnen zeigte den Himmel, der bereits heller wurde.

„Es ist fast Morgen", sagte Cathbar. „Wahrscheinlich wird es gar nicht mehr viel heller. Wenn Lokis Macht am Tag tatsächlich geringer ist, kommen wir gerade richtig."

„Verlassen würde ich mich nicht darauf", erwiderte Cluaran.

Fritha war vor ihnen stehen geblieben. Sie hob die Hand und wartete, bis die anderen sie eingeholt hatten. „Es ist nicht mehr weit bis zur Hütte meines Vaters. Wir müssen *lymskast* ... leise gehen."

Nur hundert Schritte weiter endete die Schneise und der Wald schloss sich wieder. Doch meinte Adrian durch die Bäume hindurch einen schwachen grauen Schein zu erkennen. Sie waren am Rand von Grufwelds Lichtung angekommen. Sein Herz begann zu klopfen.

„Bleibt zusammen!", zischte Cathbar – doch Fritha war schon losgegangen und hatte den Schutz der Bäume verlassen. Adrian und Elsa folgten dicht hinter ihr.

Grufwelds Hütte schien unverändert. Adrian merkte plötzlich, dass er vor lauter Anspannung die Luft angehalten hatte, und atmete erleichtert aus.

Die sorgfältig gebaute Hütte mit den vor die Tür genagelten Wolfsfellen, dem Trockenschuppen dahinter und dem ordentlich gestapelten Holzstoß bot ein Bild des Friedens. Sogar der feurige Schein des Meilers, in dem Grufweld seine Holzkohle erzeugte, wirkte beruhigend. Adrian spürte, wie der Druck von Elsas Hand auf seinem Arm nachließ. Auch die anderen drei waren mittlerweile zwischen den Bäumen hervorgetreten. Mit einem freudigen Ausruf eilte Fritha auf die Hütte zu.

Die Felle vor der Tür wurden zur Seite geschoben und Grufweld erschien in der Öffnung. Das Gesicht des bärtigen Hünen wirkte müde und angespannt, doch hieß er Fritha mit ausgebreiteten Armen willkommen.

„Kommt schnell nach drinnen!“, rief er. „Hier draußen ist es gefährlich!“

Auch Adrian und Elsa näherten sich nun der Hütte und dem einladenden Schein des drinnen brennenden Feuers.

Da ertönte wütendes Gebrüll. Hinter dem Meiler trat eine dunkle Gestalt hervor und schwang einen feurigen Stock. Die Gestalt marschierte auf die Hütte zu und schrie dabei unverständliche Worte. Cathbar rannte ihr mit gezücktem Schwert entgegen.

„Halt!“

Fritha war ein Dutzend Schritte vor der Tür der Hütte wie erstarrt stehen geblieben und drehte sich nach der Erscheinung um.

„Fethr?“, stammelte sie.

Die Gestalt hob die Hand zum Kopf. Adrian sah, dass sie in dicke Felle gehüllt war. Dann schlug sie die Kapuze zurück. Erschrocken hielt Adrian die Luft an.

Vor ihnen stand mit einem verkohlten Stock als Waffe in der Hand ein zweiter Grufweld, der dem Mann in der Tür aufs Haar glich – sogar das Entsetzen in seinem Gesicht war dasselbe.

„Das ist ein Trick!“, rief der Mann in der Tür. Doch Fritha stand bewegungslos zwischen den beiden und blickte entgeistert vom einen zum andern.

Panik stieg in Adrian auf. *Ich habe nach einem brennenden Riesen Ausschau gehalten,* dachte er, *dabei war Loki die ganze Zeit hier – in Gestalt von Frithas Vater. Aber wer ist wer?*

Elsa war kreidebleich und starrte unverwandt auf ihre rechte Hand, wie um das Schwert durch Willenskraft herbeizuzwingen. Cluaran, Cathbar und Ari hatten ihre Schwerter gezogen und sahen ebenfalls ratlos zwischen den beiden Grufwelds hin und her. Einer davon war ihr Todfeind – aber welcher?

„Nur du kannst es herausfinden, Adrian“, hörte Adrian Cluaran hinter sich mit erstickter Stimme flüstern. „Benütze deine Sehergabe, schnell!“

Adrian zwang sich, die Augen zu schließen. Schon diese kleine Bewegung erschien ihm ungeheuer anstrengend. In willkommener Dunkelheit tastete er sich vor und berührte eine Wand aus dickem schwarzem Rauch, die ihn zurückstieß. Schwindel erfasste ihn. Er schwankte und spürte, wie Elsa ihn an den Schultern festhielt.

„Versuche es noch einmal!“, flüsterte sie. „Bitte!“

Rasch tastete er sich in die andere Richtung vor. Beißender Rauch hüllte ihn ein und vernebelte ihm die Sicht ... Doch er fand einen Spalt. Er sah Frithas schreckensbleiches Gesicht. Und in dem Mann, durch dessen Augen er blickte, spürte er eine ähnliche Panik – die Angst, jetzt noch die Tochter zu verlieren wie zuvor schon deren Mutter.

Adrian merkte, dass er auf die Knie gefallen war. Sein Körper weigerte sich aufzustehen, doch er öffnete die Augen und streckte die Hand aus. Der Mann in der Tür breitete wieder die Arme aus und rief Fritha flehentlich zu sich. Der in Felle gekleidete Mann starrte sie nur an.

„Der, Fritha!“, brüllte Adrian und zeigte auf ihn. „Der ist dein Vater!“

Schon rannte Fritha von der Hütte weg und auf den Mann neben dem Meiler zu. Der Mann ließ seinen Stock fallen und lief ihr mit ausgebreiteten Armen entgegen. Im selben Moment erwachte Adrian aus seiner Erstarrung. Er sprang auf und rannte über den Schnee zu Fritha und ihrem Vater. Elsa folgte ihm mit Cluaran, Ari und Cathbar.

„Geht hinter uns in Deckung!“, befahl Cathbar. Er gab Adrian einen Stoß, schob ihn und Elsa hinter den Meiler, der wenigstens einen gewissen Schutz bot, und drehte sich zu ihrem Gegner um.

Doch Loki war verschwunden.

In der Tür stand kein Grufweld mehr. Es gab gar keine Tür mehr. Von der Hütte war nur ein verkohlter Haufen übrig, und auf dem Boden unter ihren Füßen lag kein Schnee, sondern staubige graue Asche. Auch der Meiler war nur noch eine rauchende Ruine.

Über ihren Köpfen nahm ein feuriges Wesen ähnlich einem großen Vogel mit einem langen Schwanz Gestalt an. Vor dem konturlosen grauen Himmel erschien es riesengroß. Sein Schwanz hing nach unten, eine feurige Schleppe, die beinahe zärtlich über die Asche von Grufwelds Hütte strich. Dann peitschte er die Luft auf. Einen kurzen Augenblick wandte das Wesen ihnen den Kopf zu und sah sie an – dann war es schneller, als ein Pfeil fliegen kann, verschwunden. Ein Donnerschlag ließ die abgestorbenen Bäume am Rand der Lichtung erzittern.

Eine rauchige Spur zog sich wie eine Narbe über den Himmel und von fern ertönte höhnisches Gelächter.

2. Kapitel

Elsa träumte.

Sie war wieder ein kleines Kind und rannte furchtlos durch die dunklen Höhlen und auf die Eisfelder hinaus. Ihre beiden Schwestern liefen vor ihr her. Ihre schwarzen Haare flatterten in der sommerlichen Brise. Doch sosehr sie sich auch anstrengte, sie konnte sie nicht einholen. Im nächsten Moment sprangen die Schwestern hinter einem Felsen hervor und stürzten sich auf sie, und schließlich wälzten sie sich zu dritt lachend im Schnee.

Die Szene brach ab und eine neue begann. Ihre Mutter wies sie an, Moltebeeren zu sammeln. Plötzlich bekam sie Angst, ohne dass sie wusste, warum. Sie hatte schon oft Beeren gesammelt. Doch die Angst wuchs, während sie auf der Suche nach den besten Beerenplätzen immer weiterging. Sie füllte ihren Korb mit rotgoldenen Beeren und machte sich auf den Heimweg – doch sie musste feststellen, dass ihr Zuhause verschwunden war. Alles war schwarz, die Luft heiß und auch Mutter und Schwestern waren verschwunden. Verwirrt und den Tränen nah, eilte sie zum Eingang der Höhle. Beißender Rauch stieg ihr in die Nase. Hitze schlug ihr entgegen wie eine Wand, und sie wich zurück und hustete in der plötzlich stickig gewordenen Luft.

Sie rannte über das Eis zurück und ein hochgewachsener Mann stand vor ihr. Er war bleich, hatte weiße Haare und wasserhelle Augen. Sie hatte noch niemanden wie ihn gesehen, blieb aber stehen, als er sie ansprach. Er hatte einen fremden Akzent und war schwer zu verstehen.

Komm lieber mit mir, sagte er. *Wie heißt du?*

Ioneth, antwortete sie.

Mit klopfendem Herzen wachte Elsa auf. Sie lag, in ein grobes kratziges Fell gewickelt, eingezwängt zwischen zwei weiteren Schläfern. Der Boden unter ihr war hart und uneben. Sie hatte sich der Wärme wegen zwischen die anderen gelegt, fiel ihr ein. Grufweld hatte aus den Überresten seiner Holzkohle ein kleines Feuer gemacht, dessen Glut sie warm an den Füßen spürte. Keiner hatte sich getraut, Äste für ein größeres Feuer zu sammeln. Sie hatte immer noch den scharfen Geruch des Rauchs in der Nase und zwischen den Kiefern sahen sie einen aschgrauen Himmel. Die Bäume selbst waren unversehrt. Loki war hier nicht vorbeigekommen.

Der Rauchgeruch beschwor Bilder ihres Traums – des Traums von Ioneth. *War das deine erste Familie, die von Loki getötet wurde? Und wer war der Mann, der dich gerettet hat?* Er hatte ein wenig wie Ari ausgesehen. Die Stimme in ihrem Kopf blieb stumm, doch meinte Elsa ein vages Gefühl des Bedauerns zu spüren.

Ungeduldig schob sie den Traum beiseite. Sie mussten so schnell wie möglich Lokis Spur folgen. Cluaran und Ari waren bereits aufgestanden und fütterten die Pferde. Elsa setzte sich auf und weckte Adrian und Fritha rechts und links von ihr.

Adrian schlug die Augen auf. „Immer noch keine Sonne“, murmelte er. Der Himmel drückte bleiern auf sie herunter. Wortkarg rollten sie ihre Felle ein und verspeisten die kalten Reste des Kaninchens, das sie am Vorabend gebraten hatten. Dann brachen sie nach Süden auf, in die Richtung, in die Loki am Morgen des Vortages verschwunden war. Den ganzen Tag stapften sie durch den Wald. Der Himmel blieb grau und die Luft stank nach Asche, doch von Loki fanden sie keine Spur. Der hellhäutige Ari führte sie jetzt, denn auch die Höhlen des Eisvolkes lagen im Süden. Er sprach nach wie vor wenig, schritt aber mit einer Eile aus, die Elsa gut verstand. Sie hatte selbst gesehen, was Grufwelds Hütte widerfahren war.

Fritha und Grufweld kamen mit ihnen. Ihre Hütte war so vollständig niedergebrannt, dass dort nichts mehr für sie zu tun blieb. Grufweld berichtete, wie er bei seiner Rückkehr vom Markt Rauch gerochen und dann sein Haus in Flammen gesehen hatte. Dann waren die Flammen plötzlich verschwunden und alles hatte wieder ausgesehen wie bei seiner Abreise. Doch

Grufweld wusste, was er gesehen hatte, und kannte auch die Geschichten über Loki und seine Täuschungen. Er hatte die Nacht im Wald am anderen Ende der Lichtung im Schutz seines Karrens und des einzigen Wolfspelzes verbracht, den er nicht verkauft hatte, und gehofft, dass seine Tochter und ihre Gefährten bald zurückkehren würden.

Fritha wich nicht von seiner Seite, und Elsa hatte immer, wenn sie die beiden sah, Gewissensbisse. *Sie haben wegen mir alles verloren!* Schließlich hatte sie Loki befreit. Sie ging unwillkürlich schneller. Doch Fritha und ihr Vater hatten nicht alles verloren, versuchte sie sich zu trösten, die beiden hatten immer noch einander. Sie dachte an ihren Vater, der vor einem Monat ertrunken war, und um sie her wurde alles immer grauer, bis sie nichts mehr sah.

„Geh nicht so schnell!"

Adrian schloss keuchend zu ihr auf. „Das Tempo kannst du nicht durchhalten!"

Er klang bewundernd und vorwurfsvoll zugleich, schien aber vor allem erleichtert. Offenbar hatte er sich Sorgen um sie gemacht.

„Cathbar meint, du solltest dich eine Weile schonen, nachdem …" Er verstummte und Elsa mied seinen Blick. Sie wollten beide nicht an den Kampf in Lokis Höhle denken, den Elsa verloren hatte. „Du könntest auch reiten", schlug Adrian vor und zeigte nach vorn. Dort führte Cluaran das Pferd, auf dessen Rücken reglos Eolande saß. Das andere Pferd ging hinter ihnen. Es zog Grufwelds Handkarren mit ihren wenigen Vorräten.

Elsa schüttelte den Kopf. Adrian hatte zwar Recht – schon die kurze Strecke, die sie gegangen waren, hatte sie ermüdet und sie atmete schneller. Aber sie konnte nicht reiten, und auf den Karren wollte sie sich auch nicht setzen, er war schwer genug. „Es geht schon", sagte sie deshalb. „Ich wäre nur gern bald aus dem Wald draußen."

„Ari meint, es ist nicht mehr weit. Wir müssten gegen Mittag beim Eisvolk eintreffen." Adrian blickte zum Himmel auf, der zwischen den Ästen zu sehen war. „Keine Ahnung, wann Mittag ist."

Doch kurz darauf begann der Wald sich zu lichten und sie gelangten auf eine verschneite, von Bergen mit weißen Gipfeln gesäumte Ebene. Ari ging noch schneller und bog mit der Zielstrebigkeit des Heimkehrers nach Osten in Richtung der Berge ab. Der Schnee war eisverkrustet und Ari, Fritha und Grufweld schritten so mühelos und leichtfüßig darüber hinweg wie über Gras. Elsa hatte bei ihrem letzten Marsch über die Eisfelder gelernt, vorsichtig aufzutreten und mit ihren Fellstiefeln so über die Oberfläche zu gleiten, dass sie nicht einbrach. Trotzdem stolperten sie und Adrian gelegentlich und sanken bis zu den Waden in den pulverigen Schnee ein. Die Pferde und der hochrädrige Karren hinterließen tiefe Spuren, und Elsas Aufmerksamkeit wurde ganz davon beansprucht, nicht hinzufallen und die tiefen Rinnen zu meiden. Sie war so müde, dass ihr die Knochen wehtaten, aber sie kämpfte tapfer gegen ihre Erschöpfung an.

Sie hatten die Hälfte des Weges zu den Bergen zurückgelegt, da verlangsamte Ari seinen Schritt. Am Himmel vor ihnen war in der Ferne ein Fleck in einem dunkleren Grau zu sehen, ganz klein zuerst, doch stetig wachsend.

Rauch.

Elsa sah, wie sich Aris Schultern ruckartig hoben. „Cluaran!“, rief er. Seine Stimme klang schroff. Er murmelte etwas, das Elsa nicht verstand.

Cluaran eilte zu ihm. Als Elsa und die anderen bei ihnen ankamen, war der Sänger bereits damit beschäftigt, das Pferd von Grufwelds Karren abzuschirren.

„Ari reitet voraus“, sagte er kurz. Er führte das Pferd zu Ari. „Wir folgen ihm, so schnell wir können.“

Die Stimmen waren zuerst da. Elsa hatte angenommen, Schreie zu hören oder Wehklagen. Stattdessen rief die Stimme eines Mannes etwas, das sie nicht verstand, und andere Stimmen antworteten leise. Sie hatten die Ausläufer der Berge erreicht, flache Felsformationen, die schwarz aus dem Schnee ragten. Ein Kind jammerte und verstummte gleich wieder. Was Elsa hörte, wäre von tröstlicher Normalität gewesen, wäre der graue Nebel nicht immer dicker geworden und der Gestank nach Asche nicht so schrecklich vertraut gewesen.

Sie trafen in großen Abständen am Fuß des Berges ein. Eolande wollte nicht laufen, deshalb hatte Cluaran sie auf ihrem Pferd sitzen lassen und das Pferd mit ihr vor den Karren gespannt. Der Karren bildete von Cathbar geführt den Abschluss. Cluaran ging von rastloser Ungeduld getrieben als Erster, blieb allerdings stehen, als er den letzten Ausläufer umrundet hatte. Elsa und Adrian traten zu ihm.

Die Rauchglocke war hinter der Bergflanke verborgen gewesen, doch jetzt reichte sie schwarzgrau und undurchdringlich höher in den Himmel als der Berg. Sie stieg von einem in den Berg hineinführenden Schacht auf, dessen Seiten wie schwarzes Glas glänzten. Überall lagen wie Schneeverwehungen Haufen fedriger Asche. Die Bergflanke über dem Schacht schien regelrecht geborsten. Hinter einem Geröllfeld aschebedeckter Felsbrocken, von denen einige doppelt so hoch waren wie ein Mann, klaffte schwarze Leere.

„Was hat er getan?“, flüsterte Cluaran und eilte auf den Schacht zu. Elsa und dahinter Adrian folgten ihm.

Der Boden des Schachts war eben wie bei einem Gang. Felsen ragten rings um sie auf und Elsa ließ ihre Finger über den glatt gehauenen Stein wandern. Einen Moment später hatten ihre Augen sich an das Dämmerlicht gewöhnt. „Oh nein“, murmelte Adrian neben ihr. Beklommen starrte Elsa auf den Anblick, der sich ihnen bot.

Die riesige Felskammer war angefüllt mit Sitzreihen,

die zu einem freien Platz in der Mitte hin abfielen. Auf der einen Seite drang durch einen großen Riss in der Wand, vor dem ein Haufen Schutt lag, schwaches Licht. Durch den Spalt war der fahle Himmel zu sehen. Das Licht fiel auf eine runde, glatt zugerichtete Fläche, die rußgeschwärzt war, und einen zertrümmerten steinernen Sessel, der wie der Boden und die Sitze darum herum schwarz und in zwei Teile auseinandergebrochen war.

„Der Saal des Gerichts", murmelte Cluaran. „Nie hätte ich geglaubt, ihn einmal so vorzufinden."

„Ich auch nicht", sagte eine raue Stimme im Dunkel. Elsa fuhr herum. Vor ihr stand ein hochgewachsener alter Mann mit weißen Haaren, einer noch helleren Haut als Ari und buschigen Augenbraucn. Seine Stimme klang hohl vor Erschöpfung. „Ihr seid also unterlegen, Sänger, und konntet uns nicht retten. Wie ich sehe, habt Ihr Eure Kinder gefunden, aber was nützt uns das? Jetzt sind unsere Kinder tot."

„Nicht alle, denke ich", sagte Cluaran ruhig. „Euer Schicksal bekümmert mich zutiefst, Erlingr. Es ist, wie Ihr sagt: Wir wurden verraten und sind unterlegen. Wenn Ihr es wünscht, gehe ich wieder – doch mit Eurer Erlaubnis würde ich Euch gern helfen. Ich habe Medikamente und Proviant dabei und auch meine Gefährten sind willens zu helfen."

„Tut, was Ihr wollt", erwiderte der Alte. Er ging mit schweren Schritten zu einer steinernen Bank, sank darauf nieder und stützte den Kopf in die Hände. „Offenbar hatte ich Unrecht und habe dafür bezahlt – ich und mein ganzes Volk. Das Ungeheuer hat sich an uns gerächt, wie Ihr es vorausgesagt hattet." Er hob den Kopf. Seine blassen Augen verschwanden fast unter den überhängenden Brauen. „Die meisten Überlebenden haben sich in die Wasserhöhlen zurückgezogen. Geht zu ihnen, wenn Ihr wollt. Ich vermag ihnen weder zu helfen noch zu trösten."

„Aber sie brauchen Euch gerade jetzt!", rief Cluaran. „Kommt mit mir – zeigt ihnen, dass Ihr noch lebt und stark seid! Zu wissen, dass Erlingr sie noch führt, hilft ihnen am meisten."

Doch der Alte senkte nur den Kopf und verharrte bewegungslos und stumm.

Cluaran drehte sich schließlich um, verließ den Saal und bedeutete Elsa und Adrian, ihm zu folgen. Erlingr blickte ihnen nicht nach.

„Wer ist er?", fragte Adrian leise, sobald sie in das graue Tageslicht hinausgetreten waren.

„Ihr Anführer – zumindest war er das bisher", erwiderte Cluaran kurz. Er seufzte. „Ich fürchte, diese Aufgabe fällt jetzt Ari zu."

Auch die anderen waren am Fuß des Berges angekommen. Grufweld und Fritha lehnten müde an dem Karren und starrten entsetzt auf das Trümmerfeld vor ihnen. Cathbar sprach beruhigend auf das Pferd ein, das angesichts des erneuten Brandgeruchs die Nüstern gebläht hatte. Nur Eolande auf seinem Rücken zeigte keinerlei Gefühl oder Müdigkeit.

„Den Wagen lassen wir hier stehen", sagte Cluaran. „Wir nehmen nur die Medikamente und Salben mit." Er sah Eolande an. „Willst du uns helfen, Mutter?" Doch sie erwiderte seinen Blick unbewegt und er wandte sich kopfschüttelnd ab.

Fritha schulterte rasch ihr Bündel und Cluaran führte sie in einem weiten Bogen um den schwarzen Schacht und den Fuß des Berges. Die Bergflanken waren in beiden Richtungen verkohlt und geschwärzt, so weit der Blick reichte, und das geschmolzene Gestein hatte überall dieselbe glasig schwarze Oberfläche. Sie passierten die Stelle, an der ein weiterer Steinschlag niedergegangen war. Fritha stieß einen unterdrückten Schrei aus und zeigte auf einen Felsbrocken. Sie bückte sich an ihm hinunter – und fuhr kreideweiß im Gesicht wieder hoch. Elsa folgte ihrem Blick und sah den nackten Fuß eines Mannes.

„Lasst ihn liegen!", befahl Cluaran. „Er ist tot. Es gibt genug, denen wir noch helfen können."

Elsa fror auf einmal. Sie hörte keine Stimmen mehr, nicht einmal ein Flüstern. Wo waren Aris Angehörige? Gab es wirklich Überlebende? Und wo war Ari?

Nach einer Weile ließ der Brandgeruch nach und die Felsen waren nur noch rußgeschwärzt. Erleichtert stellte Elsa fest, dass zwar kein Schnee lag, der Boden aber auch nicht mehr von Asche bedeckt war.

Cluaran blieb stehen, lauschte und pfiff. „Der Bach fließt noch“, sagte er. „Kommt.“

Schon bald hörte Elsa Wasser gluckern und Hufe auf Stein klappern. Sie bogen um den nächsten Felsen. Vor ihnen floss ein dünnes Rinnsal in ein seichtes Becken, daneben hatte Ari sein Pferd an einem hohen Busch angeleint.

Cathbar band ihr Pferd ebenfalls fest und half Eolande abzusteigen. „Gibt es hier außer uns noch eine lebende Seele?“, fragte er grimmig.

Cluaran nickte. „Ja.“

Er führte sie zu einem schmalen Spalt im Stein, der nicht weiterzuführen schien. Wieder war das Plätschern von Wasser zu hören. Die dunkle untere Hälfte des Spalts entpuppte sich als Tunnel. Noch bevor sie ihn betreten konnten, sprangen zwei Männer heraus und schwangen Speere. Der eine war Ari.

Er senkte seinen Speer, als er sie sah. Sein Gesicht war von Kummer und Entsetzen gezeichnet. „Das sind meine Freunde“, sagte er zu dem anderen Mann, der daraufhin in den Tunnel zurückkehrte und etwas rief. Ari drehte sich wortlos um und führte seine Gefährten ins Innere.

Der Tunnel mündete in eine Reihe von Höhlen. Von den Wänden zweier dieser Höhlen tropfte Wasser, das sich auf dem Boden einer dritten Höhle sammelte. An jeder trockenen Stelle drängten sich weißhaarige Gestalten mit hellen Augen, darunter Männer, Frauen und

Kinder. *Das sind ja Hunderte,* dachte Elsa. Einige standen nur da und starrten blicklos vor sich hin, andere weinten leise oder jammerten, weil sie Schmerzen hatten. *Ich bin schuld an all diesem Leid,* dachte Elsa unglücklich. *Ich habe Loki befreit!* Am liebsten wäre sie weggelaufen.

„Einige von ihnen sind *brent* – vom Feuer verletzt", sagte Fritha hinter ihr. „Dafür habe ich eine Salbe." Sie suchte in ihrem Bündel und zog einen versiegelten Tiegel heraus. Dann zögerte sie und starrte die Angehörigen des Eisvolks mit großen Augen an. „Glaubst du, dass sie bei denen genauso wirkt wie bei uns?", flüsterte sie.

Adrian trat neben sie. „Bestimmt", sagte er. „Elsa und ich helfen dir."

Elsa war froh, etwas zu tun zu haben. Sie vermied es, sich in den überfüllten Höhlen umzusehen und stürzte sich stattdessen zusammen mit Adrian in die Arbeit. Sauberes Wasser musste geholt, Verbände und Schienen mussten improvisiert und für die Kleinsten an trockenen Stellen Ruhelager bereit gemacht werden.

Auch die blonde Fritha schien zunächst wie gelähmt. Wahrscheinlich hatte sie noch nie so viele Leute an einem Ort gesehen, dachte Elsa. Doch dann versorgte sie ein Kind mit einem schlimm verbrannten Arm. Das Kind hörte auf zu schreien, seine Mutter dankte ihr und Fritha schien ihre Beklommenheit vergessen zu haben. Sie ging durch die Höhlen, fragte die Anwesenden nach besonders schlimmen Verbrennungen oder Verletzungen und behandelte mit ihren kleinen Salbentöpfen mehr Wunden, als Elsa für möglich gehalten hätte.

Sie blieben den Rest des Tages bei Aris Leuten. Die Arbeit schien immer mehr zu werden. Als die Schwerverletzten versorgt und gebettet worden waren, holten Grufweld und Cathbar Proviant vom Karren. Anschließend machten sie sich mit einigen anderen Männern auf die Suche nach weiteren sicheren Höhlen. Elsa war ganz benommen vor Erschöpfung. Wie von fern hörte sie Cluaran eindringlich auf seine Mutter einreden, die am Eingang der ersten Höhle stehen geblieben war.

„Du könntest uns helfen! Du verstehst dich darauf, Verwundete zu behandeln. Hilf mir wenigstens, die richtigen Kräuter zu finden."

Eolande ging nun langsam nach draußen, gefolgt von ihrem Sohn und Ari. Am Eingang blieb Ari stehen und drehte sich zu Elsa und Fritha um.

„Wir machen noch mehr Brandsalbe für euch. Danke für eure Hilfe."

Fritha nickte, doch Elsa konnte keinen Dank annehmen. Schließlich war doch alles ihre Schuld. Sie reichte einer Frau einen Becher Wasser. Als die Frau sie dankbar anlächelte, stiegen ihr gleich Tränen in die Augen und sie musste sich abwenden.

Viele Kinder, die sie versorgten, hatten ihre Eltern verloren. Als Loki am Vortag aus heiterem Himmel angegriffen hatte, erzählten die Eisleute, hatte er den Berg aufgerissen, in dem sich der Saal des Gerichts befand, und die daran anschließenden Höhlen mit Feuer verwüstet. Ganze Familien waren in ihren Wohnungen umgekommen, zahllose weitere von Trümmern begraben worden. Die Männer waren nach draußen gerannt, um gegen Loki zu kämpfen, doch hatten zuerst die hölzernen Speere in ihren Händen und dann sie selbst Feuer gefangen, und sie waren zu Asche verbrannt. Von dreihundert hatte vielleicht ein Drittel überlebt.

Ich bin daran schuld. Immer wieder klangen diese Worte Elsa in den Ohren, und sie meinte zu spüren, wie Ioneth sich vor Qualen wand.

„Sag mir doch bitte", sprach sie eine Frau an, „als das Ungeheuer ... als Loki euch verließ, welche Gestalt hatte er? Und wohin verschwand er?"

Die Frau starrte Elsa verständnislos an. „Er verschwand einfach! Er verwandelte sich in eine große Kugel aus Feuer und kehrte nach *hel-viti* zurück – in die Hölle. Wohin sonst?"

„Er flog nach Süden", sagte ein Mädchen leise. Es hatte ein schmales Gesicht und riesige Augen und hielt sich beim Sprechen den verbundenen Arm. „Zum Meer." Verschiedene Stimmen bestätigten das. Einige Kinder hatten vom Eingang der Wasserhöhlen aus zugesehen, wie der Dämon sich in einen Feuerball verwandelt hatte und weggeflogen war. Sie hatten ihm nachgeblickt, bis er verschwunden war, und hofften, er würde nie zurückkehren.

„Das Meer löscht das Feuer!“, krähte ein kleiner Junge mit einem Verband über dem Auge.

„Bestimmt“, sagte Fritha und drückte ihn an sich. Über seinen Kopf hinweg sah sie ängstlich Elsa an.

„Hierher kommt er jedenfalls nicht zurück“, sagte Elsa und versuchte zuversichtlich zu klingen. *Hierher bestimmt nicht,* dachte sie. *Er hat noch ganz andere Ziele.*

Aber wo er auch hingeht, ich werde ihm folgen.

3. Kapitel

Zu fünft brachen sie am folgenden Morgen nach Süden auf. Adrian spürte Elsas Ungeduld, Loki zu folgen, und auch Cluaran und Cathbar schienen keine Zeit verlieren zu wollen.

„Ich weiß zwar nicht, wie wir gegen ihn kämpfen sollen“, sagte Cathbar. „Aber wenn sich eine Möglichkeit ergibt, wäre ich gern zur Stelle, um sie zu nutzen. Ich kann nicht einfach nur zusehen, wie er alles in Schutt und Asche legt.“ Er war am Tag zuvor noch einmal mit einer Bergungsmannschaft zu den Höhlen aufgebrochen und hatte viele Tote geborgen, aber nur ein oder zwei Überlebende.

Der bleiche Ari wollte bei seinem Volk bleiben. Viele betrachteten ihn, wie Cluaran vorausgesagt hatte, bereits als ihren Anführer. Als Elsa und ihre Gefährten sich auf den Weg machten, besprach er gerade mit den Ältesten, wie man für die obdachlos gewordenen Familien neue Höhlen erschließen und die vernichteten Nahrungsmittelvorräte ersetzen konnte.

Er verabschiedete sich per Handschlag von Cluaran. Adrian fand, er sei gealtert. Das Grauen der Katastrophe vom vergangenen Tag und vielleicht auch die neue Verantwortung hatten sein Gesicht gezeichnet. „Ich werde euch nicht weiter begleiten", sagte er. „Mein Platz ist jetzt hier."

Cluaran nickte. „Haben wir falsch gehandelt, Ari? Wenn wir Loki nicht aufgesucht hätten, wäre die Katastrophe nicht geschehen."

Ari schüttelte den Kopf. „Wir wissen beide, dass er sich früher oder später befreit hätte. Wenn wir es nicht mehr erlebt hätten, dann unsere Kinder. Und wir haben jetzt das Schwert – Ioneth." Er verzog das Gesicht. „Finde sie wieder, Cluaran, um unser aller willen." Er wandte sich an Elsa und Adrian. „Wenn das Schwert zurückkehrt, führt es zum Ziel", sagte er zu den beiden. „Die Freundschaft unseres Volkes begleitet euch auf all euren Wegen."

Auch Fritha und ihr Vater wollten zu Adrians Überraschung zumindest den Winter über beim Eisvolk bleiben. Fritha hatte sich dort mit ihren pflegerischen Fähigkeiten bereits unentbehrlich gemacht und brachte es nicht übers Herz, die mutterlosen Kinder zu verlassen. Grufweld konnte als Köhler zwar wenig helfen – Feuer wurde nur manchmal zum Kochen verwendet –, war aber mit seiner Kraft und seinem Geschick beim Bauen und Jagen ebenfalls sehr willkommen.

Fritha umarmte Adrian und Elsa zum Abschied fest. „Ihr seid *vin-fastr* – wahre Freunde", sagte sie. „Ihr werdet das Ungeheuer töten und uns dann hier besuchen. Und wenn ihr nicht kommen könnt … ich werde immer an euch denken."

„Ich werde eines Tages hierher zurückkehren", versprach Adrian. Er hatte Tränen in den Augen, was ihm sehr unangenehm war. Bevor er sich abwenden konnte, beugte Fritha sich vor und küsste ihn auf die Wange. Adrian spürte, wie er tiefrot wurde, und die Stelle, an der ihre kühlen Lippen seine Wange berührt hatten, brannte noch lange nachher.

Sie entschuldigten sich noch bei Grufweld für die Not, in die sie ihn gebracht hatten, doch er wollte nichts davon hören. Cluaran bot ihm eine Goldmünze an, die er vom König für die Reise erhalten hatte, doch Grufweld wollte sie nicht annehmen. In den Dörfern der Umgebung habe man für solche Münzen keine Verwendung und Gastfreundschaft sei außerdem eine Sache der Ehre und Bedürftigkeit und daher nicht mit Geld zu bezahlen. Doch Cathbar ließ sich nicht so einfach abweisen. Er schüttelte Grufweld gleich mehrmals überschwänglich die Hand und bestand darauf, ihm sein Jagdmesser zu schenken.

Dann machten sie sich auf den Weg. „Es war das Mindeste, das ich tun konnte", brummte Cathbar. „Grufweld hat im Feuer eine gute Axt und sein Messer verloren – und das Eisvolk kennt kein Metall."

Sie überquerten das verschneite Flachland in Richtung Küste. Ihren Proviant hatten sie beim Eisvolk zurückgelassen. Sie nahmen nur die beiden Pferde mit, außerdem Cluarans Goldmünze und seinen Beutel mit dem restlichen Silber. Die Pferde brauchten sie dringend. Wie Cathbar gefürchtet hatte, war Elsa trotz ihres Drängens zum Aufbruch noch nicht wieder ganz hergestellt und vom Marsch des Vortags entkräftet. Bereits geraume Zeit vor Mittag – die genaue Tageszeit war angesichts des grauen Himmels schwer zu schätzen – begann sie bei jedem Schritt zu stolpern und Cluaran ließ sie aufsitzen. Auf dem anderen Pferd saß starr aufrecht und mit leerem Gesicht Eolande.

Die Schneedecke wurde dünner und rechts und links vom Weg wuchsen wieder Bäume. Gegen Mittag marschierten sie durch einen Wald von Kiefern und kahlen Birken und Espen.

Dort, wo die Kiefern besonders dicht standen, lag überhaupt kein Schnee. Adrian freute sich über den Nadelteppich unter seinen Füßen und fand, dass auch Cluaran, der das Pferd seiner stummen Mutter am Zügel führte, beschwingter ausschritt.

Elsa saß schweigend auf ihrem Pferd. Adrian ging neben ihr und warf ihr ab und zu einen ängstlichen Blick zu. Er wusste, dass sie lieber zu Fuß ging, doch sie hielt sich wacker und schien keine Schmerzen zu haben. Die verletzte Hand heilte gut. Nur ein dunkelroter Strich zog sich noch über den Handteller. Doch Elsas Blick war oft nach innen gekehrt und ihre Stirn gerunzelt. Adrian sprach nur wenig mit ihr. Er meinte zu erraten, was sie bekümmerte, und wusste nicht, wie er sie hätte trösten sollen.

Der Wald lichtete sich und plötzlich hörten sie in der Ferne das Rauschen des Meeres. Adrian sah zu seiner Freundin hinauf – das Meer zu hören würde sie bestimmt aufmuntern! Wie sehr erschrak er da, als er Tränen in ihren Augen sah.

„Nein! Nicht schon wieder ...“, murmelte sie tonlos.

Da bemerkte es auch Adrian und aller Mut verließ ihn. Mit dem fernen Rauschen kam ein beißender Geruch – nicht nach Meer, sondern nach Rauch.

Bei ihrer Ankunft in dem Dorf an der Küste war Elsa kreidebleich und zitterte. Eine dicke schmutzige Rauchglocke hing über Ruinen, die so verkohlt waren, dass der ursprüngliche Zweck der Gebäude nicht mehr zu erkennen war. Adrian ging langsamer und stellte fest, dass auch die anderen langsamer wurden, als wollten sie die neue Katastrophe noch nicht gleich zur Kenntnis nehmen. Cluaran war fast genauso blass wie Elsa, wie Adrian erschrocken bemerkte.

„Hier bin ich gelandet“, sagte der Sänger leise. „Trage ich die Schuld an dieser Katastrophe?“

„Nein, Unsinn“, widersprach Cathbar energisch. „Loki verwüstet immer wahllos alles!“ Doch Cluaran schien ihn nicht zu hören.

Eine Reihe von Hütten war vom Feuer verschont

geblieben und vor ihnen waren einige Dorfbewohner zu sehen – zwei Frauen, die in Richtung Meer blickten, und ein Mann mittleren Alters, der in einer Tür stand. Cathbar grüßte den Mann und stellte sich und seine Gefährten als Reisende vor.

„Hier ist offenbar etwas Schlimmes passiert", sagte er. „Wir helfen gern, wenn wir können."

Der Mann wischte sich die Hände an seiner langen Schürze ab und sah sie nur stumm an. Adrian überlegte schon, ob er nicht ganz richtig im Kopf war oder der Schrecken ihm die Sprache verschlagen hatte, da begann er zu sprechen. Seine Stimme klang heiser, als bereite ihm das Sprechen Mühe, doch Adrian beherrschte Dansk inzwischen so gut, dass er ihn verstand.

„Besten Dank, aber ihr braucht uns nicht zu helfen. Wir sind alle wohlauf."

Also doch einfältig, dachte Adrian. Cathbar schien dasselbe zu glauben. „Hier hat ein schlimmes Feuer gewütet", versuchte er es noch einmal. „Wurde niemand verletzt? Ist kein Haus abgebrannt?"

„Nein", sagte der Mann und begann zu lachen. Sie starrten ihn an. Unterdessen näherten sich die beiden Frauen.

„Es stimmt", sagte die eine. „Wir glaubten schon, unser Schicksal sei besiegelt – aber wir sind alle davongekommen." Sie lächelte und ihre Augen strahlten. „Wir wurden gerettet."

Das Dorf konnte den Reisenden nur wenig Gastfreundschaft bieten, doch die Aussicht, den Fremden von ihrer wundersamen Rettung berichten zu können, lockte die meisten Bewohner mit kleinen Nahrungsgeschenken aus ihren Häusern. Die Reisenden mussten sich in der Hütte des Dorfoberhaupts ans Feuer setzen und bekamen Becher mit saurem Bier. Dann begann die Frau des Vorstehers zu erzählen. An der Tür drängten sich ein Dutzend Dörfler, die ihrem Bericht weitere Einzelheiten hinzufügten.

Verbrannt seien das Bootshaus und die beiden Trockenschuppen, sagte sie. Zwei Nächte zuvor hatte ein Blitz aus heiterem Himmel in einen Schuppen eingeschlagen. Dann hatten die Dorfbewohner den Donnerschlag gehört und waren ins Freie gerannt. Der Schuppen brannte bereits lichterloh. Versuche, das Feuer mit Eimern voller Meerwasser zu löschen, blieben vergeblich. Noch in der Nacht griff das Feuer auch auf den anderen Schuppen über – schlimmer als ein Sturm habe es gewütet, sagte die Frau des Häuptlings mit düsterer Genugtuung – und dann auf das Bootshaus. Dort lag eins der beiden Passagierschiffe, mit dem die Männer des Dorfes Reisende zum Festland übersetzten.

„Alle haben geheult!“, rief ein Junge. Es war klar, dass der Trockenfisch, von dem das Dorf im Winter lebte, mitverbrannt sein musste und außerdem die für den Lebensunterhalt der Dörfler unentbehrlichen Fischernetze. Das Boot, ihr schönstes, ermöglichte ihnen den Kontakt mit der Außenwelt und in den Sommermonaten ein zusätzliches Einkommen. Jetzt drohte es ebenfalls zu verbrennen. Dann schlug auch noch der Wind um und ein Eckpfosten auf der anderen Seite des Bootshauses fiel um und rollte brennend auf die Hütten zu.

„Alles brüllte und lief durcheinander!“, rief ein Zuhörer.

„Ich hielt uns zu dem Zeitpunkt schon für so gut wie tot und begraben.“

„Aber dann ... kam *er*.“

Aus dem Nichts war ein Fremder aufgetaucht. Sie waren zu ihren Häusern gerannt, um ihre Kinder und die wichtigste Habe zu retten. Da ertönte hinter ihnen eine laute, befehlsgewohnte Stimme und ein von Flammen umzüngelter Mann stand vor ihnen. Über der Schulter hing ihm ein Sack voller Fische, in den Armen hielt er Netze.

„Er war schön wie ein Engel“, seufzte eine junge Frau.

Einige sagten, er sei ohne sich zu verbrennen durch das Feuer geschritten, andere, er habe sich so schnell bewegt, dass das Feuer ihm nichts habe anhaben können. Fest stand, dass er die Dörfler vor dem Hungertod gerettet hatte. Er hatte ihnen geholfen, den brennenden Pfosten zu löschen, der ihre Hütten bedrohte, und er hatte die über den Boden züngelnden Flammen persönlich ausgetreten. „Das Feuer ging aus, als hätte es Angst vor ihm", sagte ein Mann. Und anschließend hatte der Fremde ihnen geholfen, das Boot aus dem brennenden Bootshaus zu retten. Mit der Kraft von einem Dutzend Männer hatte er selbst an dem Seil gezogen. Er hatte nicht geruht, bis das Feuer eingedämmt war und Hütten und Habe nicht mehr in Gefahr waren. Das Feuer war ausgebrannt und er hatte mit ihnen gefeiert.

Seinen Namen hätte er nicht genannt, sagte die Frau des Dorfvorstehers, auch eine Belohnung habe er nicht annehmen wollen. Er sei ein Reisender, habe er gesagt, auf der Suche nach einer Fahrtmöglichkeit nach Süden zum Festland.

Sonst machten sie die Überfahrt im Winter nur selten, aber diesmal ... Das Dorfoberhaupt, ihr Mann, habe das Schiff persönlich gesteuert, die jungen Männer hätten sich darum gerissen, rudern zu dürfen. Heute Morgen seien sie mit dem Boot aufgebrochen, das der Held aus den Flammen gerettet habe.

Auf die Worte der Frau folgte Schweigen. Adrian wagte nicht, Elsa anzusehen, zu deutlich sah er das Bild vor Augen: wie der Feuerball, der eben noch die Eishöhlen verwüstet hatte, in den Schuppen eingeschlagen hatte, wie der Betrüger Loki sich in einen schönen Helden verwandelt und geholfen hatte, die Katastrophe abzuwenden, die er selbst herbeigeführt hatte. Denn welcher Sterbliche konnte über das Feuer gebieten wie er? Adrian sah, dass Cathbar und Cluaran zu demselben Schluss gelangten, doch Cathbar warf ihm einen warnenden Blick zu und schüttelte kaum merklich den Kopf.

Adrian hätte die leichtgläubigen Dorfbewohner am liebsten aus ihrem Irrglauben gerissen. *Loki war es, Loki, das Ungeheuer, das Feuer gelegt hat! Er hat schon Hunderte wie euch ermordet. Wie konntet ihr so blind sein?* Doch er wusste die Antwort auf seine Frage bereits, er brauchte nur in die strahlenden Gesichter um sich herum zu blicken. Die Dörfler hatten ein Wunder erlebt und keines seiner Worte würde sie eines Besseren belehren.

„Eine wahrhaft schöne Geschichte", sagte Cluaran schließlich ehrerbietig. An die Frau gewandt, fuhr er fort: „Auch wir sind Reisende, wenngleich keine Helden, und auf der Suche nach einer Überfahrt nach Süden. Die Jahreszeit ist dafür schlecht gewählt, gewiss. Aber Eure Geschichte hat in mir den Wunsch entfacht, jenen heldenhaften Mann selbst kennenzulernen. In den Gesichtern meiner Gefährten lese ich, dass es ihnen genauso geht. Zu welchem Hafen haben Eure Männer ihn gebracht?"

Das Gesicht der Frau leuchtete. „Ich verstehe Euch vollkommen. Nicht viele Menschen können von sich sagen, einen echten Helden gesehen zu haben! Er fuhr nach Alebu im Königreich der Dänen."

„Und", fuhr Cluaran geschmeidig fort, „sagtet Ihr nicht, Ihr hättet ein zweites Boot?"

Das zweite Boot war viel älter als das aus der Feuersbrunst gerettete, ein schwerfälliger und zum Teil schon etwas ramponierter Kasten. Trotzdem trennten die Dorfbewohner sich im Winter nur ungern davon, bevor das andere zurückgekehrt war. Doch Cathbar erklärte es für seetüchtig und Cluaran bezahlte die Überfahrt in Silber und schenkte dem Dorf obendrein die beiden Pferde. Die im Dorf gebliebenen Schiffer erklärten sich deshalb bereit, eine zweite Mannschaft aufzustellen. Die Abfahrt sei allerdings erst am folgenden Morgen möglich.

Cluaran gab sich selbst und Cathbar als Tuchhändler aus, die sich in den Städten im hohen Norden nach neuen Märkten umgesehen hätten. Mit ihnen reisten Eolande, eine Witwe, und ihre beiden Kinder Adrian und Elsa. Sie stünde unter seinem Schutz und kehre nach dem Tod ihres Mannes zu ihrer Familie zurück. Eolandes Schweigen und ihre geistige Abwesenheit ließen die Geschichte einigermaßen glaubwürdig erscheinen, und so nahm niemand daran Anstoß, dass Adrian kaum aussah, als könne er Eolandes Sohn oder Elsas Bruder sein. Vermutlich waren die Dörfler zu sehr beschäftigt mit ihrem eigenen Schicksal, um sich für das eines Fremden zu interessieren, dachte Adrian.

Eine neue Besatzung war schnell gefunden. Die im Dorf gebliebenen jungen Männer wollten ihren Helden wiedersehen und das alte Boot war bald zur Abfahrt bereit. Noch am selben Tag stachen sie bei stürmischem

Wetter in See. Die Stadt Alebu liege an der Westküste Dänemarks, sagten die Seeleute und nahmen die Ruder auf. Die Überfahrt würde kaum länger dauern als zwei Tage.

Tatsächlich waren es drei, denn am ersten Tag kamen sie aufgrund des heftigen Windes vom Kurs ab. Das Schwanken des Bootes machte Adrian am Anfang schwer zu schaffen. Jedes Auf und Ab erinnerte ihn an seine erste Seereise vor wenigen Wochen auf der *Spearwa* und den schweren Sturm, der die Reise beendet hatte. Mit dem Schiffbruch und dem Angriff des Drachen Taragor hatte eine Reihe von Abenteuern begonnen, die ihm immer noch ganz unwirklich vorkam. Er hatte eine höchst unwillkommene Gabe in sich entdeckt, die ihn von den Angehörigen seines eigenen Volkes unterschied, und war seitdem ständig unterwegs, ohne dass ein Ende seines Umherirrens in Aussicht schien.

Allerdings hatte er dabei auch Elsa kennengelernt. Er betrachtete das Gesicht seiner Freundin, die am Bug des Schiffes stand. Sie wirkte so zuversichtlich wie seit ihrem Besuch in Lokis Höhle nicht mehr. Zwar war sie noch geschwächt und konnte auf der Überfahrt zu ihrem Leidwesen nicht selbst mit Hand anlegen, aber ihr Gesicht hatte eine frischere Farbe und der Seegang, der Adrian so zu schaffen machte, schien auf sie eine eher beruhigende Wirkung auszuüben. Sie blickte den Großteil der Fahrt aufs Meer hinaus, während der Wind ihr die Haare um das Gesicht wehte, und hielt sich mit der linken Hand die rechte. Sie schien sich zu freuen, wenn Adrian neben ihr stand und ihr Gesellschaft leistete, aber über Loki und das, was sie erwartete, sprachen sie beide mit keinem Wort.

Der böige Wind hatte auch einen Vorteil: Zum ersten Mal seit Tagen klarte der Himmel auf und der Anblick der Sonne hob die Stimmung aller, obwohl die Kälte dadurch kaum gemildert wurde. Auch Cathbar und Cluaran griffen zwischendurch zu den Rudern, und sogar Eolande, die vorn am Bug saß, schien ein wenig lebhafter als sonst. Adrian gewöhnte sich nach und nach an das Schaukeln des Bootes und die Enge an Bord und empfand eine immer größere Erleichterung – als seien sie einem Albtraum entronnen statt einem solchen entgegenzufahren.

Am Morgen des dritten Tages sichtete der Steuermann Land, und als die Sonne ihren höchsten Stand erreicht hatte, fuhren sie in den Hafen von Alebu ein.

Tief im Süden, im Königreich Wessex, wich der königliche Berater Aagard erschrocken vor dem Feuer zurück, das in seinem Kamin brannte. Die Bilder, die er in den Flammen gesehen hatte, erschütterten ihn zutiefst. *Ich bin zu alt*, dachte er verzweifelt. Zwar vermochte er in seiner Weisheit die Gefahr zu erkennen und ihr volles Ausmaß zu begreifen, doch war seine Sehkraft zu schwach, ihrem Weg zu folgen – oder ihr gar die Stirn zu bieten.

„Loki kommt nach Süden, so viel ist gewiss", murmelte er. „Und unsere Freunde folgen ihm, sind aber blind gegen die Wahrheit. Der Dämon hat sich in mehrere Personen aufgespalten. In vielerlei Gestalt und schneller als der Nebel zieht er durch das Land."

Der Zerstörer hatte sich noch nicht von allen Fesseln befreit, davon war Aagard überzeugt. Vor Jahren hatte er einen kurzen Blick in den Geist des Dämons werfen können und das Feuer gesehen, das darin loderte. Allein die völlige Vernichtung der Welt konnte Loki zufriedenstellen, wenn er erst ganz frei war.

Also würde er danach trachten, auch die restlichen Fesseln abzuwerfen. Er würde sein Ziel mit List und Tücke verfolgen und andere seinem Willen unterwerfen – wie er es schon einmal hier in Wessex getan hatte. Der wahnsinnige Zauberer Orgrim lebte noch, eingesperrt in den Kerker des Königs. Er war blind und jetzt, da sein Herr ihn verlassen hatte, kaum noch des Sprechens mächtig. Doch als Diener Lokis hatte er einst über das ganze Königreich geherrscht.

„Loki arbeitet mit Lug und Trug und bedient sich all jener, die er sich unterwirft", sagte der Alte laut. „Aber wer könnte das sein?"

Seine Seherkraft war aufgezehrt, er würde an diesem Abend keine Visionen mehr haben. Doch wie er so in den kleinen Kamin starrte, meinte er eine rote Wolke aus Feuer zu sehen, die sich ausbreitete und die Welt verschlang. Ihr Rauch verdunkelte die Sonne.

4. Kapitel

Die Hafenstadt Alebu war Elsa vertrauter als irgendein Ort in Schneeland. Bei ihrer Ankunft herrschte trotz des Winters reger Betrieb. Die Kais waren von Seeleuten sowie wohlhabenden und weniger wohlhabenden Kaufleuten bevölkert und von Gelegenheitsarbeitern, die für einen Tag Arbeit suchten oder unvorsichtige Reisende um ihr Geld erleichterten. Die Menschen sprachen Dansk wie Fritha und ihr Vater, doch mit einem Akzent, der Elsa aus der Zeit vertraut war, als sie die Sprache an Bord der *Spearwa* gelernt hatte. Eigentlich hätte sie sich in einer Küstenstadt wie dieser ganz zu Hause fühlen müssen, doch das Gegenteil war der Fall. Während der drei Tage auf See hatte sie trotz der Besatzung, die sie törichterweise nicht als ebenbürtigen Seemann hatte anerkennen wollen, das Gefühl gehabt, in ihr früheres Leben mit ihrem Vater zurückzukehren, in dem es kein Kristallschwert und keine Dämonen gegeben hatte, gegen die man kämpfen musste, und keine Gewissensbisse, die unaufhörlich an einem nagten. Mit dem ersten Schritt an Land war all dies zurückgekehrt und damit auch das Gefühl, nicht viel Zeit zu haben.

Loki hielt sich irgendwo hier auf. Doch sie wusste nicht, wie sie ihn finden oder gar aufhalten sollte – was sie doch musste! Sie betrachtete ihre rechte Hand, die bis auf den keilförmigen roten Streifen auf der Handfläche geheilt war, und meinte, dort als Antwort auf ihre Gedanken ein Pochen zu spüren. Schwindel erfasste sie. Sie begann zu schwanken und streckte die Arme aus, um nicht zu fallen.

„Elsa!" Sofort eilte Adrian zu ihr und musterte sie besorgt. Cluaran nahm ihren anderen Arm.

„Mir fehlt nichts", sagte sie. „Ich bin nur den festen Boden unter den Füßen nicht mehr gewöhnt." Das Pflaster fühlte sich seltsam an.

Sie verließen den Hafen und machten sich auf den Weg in die Stadt.

„Wir suchen uns ein Gasthaus", sagte Cathbar. „Du musst wieder zu Kräften kommen."

Sie ließen die Seeleute, die sie übers Meer geleitet hatten, in heller Aufregung am Kai zurück. Die Männer hatten das andere, das neue und vor wenigen Tagen erst gerettete Boot, das der Stolz ihres Dorfes war und ihren Helden nach Alebu befördert hatte, verlassen am Kai liegend vorgefunden. Von Besatzung und Steuermann war nichts zu sehen. Auch Nachfragen hatten zu keinem Ergebnis geführt. Das Boot war vor über drei Tagen mit acht Mann an Bord eingetroffen. Alle acht hatten sich noch am selben Tag in die Stadt begeben und waren nicht zurückgekehrt. *Sie haben also nur einen Tag für die Fahrt gebraucht!,* dachte Elsa. Das konnte nicht mit rechten Dingen zugegangen sein.

In der Stadt schienen sich um diese Zeit zahlreiche Gäste aufzuhalten. Die einzige größere Herberge war überfüllt und nur mit Mühe konnten die fünf dort untergebracht werden. Die Wirtin erzählte, vor Kurzem sei ein Heiler in Alebu eingetroffen. Er habe den reichsten Kaufmann der Stadt vom Fieber geheilt und die Kunde davon habe sich rasch verbreitet. Von einer Gruppe von Seeleuten, die vor drei Tagen eingetroffen waren, hatte die Wirtin nichts gehört, doch versicherte sie Cluaran, dass eine so große Gruppe nirgendwo sonst in der Stadt hätte absteigen können. „Vielleicht sind sie ins Inland weitergefahren, um bei einem Bauern zu arbeiten“, meinte sie zweifelnd. „Obwohl es um diese Jahreszeit nicht viel zu tun gibt.“

Elsa hatte die Stimme der Frau auf einmal immer schwächer gehört, als habe sich die Sprecherin von ihr entfernt. Der Kopf wurde ihr schwer und ihre Knie begannen zu zittern. Sie streckte die Hand nach Adrian aus.

„Das Mädchen sieht krank aus!“, rief die Wirtin. „Sie sollte sich hinlegen – eure Freunde könnt ihr später suchen.“

Im kleineren der beiden Räume fanden sie ein Strohlager für Elsa. Sie schlief fast augenblicklich ein. Vor dem folgenden Morgen wachte sie nur einmal auf. Es war dunkel, der Raum wurde nur durch die glühende

Asche des Feuers erhellt und die anderen Gäste schliefen. Auf dem Lager neben ihr lag Eolande. Doch die Fay-Frau schlief nicht. Sie hatte sich auf den Ellbogen aufgestützt, und Elsa sah ihre dunklen Augen glänzen, als beobachte die Frau sie. Im nächsten Moment wandte Eolande sich ruckartig ab. Offenbar hatte Elsa sich bewegt. Sie schlief sofort wieder ein.

Am nächsten Morgen hatte sie immer noch einen schweren Kopf. Adrian musterte sie besorgt, als sie am Tisch der Wirtin saßen und Gerstenfladen aßen.

„Du hast dich noch nicht erholt“, sagte er. „Wir könnten hier einen Ruhetag einlegen und die Reise morgen fortsetzen.“

„Mir fehlt nichts“, beharrte Elsa. Jeder Gedanke an eine Verzögerung alarmierte sie.

„Bringt sie doch zum *grethari*“, sagte die Wirtin und schöpfte Wasser in ihre Becher. „Zum Heiler. Man schreibt ihm außerordentliche Fähigkeiten zu. Er zieht von Ort zu Ort und heilt alles, was er berührt.“

„Lass uns zu ihm gehen!“, rief Adrian sofort.

Cathbar sah Elsa an. „Vielleicht sollten wir das wirklich“, meinte er.

„Aber mir geht es gut!“, erwiderte Elsa mühsam beherrscht. Sie durfte nicht krank sein, begriffen die anderen das nicht? „Wir müssen weiter!“

Doch hatten sie keine Spur, der sie hätten folgen können. Von anderen Gästen der Herberge erfuhren sie, dass Markttag war und dass außer den Händlern weitere Besucher in der Stadt eingetroffen waren, die den *grethari* sehen wollten. Von einer Gruppe von Fremden wusste dagegen niemand etwas, auch nicht von einem schönen, gebieterischen Mann, der wie ein Held auftrat. Sowohl Loki als auch seine Gefährten schienen sich in Luft aufgelöst zu haben.

„Wir müssen Proviant einkaufen“, sagte Cathbar. „Vielleicht erfahren wir auf dem Markt mehr.“

Der Markt war sogar im Vergleich zu Elsas Heimatstadt Dubris klein. Sie kauften Brot, Dörrfisch und Decken für die Reise. Cathbar sprach mit einem Schmied und verließ ihn schließlich mit einem länglichen Paket. An der Bude eines fränkischen Händlers erfuhren Adrian und Elsa endlich, was sie so dringend wissen wollten.

„Ich lüge nicht“, sagte der Mann zu einer Kundin, während er vorsichtig eine Spange aus Blech und zwei Nadeln aus einer Dose fischte. „Ein Waldbrand, keine dreißig Meilen von hier, trotz der Kälte! Ich habe es mit eigenen Augen gesehen.“

Die Kundin ging und der Mann wiederholte die Geschichte für Adrian und Elsa. Nachfragen bei anderen Händlern bestätigten sie. Der Brand sei erst vorgestern in dem großen Wald im Süden ausgebrochen, hieß es. Ein Blitz musste in einen Baum eingeschlagen sein, wie es manchmal bei Wintergewittern passiert, nur dass es kein Gewitter gegeben hatte. Das Feuer hatte sich rasch ausgebreitet und man hatte den Rauch meilenweit gesehen. Einige Händler hatten es auf dem Weg zum Markt von Alebu beobachtet oder den Rauch gerochen, aber keiner wusste, warum es sich ausgerechnet im Winter so verheerend ausgebreitet hatte.

„Soviel ich weiß, brennt es immer noch“, sagte ein Bauer. „Ich habe gehört, dass es nicht durch einen Blitz verursacht wurde, sondern wahrscheinlich durch eine Bande von Straßenräubern.“

„Ich habe noch nie von Straßenräubern in dieser Gegend gehört.“ Der fränkische Händler sah besorgt aus.

Der Bauer kam näher. „Das mag auch so gewesen sein, aber diese Woche habe ich viele seltsame Dinge gehört. Es ist etwas im Busch. Einige von uns fahren morgen nach Marktende in Richtung Süden – Bürger aus Eikstofn und den Bauernhöfen der Umgebung. Wenn Ihr wollt, kommt mit uns. Je mehr wir sind, desto besser, sage ich.“

„Abgemacht“, sagte der Händler. „Ich will nicht allein unterwegs sein, wenn dort wirklich Räuber ihr Unwesen treiben.“

Auf diese Neuigkeiten hin schien Elsas Schwäche wie verflogen. Sie wechselte einen Blick mit Adrian. Bestimmt dachte er dasselbe wie sie: *Loki legt eine Spur für uns.* Sie wollte sofort aufbrechen, aber Cluaran war dafür, bis zum nächsten Tag zu warten, dann könnten sie mit den heimkehrenden Händlern reisen und von ihnen erfahren, wo genau das Feuer ausgebrochen war.

Cathbar stimmte zu. „Die Händler kennen die Gegend“, gab er zu bedenken und verstaute das längliche Paket in seinem Ranzen. „Außerdem ist man hier auch ohne Loki zu mehreren sicherer.“

Sie brachen am nächsten Tag noch vor Morgengrauen zusammen mit den anderen Händlern auf, die in ihrer Herberge abgestiegen waren, und marschierten im Dunkeln zu der Straße, die zum Wald führte. Dort begrüßte der fränkische Händler sie und schloss sich ihnen an. Er heiße Menobert, sagte er, und wolle nach Süden bis ins Frankenreich. Dann fragte er sie nach ihrem Ziel.

„Wir wollen auch nach Süden“, sagte Cluaran nur, und Menobert nickte gutmütig und schien über die ausweichende Antwort nicht gekränkt.

Er war von stämmiger Statur, trug einen schwarzen Schnurrbart und hatte ein fröhliches und gesprächiges Wesen. Er erzählte von der Dürre und der schlechten Ernte des vergangenen Jahres, die in diesem Winter solche Not verursacht hätte. Er wäre daher nicht überrascht, wenn einige Bauern ihre Höfe verlassen hätten und zu Räubern geworden wären.

Elsa sah Cathbar grimmig nicken und den Sitz seines Schwerts überprüfen.

Sie folgten der großen Straße nach Süden. Sie war breit genug für Fuhrwerke, obwohl nur wenige sie benutzten. Tiefe Wagenspuren hatten sich in die vereiste Fahrbahn eingegraben, doch dann ging die Sonne auf und Schnee und Eis begannen zu schmelzen. Für Elsa, die so lange über Schnee gegangen war, fühlte sich der Matsch unter den Füßen wunderbar an. Sie kamen gut voran und sogar Eolande, die nicht über die Eisfelder hatte gehen wollen, ging hier bereitwillig zu Fuß. Von den Straßenräubern, von denen der Bauer gesprochen hatte, war zunächst nichts zu sehen, doch kurz vor Mittag stießen zwei Bäuerinnen zu ihnen, Schwestern, die aus Angst vor Überfällen gern in ihrer Gesellschaft weiterreisten. Sie hatten den *grethari* besucht, erzählten sie Elsa, den Wanderheiler, der in einem kleinen Dorf unmittelbar westlich der Straße Station machte, und in dem Dorf war es zu Plünderungen gekommen, die sich womöglich noch ausbreiteten. Offenbar hatte der Heiler Alebu noch vor ihrer Ankunft verlassen, dachte Elsa, und die vielen Pilger, die in den Herbergen abgestiegen waren und ihn zu sehen hofften, hatten die Reise umsonst gemacht. Ihre Wirtin hatte freilich gesagt, der Mann sei erst vor Kurzem in der Stadt eingetroffen.

„Er scheint sich nirgendwo lange aufzuhalten“, sagte sie.

„Das weiß ich nicht“, gestand die jüngere der beiden Frauen. „Aber wir haben erst gestern von einem Reisenden etwas über ihn gehört. Sein Name ist bereits bekannt. Er hat sich in Windeseile herumgesprochen.“

„Mit gutem Grund“, fiel die Schwester begeistert ein. „Er hat meine schmerzende Schulter geheilt, nur indem er die Hände darauflegte.“

„Was verlangt er dafür?“, fragte Cluaran trocken.

„Er nimmt kein Geld!“ Die Frau klang entrüstet. „Er sagt, seine Gabe gehöre allen, er dürfe sich nicht daran bereichern. Er lässt sich zum Essen einladen, das ist alles.“

„Und er hätte zwanzig Mal so viel essen können, wenn er gewollt hätte“, ergänzte die Schwester. „So viele Leute standen an, um ihn zu sehen.“

„Einer von diesen Wanderheiligen, was?“, sagte Menobert verächtlich. „Mit Wundern handeln heutzutage viel zu viele. Sie machen schöne Worte und halten die Leute von der Arbeit ab, bis sie vergessen haben, was Arbeit überhaupt ist. Und dann gehen diese Leute ihrerseits auf Wanderschaft und leben von Almosen und bekehren weitere Faulenzer.“

„Er ist ganz anders!“, rief die Frau empört. „Ihr habt ihn nicht gesehen.“

„Ich kenne genug von der Sorte“, versetzte der Händler. „Ich könnte mich auf meinen Reisen täglich zu drei neuen Religionen bekehren.“

Die erste Frau hob in gespielter Resignation die Hände. „Manche Leute können eben keine Geschenke annehmen. Ich bin jedenfalls froh, dass es in schweren Zeiten wie den unsrigen Menschen wie den *grethari* gibt.“

Sie marschierten den ganzen Tag und machten nur gegen Mittag für eine kurze Mahlzeit neben der Straße Rast. Weitere Reisende schlossen sich ihnen an: ein Händler und ein junger Mann, der den *grethari* gleichfalls erlebt hatte und ebenso begeistert von seiner Heilkraft sprach wie die beiden Schwestern.

Bei Sonnenuntergang machten sie halt und richteten sich auf einer Wiese, die offenbar regelmäßig von Reisenden genutzt wurde, für die Nacht ein. Ein kleines Eichengehölz bot Schutz vor dem schneidenden Wind, obwohl die Eichen keine Blätter mehr trugen, und hielt den leichten Schnee ab, der über Nacht fiel. Was den Schutz vor Überfällen betraf, so hielten Cathbar und Cluaran abwechselnd mit den anderen Männern Wache. So wenig es hier für Räuber zu holen gab, niemand wollte es darauf ankommen lassen.

Bei Anbruch der Dämmerung zogen sie rasch weiter. Einige Zeit später begegnete ihnen ein alter Mann, der drei Ziegen vor sich hertrieb. Er warnte die Reisenden eindringlich vor den Gefahren, die sie auf der Straße erwarteten.

„Ich bin in all den Jahren, die ich diese Straße benütze, noch nie so viel Gesindel begegnet", klagte er, „mit Schwertern bewaffneten Räubern ... Niemand weiß, woher sie kommen. Sogar von einer Bande von Heiden habe ich gehört, die einen Bildstock an der Straße umgestürzt haben soll."

„Und deshalb ziehst du nach Norden, in die Sicherheit“, ergänzte Cluaran, der ihm zugehört hatte. Der Ziegenhirt nickte, verabschiedete sich und ging.

„Macht möglichst niemanden auf euch aufmerksam und versteckt eure Geldbörsen“, riet Menobert. „Nur dann bleibt man von dem Gesindel unbehelligt. Diesen Bränden allerdings ... denen kann man nicht ausweichen. Erinnert ihr euch noch an das Feuer, von dem ich euch erzählt habe? Angeblich brennt es immer noch!“ Er betrachtete die durch die Luft wirbelnden Schneeflocken und fügte trocken hinzu: „Vielleicht sollten wir es aufsuchen, dann hätten wir es wenigstens warm.“

„Ihr sprecht von einem Waldbrand?“, rief ein fahrender Händler, der Menobert gehört hatte. Bereitwillig wiederholte Menobert die Geschichte von dem Baum, der von einem Blitz getroffen worden sei, obwohl es gar kein Gewitter gegeben habe.

„Ach so, davon habe ich gehört“, sagte der Mann geringschätzig. „Das ist schon einige Tage her. Inzwischen gibt es neue Brände. Erst gestern brach weiter im Süden in der Nähe von Varde einer aus. Nun scheint festzustehen“, er senkte die Stimme verschwörerisch, „dass Straßenräuber sie legen.“

„Warum sollten sie das tun?“, fragte eine Bäuerin. „Und warum auf einmal jetzt?“

Hatten diese Banden im Süden vielleicht etwas mit Loki zu tun?, dachte Elsa plötzlich. Der Dämon war in diese Richtung verschwunden, und er verstand sich darauf, Menschen seinem Willen zu unterwerfen. Und

Feuer war für ihn eine Sprache, die er fließend beherrschte.

„Ich habe gehört, dass sie am Rand des Feuers auf die fliehenden Menschen warten und sie dann einfach ausrauben“, sagte der Mann. „Manche Leute haben überhaupt kein Gewissen.“

Der Wind legte sich, doch die Wiesen auf beiden Seiten des Weges waren schneebedeckt, und nur einige vereinzelte Häuser zeigten an, dass die Gegend überhaupt bewohnt war. Im Lauf des Tages nahm die Zahl der Bäume auf den Wiesen immer mehr zu und nach einiger Zeit führte der Weg an einem Wald entlang. Ein frischer Wind kam auf und plötzlich roch es unverkennbar nach Rauch. Die Reisenden hielten an. Keiner sah dem andern in die Augen, keiner wollte zuerst etwas sagen.

Auf einmal lachte der Mann, der Banditen für die Feuer verantwortlich gemacht hatte, kurz auf. „Na also“, sagte er. „Ich wette, für die Köhler ist es heute Nacht zu heiß zum Arbeiten.“

Elsa und Adrian wechselten empörte Blicke. Sie dachten an ihren großzügigen Gastgeber, dessen Hütte zerstört worden war. Elsa wollte zu einer scharfen Erwiderung ansetzen, doch Cluaran gab ihr einen leichten Stoß.

„Die Kinder sind müde“, sagte er an die anderen Reisenden gewandt. „Wir werden hier für die Nacht haltmachen. Ich danke euch für eure Gesellschaft.“

Ihre neuen Gefährten und vor allem Menobert waren von dieser Vorstellung entsetzt und baten ihn, sich die Sache doch noch einmal zu überlegen. Sie befänden sich am Rand eines Waldes, in dem womöglich Räuber ihr Unwesen trieben. Es seien nur noch drei Meilen bis zum nächsten Ort, Eikstofn, sagte eine Bäuerin, und wenn sie dort keine Unterkunft fänden, könnte sie den armen Kindern ein Bett in ihrem Hof anderthalb Meilen hinter Eikstofn anbieten. Doch Cluaran ließ sich nicht umstimmen.

„Ich danke Euch für Euer freundliches Angebot", sagte er. „Die Gastfreundschaft gibt uns in diesen Zeiten Mut. Ich hoffe, dass wir einander wieder auf der Straße begegnen – doch heute werden wir hier übernachten."

Er legte Elsa die Hand auf die Schulter, und Elsa versuchte so auszusehen, als könne sie keinen Schritt mehr laufen. Die anderen Reisenden brachen auf und Menobert und die beiden Frauen drehten sich noch ein paarmal um und winkten. Cluaran sah ihnen nach, bis sie außer Sichtweite waren, dann schulterte er seinen Ranzen.

„Wir sind vor nicht einmal einhundert Schritten an einem Weg vorbeigegangen, der in den Wald führt", sagte er. „Bestimmt leben dort Köhler, die uns mehr über diese Brände sagen können: ob sie von Räubern gelegt oder von einem Blitz verursacht wurden. Loki könnte für beides verantwortlich sein. Kommt!"

Er schritt bereits voraus und Elsa lief hinterher.

„Wartet!“, rief Adrian. „Was ist, wenn das Feuer noch brennt?“

„Dann können wir gleich denen helfen, die in Not geraten sind“, erwiderte Cluaran, ohne sich zu Adrian umzudrehen.

„Wenn es dafür nicht zu spät ist“, brummte Cathbar, folgte ihm aber zusammen mit Adrian. Eolande hatten sie zwischen sich genommen.

Der Abend war noch nicht angebrochen, doch der Himmel war schon den ganzen Tag über grau und zwischen den Bäumen war es fast dunkel. Elsa sah keine Nadelbäume wie in Frithas Wald in Schneeland, sondern Eichen, Ulmen und auch Linden, deren Blätter in dicken Knospen schlummerten. Das alte Laub unter ihren Füßen hatte sich bereits zu Mulch zersetzt. Bei dem Weg, den Cluaran gesehen hatte, handelte es sich um eine Spur, die sich zwischen den Bäumen hindurchwand und nur an dem kaum merklich niedergetretenen Mulch zu erkennen war. Doch Cluaran folgte ihr zielstrebig. Einmal blickte er zurück, um sich zu vergewissern, dass die anderen ihm folgten, und Elsa bemerkte sein zufriedenes Gesicht. Er schien sich in dieser düsteren Umgebung wohler zu fühlen als auf der Straße. Auch Eolande wirkte lebhafter als seit Tagen. Sie sagte zwar nichts, sah sich aber durchaus aufmerksam um. Cathbar führte sie weiter am Arm, doch sie ging mit festeren Schritten, und nach einer Weile ließ er sie los.

Unbeirrt folgte Cluaran dem Pfad zwischen den ewig gleichen Bäumen. Elsa meinte, den Rauch stärker zu riechen, allerdings war die Luft klar und ein Feuer war weder zu sehen noch zu hören. Man hörte gar nichts. Menobert hatte gesagt, im Wald gebe es viele Bären und Wildschweine, aber Elsa vernahm nicht einmal Vogelgesang.

„Kannst du hier irgendwelche Tiere aufspüren?", fragte sie Adrian leise. Er hatte seit einer Weile einen abwesenden Blick, aus dem sie schloss, dass er in Gedanken nach anderen Lebewesen suchte, durch deren Augen er blicken konnte.

„Nicht in der Nähe", sagte er. „Weiter weg gibt es welche, die ungefährlich sind – ich glaube Hirsche. Aber sie haben Angst, Elsa. Ich weiß nicht, wo es brennt, aber das Feuer hat ihnen einen gehörigen Schrecken eingejagt."

„Ich fürchte nicht die Tiere." Cathbar hatte sie eingeholt, und Elsa sah, dass er das längliche Paket in der Hand hielt, dass er in Alebu auf dem Markt gekauft hatte. „In diesem Wald hausen wahrscheinlich Räuberbanden, und es ist kein Zufall, dass sie sich wie Unkraut vermehren, seit Loki wieder unterwegs ist." Elsas Herz begann zu klopfen, denn sie ahnte schon, was als Nächstes kommen würde. „Ich weiß, dass du keine Waffe mehr hast, aber gut kämpfen kannst, Elsa – ich habe dich mit dem leuchtenden Schwert kämpfen sehen. Wir wissen nicht, ob die Banditen Lokis Knechte sind, aber ich bin fest davon überzeugt, dass wir kämpfen müssen. Bitte sehr." Ein wenig rot im Gesicht drückte er Elsa das Paket in die Hand.

In dem dicken Öltuch befand sich ein Schwert in einer Lederscheide. „Es hat nicht besonders viel gekostet", sagte Cathbar, „aber die Klinge ist gut und es ist leicht." Entschuldigend fügte er hinzu: „Ich sagte dem Schmied, es sei für einen Jungen."

Muss ich das jetzt tun – herumgehen wie ein Soldat, mit einem Stück Eisen am Gürtel? Ioneth – wo bist du? Doch Elsa bekam keine Antwort. Wortlos nahm sie das Schwert und unterdrückte ein Zucken, als der ungewohnte Griff ihre noch empfindliche Handfläche berührte.

Cathbar nickte. „Gut. Wenn wir heute Abend haltmachen, kannst du damit üben." Er zeigte ihr, wie sie die Scheide am Gürtel befestigen konnte, und schloss dann nach vorn auf, um sich mit Cluaran zu unterhalten – als habe er ihr nun nichts mehr zu sagen. Doch Elsa sah, wie er sich noch einmal verstohlen nach ihr umdrehte.

Das Tageslicht schwand bereits, da bemerkten sie die ersten Anzeichen des Feuers. Zu sehen oder zu hören war noch immer nichts, aber Adrian musste plötzlich husten und Elsa spürte das vertraute Kratzen im Hals. Vor ihnen öffnete sich eine Lichtung, darüber wölbte sich der graue, von der Abendsonne gelb getönte Himmel. Schwarzer Rauch stieg zum Himmel auf – und im letzten Licht konnten sie die verkohlten Bäume am anderen Ende der Lichtung erkennen.

Cluaran beugte sich über etwas und auf einmal schnürte die Angst Elsas Kehle zu. Was wie ein dicker Stumpf oder ein Erdhügel aussah, war in Wirklichkeit ein Gebäude – sie standen vor den Überresten einer verbrannten Hütte.

„Das war die Hütte eines Holzfällers", sagte Cluaran leise. „Hier liegt das Blatt einer Axt. Offenbar hat die Lichtung das Feuer aufgehalten. Gestern lag hier wohl noch Schnee." Er richtete sich auf. „Wir stehen am Rand des verbrannten Geländes."

„Irgendeine Spur vom Bewohner der Hütte?", fragte Cathbar gepresst.

Cluaran schüttelte den Kopf. Er hatte ein Stück des verkohlten Holzes abgebrochen und roch daran. „Wir können nur hoffen, dass er fliehen konnte – aber wir wissen es nicht. Das Feuer ist schon mehrere Stunden alt, vielleicht sogar über einen Tag."

„Dann lass uns weitergehen!", drängte Elsa. Sie schreckte zwar davor zurück, den dunklen Wald jenseits der verkohlten Hütte zu betreten – aber sie war hierhergekommen, um Loki zu stellen. „Wir müssen doch die Ursache des Feuers finden."

Cluaran nickte. „Es ist die beste Spur, die wir haben. Aber lass uns bis morgen warten, dann sehen wir, wohin wir gehen. Wir können die Nacht genauso gut hier verbringen."

Adrian und Cluaran luden das Gepäck unter den Bäumen auf der unversehrten Seite der Lichtung ab und breiteten die Decken aus. Cathbar drängte Elsa, mit dem Schwert zu üben, solange es noch nicht ganz dunkel war, und ihr fiel kein Grund ein, aus dem sie sich hätte weigern können. Am Anfang konnte sie das Ding kaum in der Hand halten, es fühlte sich so fremd an, und sie selbst bewegte sich langsam und ungeschickt, konnte den Angriffen Cathbars nicht rechtzeitig ausweichen und fand selbst keine Gelegenheit zum Angriff. Sie hatten erst ein Dutzend Schläge ausgetauscht, da schlug Cathbar ihr das Schwert ganz aus der Hand.

„Nein!“, rief er verzweifelt. „Du kämpfst wie ... wie eine Anfängerin! Versuche es noch einmal.“

„Nimm es doch in die andere Hand“, schlug Adrian vor, der ihnen zusah. „Deine rechte Hand tut bestimmt noch weh.“

Elsa nahm den Vorschlag dankbar auf. Das neue Schwert fühlte sich zwar auch in der linken Hand ungewohnt und sperrig an, aber nicht mehr ganz so fremd. Sie machte Fortschritte und bei Einbruch der Nacht zeigte Cathbar sich zuversichtlich, dass sie bald damit zurechtkommen würde. Vor dem Schlafen löschte Cluaran noch das kleine Feuer, auf dem sie gekocht hatten. Ohne die Körperwärme der zahlreichen Reisegefährten vom Vortag würde es eine kalte Nacht werden, aber das war Elsa egal. Wenigstens lag kein Schnee. Sie war müde und legte sich froh auf ihre unter den Bäumen ausgebreitete Decke. Die anderen legten sich der Wärme halber dicht neben sie.

Rufe weckten sie mitten in der Nacht. Frierend schlug Elsa die Augen auf und sah über sich die kahlen Äste im Wind schwanken. Am schwarzen Himmel über der Lichtung stand die Mondsichel. Cathbar war bereits auf den Beinen, Adrian richtete sich gerade auf. Er war bleich im Gesicht und hatte die Augen suchend geschlossen.

„Sie sind zu mehreren", sagte er leise. „Männer mit Messern, die etwas oder jemanden angreifen." Er zeigte zwischen den verbrannten Bäumen hindurch. „Dort."

Sie huschten über die Lichtung und in den verkohlten Wald. Adrian ging voraus. Schon nach zwanzig Schritten blieb er stehen und deutete wieder nach vorn, doch Elsa konnte die Männer nun selbst erkennen.

Sie waren zu siebt und groß gewachsen, in dicke Pelze gehüllt und mit Messern bewaffnet. Sie standen auf einer kleinen, durch umgestürzte Bäume entstandenen Lichtung inmitten kahler, verkohlter Stämme. Neben ihnen lag umgekippt ein klappriger Handkarren. Sein Inhalt lag auf dem aschebedeckten Boden verstreut, doch die Männer beachteten ihn nicht. Sie beugten sich über etwas, das sich bewegte. Dann sprach einer. Er klang höhnisch.

„Schlagt ihm doch den Kopf ab, dann kriegen wir sie!"

Die anderen Männer lachten. Auf dem Boden sah Elsa im Mondlicht einen Schopf heller Haare und eine kleine, sich verzweifelt wehrende Gestalt. Ein dünnes Stimmchen ertönte flehend – die Stimme eines Kindes.

Schon hielt Elsa ihr neues Schwert in der Hand und rannte los. Vergeblich mühte sich Adrian, sie zurückzuhalten.

5. Kapitel

Nein, Elsa!

Adrian schluckte die Worte gerade noch hinunter und stieß nur ein ersticktes Keuchen aus. Elsa rannte auf die Lichtung hinaus. Noch bevor die Männer sich umdrehen konnten, war sie bei ihnen und schlug auf den Schwertarm einer der Gestalten ein. Der Mann wich taumelnd zurück und hielt sich brüllend den Arm, doch zwei seiner Gefährten gingen sofort mit gezückten Jagdmessern auf Elsa los. Sie sahen auch im Dunkeln, dass der Angreifer viel kleiner war als sie, und wichen Elsas wütenden Schlägen lachend nach hinten zwischen die Bäume aus. *Hier bringt Elsa das Langschwert keinen Vorteil*, dachte Adrian. Die Stämme der Bäume waren zwar verbrannt und tot, aber immer noch fest. Er zog sein eigenes kleines Messer, doch bevor er Elsa zu Hilfe eilen konnte, hielt ihn jemand unsanft an den Schultern fest.

„Narr!“, knurrte Cathbar an seinem Ohr. „Willst du dich auch umbringen? Nimm deinen Bogen!“

Cluaran hatte bereits auf einen von Elsas Angreifern geschossen. Mit einem Pfeil im Rücken ging der Mann zwischen den schwarzen Bäumen zu Boden – doch im nächsten Augenblick hatten die Räuber Elsa umzingelt und näherten sich ihr, um sie mit ihren Messern zu töten. Sie schlug wie wild um sich, und die Männer vor ihr wichen mit höhnischem Geschrei wieder zwischen die toten Bäume zurück, während die hinter ihr vorrückten.

Adrian hob seinen Bogen und schoss im selben Moment wie Cluaran – doch der eine Pfeil streifte einen Baum und ging ins Leere, der andere traf einen Mann in die Schulter, ohne ihn außer Gefecht zu setzen. Die zwischen den Bäumen hin und her laufenden, schreienden Räuber mit Elsa in ihrer Mitte waren nur undeutlich zu erkennen.

Wenn sie Elsa retten wollten, mussten sie näher an sie herankommen.

„Bleibt ihr hier und schießt weiter!“, zischte Cathbar und stürmte brüllend vor.

„Sofort mir nach, Männer! Eine Silbermünze für jeden Toten.“

Noch bevor sein Schrei verhallt war, hatte er schon einen der Banditen niedergeschlagen. Dessen Kumpane erstarrten und sahen sich erschrocken nach weiteren Angreifern um. Nun schoss Adrian seinen nächsten Pfeil ab und traf einen Banditen mitten in die Brust. Neben sich hörte er Cluarans Bogen vibrieren.

Er wusste nicht, ob dessen Pfeil auch traf. Die Räuber hatten den Tod ihres ersten Kumpans im Dunkeln offenbar zunächst nicht bemerkt und daher geglaubt, sie hätten es nur mit dem Mädchen zu tun. Jetzt wähnten sie sich von einem größeren Trupp bewaffneter Männer attackiert und ergriffen die Flucht. Drei lagen tot auf dem Boden, einige weitere waren ihrem Stöhnen nach zu schließen verwundet. Die Übrigen brachen krachend durch das Unterholz und verschwanden.

Keuchend sah Elsa ihnen nach. Ihr Schwert war blutverschmiert, und ihr Fellmantel hatte einen langen Riss, aber sie selbst schien unverletzt.

Cathbar trat zu ihr und legte ihr die Hand auf die Schulter. „Das war töricht von dir, Elsa", sagte er. Seine Stimme klang kalt. „Töricht und gefährlich. Du hast uns alle in Gefahr gebracht. Ich habe dir das Schwert gegeben, damit du dich verteidigen kannst, nicht um dich in Kämpfe zu stürzen, die du nicht gewinnen kannst. Das nächste Mal folgst du meinen Befehlen, verstanden?"

Elsas gerötetes Gesicht war weiß geworden, doch sie nickte.

„Gut", sagte Cathbar. „Wir können die Toten nicht mehr fragen, ob sie mit Loki verbündet waren, aber lass uns sehen, wen du gerettet hast."

Auf dem Boden lag zusammengekrümmt, wie die Räuber ihn hatten liegen lassen, ein kleiner Junge. Er war nur mit einem langen Hemd und Beinlingen bekleidet und hatte um die Füße Lumpen gewickelt. Als sie sich ihm näherten, rollte er sich noch mehr zusammen.

Immer wieder wurde er von unterdrücktem Schluchzen geschüttelt. Elsa kniete sich neben ihn.

„Hab keine Angst", sagte sie auf Dansk. „Die Männer sind weg und wir tun dir nichts."

Der Junge sah auf. Adrian schätzte, dass er sieben oder acht Jahre alt sein mochte. Sein Körper war mager und drahtig. Sein Gesicht unter einem Schopf widerspenstiger heller Haare war schmutzig. Das Schwarz seiner noch immer angstvoll aufgerissenen Augen hob sich von der hellen Haut ab.

„Wir wollen dir helfen", sagte Elsa. „Wohnt hier jemand, zu dem wir dich bringen können? Vielleicht deine Eltern?"

Der Junge schüttelte den Kopf und bewegte die Lippen, als suche er nach den richtigen Worten. Dann sprach er. Nur ein zittriges Flüstern war zu hören.

„Sie ... Sie sind weg. Im Feuer umgekommen."

Elsa hatte instinktiv die Hand nach ihm ausgestreckt, doch als sie seine Worte hörte, zog sie die Hand zurück, als hätte sie sich verbrannt, und ihre Augen füllten sich mit Tränen. Adrian sah, wie ihre Lippen sich bewegten: *Ioneth!*

„Das war wieder er", sagte sie heftig. „Er hat die Leute getötet ... und alles verbrannt ... wie vor ein paar Tagen ..." Sie wandte sich wieder dem Jungen zu, der sie erschrocken anstarrte.

„Komm mit uns", sagte sie freundlich. „Wir bringen dich an einen sicheren Ort."

„Mit uns!“, rief Cluaran. „Für wie lange denn?“

„Bis wir jemanden gefunden haben, der ihn aufnimmt“, erwiderte Elsa erregt. „Hier kann er nicht bleiben!“

„Wir können ihn auch nicht mitnehmen“, sagte Cluaran. „Vielleicht bis zur Straße. Wenn er noch Angehörige hat, wohnen die bestimmt in der Nähe. Mit diesen Lumpen an den Füßen kann er nicht weit gelaufen sein. Und wir haben noch einen weiten Weg vor uns, Elsa. Ein Kind würde uns bremsen.“

„Dann lass mich hier bei ihm“, erwiderte Elsa.

Der Junge verzog das Gesicht, als wollte er gleich in Tränen ausbrechen. Mitleid mit dem kleinen Wicht überkam Adrian. „Ich finde, Elsa hat Recht“, sagte er. „Wir müssen ihn mitnehmen. Er ist zu klein und die Räuber könnten zurückkehren.“

„Wenigstens bis wir ihn irgendwo untergebracht haben“, meinte Cathbar.

Cluaran zögerte und nickte dann.

Es war kurz vor Morgen und wurde bereits heller, obwohl Wolken über den Himmel jagten und den Mond verdeckten. Sie waren mit dem Jungen in ihr Lager zurückgekehrt, hatten danach aber nicht mehr schlafen können. Adrian und Cluaran nahmen ihre Bögen und gingen jagen. Den Jungen gaben sie in die Obhut von Elsa und Eolande. Cathbar hielt Wache.

Adrian ging neben Cluaran durch den vom Feuer

verschonten Wald auf der anderen Seite der Lichtung. Auf den Bäumen lag Asche wie Staub. „Glaubst du, der Junge lebt hier im Wald?“, fragte er.

„Wenn ja, könnte er uns nützen. Er könnte uns zeigen, wo er herkommt, und vielleicht auch, wo das Feuer ausgebrochen ist.“

Adrian war empört. „Denkst du nur daran, wie er uns helfen könnte? Er braucht vor allem selbst Hilfe!“

„Die wir ihm auch geben“, erwiderte Cluaran ernst. „Wir werden seine Eltern finden, wenn sie noch am Leben sind – und wenn nicht, finden wir jemanden, der ihn bei sich aufnimmt. Aber er wird nicht der letzte Waise sein, dem wir begegnen, Adrian. Und wenn wir Loki nicht finden und aufhalten, wird es auf der Welt bald vor Waisen nur so wimmeln.“ Er ging eine Weile schweigend weiter, dann sagte er: „Vor allem dürfen wir nicht verhungern. Also an die Arbeit, Junge, wir brauchen ein Reh.“

Sie begegneten nur Kaninchen, doch kehrten sie im fahlen Licht des Morgengrauens mit drei davon ins Lager zurück, was für ein ordentliches Frühstück reichte. Elsa und Cathbar hatten auf der Lichtung ein Feuer gemacht, das sie mit einer Rinne umgaben, damit es nicht außer Kontrolle geraten konnte. Es hatte nicht mehr geschneit. Adrian setzte sich ans Feuer und briet sein Fleisch an zwei Stöcken. Allmählich wurde ihm wieder warm.

Der Junge hatte sich so nahe ans Feuer gelegt, wie er

konnte, ohne sich zu gefährden, und schlief fest. Vor dem Einschlafen hatte er Elsa noch ein wenig von sich erzählt. Er hieß Wulfstan oder Wulf und lebte nicht im Wald. Seine Eltern seien Händler, sagte Elsa.

„Er erzählte, sie seien durchs Land gezogen und hätten ihre Waren verkauft und vor einigen Tagen seien sie hierhergekommen. Ich glaube, sie besuchten Dörfer im Wald. Ich habe ihn nicht gut verstanden, er sprach vor lauter Angst ganz undeutlich – und ich glaube, er kommt auch nicht aus dieser Gegend. Er scheint die Sprache nicht richtig zu beherrschen."

Sie hatten auch den Inhalt von Wulfs Handkarren eingesammelt – eine Decke, eine Wasserflasche und einigen Proviant, von dem das meiste in den Schmutz gefallen und verdorben war. „Er meinte, er sei beim Ausbruch des Feuers mit dem Karren losgerannt", sagte Elsa.

„Wir finden seine Eltern", brummte Cathbar. „Oder wir finden heraus, was ihnen zugestoßen ist."

Der Junge wachte auf, als sie die Glut zerstreuten, und schlang seinen Teil des Kaninchens mit einer Gier hinunter, die vermuten ließ, dass er seit Tagen nichts gegessen hatte. Seine Angst schien ein wenig nachgelassen zu haben. Er betrachtete Adrian und die beiden Männer zwar misstrauisch, sprach aber mit ihnen.

„Ihr habt die bösen Männer getötet", sagte er zu Cathbar, den Mund voller Fleisch. „Jetzt bleibe ich bei Euch."

Adrian begriff, warum Elsa Wulf so schwer verstand: Er sprach Dansk in einem singenden Tonfall, als sei es für ihn eine fremde Sprache, und sah manchmal ratlos aus, wenn er etwas gefragt wurde. Aber er fühlte sich ganz offensichtlich zu Elsa hingezogen. Als sie aufstand, um ihre Decke zu holen, die sie an einem Baum zum Lüften aufgehängt hatte, sprang er noch kauend auf und half ihr beim Einrollen.

„Ich kann dir helfen!", rief er. „Lass mich das machen, Elsa!"

Lächelnd ließ sie ihn gewähren. Zu Adrians Überraschung rollte der Junge die unförmige Decke ordentlich auf. Offenbar kannte er das Leben auf der Straße. Vielleicht würde er sie gar nicht so sehr behindern. Allerdings war er für den Winter ungenügend angezogen. Sein Hemd war zerrissen und viel zu groß für ihn. Es rutschte ihm bei der Arbeit von der Schulter und ein dünnes Halskettchen aus Metall kam zum Vorschein. Es sah nicht wertvoll aus, aber Wulf zog das Hemd sofort wieder schützend darüber. Adrian dachte mit Schaudern daran, dass die Räuber den Jungen hatten töten wollen, um an das Kettchen zu kommen.

Elsa war seinem Blick gefolgt. „Er sagte, er habe das Kettchen von seinem Vater", flüsterte sie. „Mehr ist ihm nicht geblieben." Ihre Augen glänzten.

Kurz nach Sonnenaufgang brachen sie auf und folgten der Schneise verbrannter Bäume. An einigen hingen noch abgebrochene Äste, von anderen waren nur noch verkohlte Stämme übrig, die wie die Speere einer Geisterarmee zum Himmel aufragten. Wieder andere waren umgestürzt. Der Boden war mit Asche bedeckt, die bei jedem Schritt aufgewirbelt wurde; in der Luft hing ein trüber Schleier, der den Himmel verdeckte und alles grau färbte. Elsa ging neben dem Jungen, Cathbar und Cluaran marschierten voraus und unterhielten sich leise. Adrian ging zum ersten Mal seit Tagen neben Eolande. Die Fay-Frau beachtete ihn nicht, doch bemerkte er erstaunt, dass ihr sonst so ausdrucksloses Gesicht bekümmert aussah. Hin und wieder streckte sie die Hand nach einem Baum aus und berührte die Rinde sacht wie eine Mutter, die ihr schlafendes Kind nicht wecken will.

„Ob die Bäume sich wieder erholen?“, fragte er sie, doch Eolande starrte ihn nur an, als habe sie ein Vogel gerufen.

Je weiter sie kamen, desto schlimmer waren die Bäume beschädigt. Die kahlen Stämme wurden schon bald durch mannshohe Stümpfe abgelöst, dann durch niedrige Stümpfe, deren obere Enden mit weißer Asche beschmiert waren. Auf dem Boden lag die Asche jetzt knöcheltief. Cluaran und Cathbar blieben stehen.

„Dieses Feuer wurde nicht von Straßenräubern gelegt, auch wenn sie es als willkommene Gelegenheit für Überfälle benutzt haben“, sagte Cluaran. Er streckte den Arm aus.

Etwa hundert Schritt vor ihnen, aber deutlich zu sehen, lag eine große schwarze, runde Fläche. An ihren Rändern lag Asche wie Schnee aufgehäuft und jeder kleinste Windstoß wehte sie auf die Fläche hinunter. Diese war deutlich größer als der verkohlte Grundriss von Grufwelds Hütte und nicht von Baumstümpfen umgeben. Offensichtlich war hier schon vor Ausbruch des Brands eine Lichtung gewesen. Aus den traurigen Aschehaufen innerhalb des Kreises ragten verkohlte Balken: Hier hatte einst ein Dorf gestanden.

Elsa blieb mit schreckensweiten Augen neben Cluaran stehen. Wulf watete neben ihr durch die Asche wie durch Schnee. Elsa bückte sich nach etwas, das sie in den schwarzen Trümmern am Rand des Kreises sah, fuhr zurück, wandte sich ab und packte den Jungen.

„Komm, Wulf, weg von hier“, sagte sie. Ihre Stimme zitterte.

Adrian war ihrem Blick gefolgt und kämpfte nun mit der Übelkeit. Elsa hatte einen verkohlten menschlichen Knochen gesehen.

„Die Asche ist noch heiß“, murmelte Cluaran. Von den Haufen am Rand der Fläche stiegen Rauchfäden in die kalte Luft auf. „Auch das ist bestimmt sein Werk.“

Elsa stand mit dem Rücken zu ihnen am Rand der Lichtung. Sie hielt die Hand des Jungen umklammert und ihre Schultern zuckten. Eolande stand mit versteinertem Gesicht neben ihr.

„Wie viele …?“ Adrian versagte die Stimme. „Wie viele Menschen haben hier wohl gelebt?“

„Vielleicht zwanzig“, sagte Cluaran leise. „Auf der schwarzen Fläche haben schätzungsweise ein Dutzend Hütten Platz.“ Er wandte sich ab. „Es muss alles sehr schnell gegangen sein.“

„Loki hat sich als Feuerball auf das Dorf gestürzt und ist dann ...“ Cathbar sah sich um. „Wohin ist er verschwunden?“

Keine Schneise führte durch die Bäume von der Lichtung weg, in allen Richtungen erstreckten sich nur die niedrigen schwarzen Stümpfe, auf die in einiger Entfernung höhere Stämme folgten.

„Adrian?“, rief Cluaran, doch Adrian hatte seine Gedanken bereits ausgeschickt und suchte nach einem Lebenszeichen. Nichts. Von ihnen selbst abgesehen, schien der Wald ausgestorben. Adrian ließ seine Gedanken weiterwandern, stieß aber nur auf einige kleine Tiere, die sich in tiefen Höhlen versteckten oder ins Wasser geflohen waren. „Tut mir leid“, sagte er, „da ist niemand.“

Elsa war wieder neben ihn getreten, der Junge folgte ihr. „Wir müssen Wulfs Eltern suchen“, sagte sie. Sie bückte sich zu dem Jungen hinunter. „Wulf, kannst du den Ort beschreiben, an dem deine Eltern beim Ausbruch des Feuers waren?“

Der Junge überlegte. „Es gab da einen Fluss“, sagte er.

Adrian kehrte zu den Tieren zurück, durch deren Augen er Wasser gesehen hatte: einem Vogel, der unruhig auf einem Schilfrohr saß, und einer bis zur Nase ins Wasser eingetauchten Wühlmaus oder Wasserratte, die den Blasen und weißen Aschepartikeln nachblickte, die an ihren Schnurrhaaren vorbeitrieben. Dann öffnete er die Augen wieder.

„In dieser Richtung“, sagte er.

Sie gelangten zum Bett eines ausgetrockneten Flusses, von dem nur noch rissiger Schlamm übrig war. Ein Stück weiter war der Schlamm klebrig und von einigen feuchten Kieseln durchsetzt. Von Wasser noch keine Spur. Dann sahen sie die beiden Aschehaufen.

Sie lagen am Flussufer. Der eine bedeckte das verkohlte Ende eines Holzstücks, das offenbar ein Brett gewesen war. In der Asche entdeckte Adrian einige Zähne. Er erstarrte. Außerdem lagen auf dem Boden vereinzelte graue Klumpen.

„Metall“, sagte Cluaran und bückte sich, um die Klumpen genauer zu betrachten. „Das könnte eine Spange oder ein Ring gewesen sein – Messing mit einem blauen Stein. Der längliche Klumpen war vielleicht ein Messer, billige Ware, die schnell geschmolzen ist.“ Er trat einen Schritt zurück. „Offenbar haben sie mit den Waldbewohnern Handel getrieben, und das Feuer hat sie erwischt, bevor sie den Fluss erreichen konnten.“

Wulf starrte stumm auf die kleinen Haufen. Es mussten die Waren seines Vaters gewesen sein, dachte Adrian und wunderte sich, dass der Junge so ruhig blieb.

Elsa trat zu Wulf, als wollte sie ihn trösten, aber der Junge bewegte sich nicht und weinte auch nicht. Er schien nicht zu verstehen, was er sah.

Auch die Bäume am Ufer waren zu Stümpfen verbrannt, so weit das Auge reichte. Sie gingen am Flussbett entlang. Jeder umgestürzte Baum erfüllte Adrian aufs Neue mit Angst und Schrecken, doch sie machten keine weiteren furchtbaren Entdeckungen.

Der Schlamm im Flussbett wurde nach und nach immer weicher, dann sahen sie ein kleines Rinnsal. In die ewige Asche unter ihren Füßen mischte sich wieder braune Erde ... und dann blieb Cluaran mit einem Seufzer der Erleichterung stehen. Adrian folgte seinem Blick nach oben und sah an der Spitze eines verkohlten Baumstamms unbeschädigte Äste mit dicken Knospen. Im selben Moment hörte er in einiger Entfernung Wasser gluckern.

Im Laufschritt folgten sie dem Geräusch. Und dann sahen sie den Fluss plötzlich vor sich – einen richtigen Fluss, zwar nicht breit, aber dafür tief. Die Bäume am anderen Ufer waren vom Feuer verschont geblieben.

Eolande gelangte zuerst zum Wasser. Sie war als Letzte gegangen und so leise, dass Adrian sie schon ganz vergessen hatte, doch beim Anblick des Flusses schrie sie leise auf – seit Tagen der erste Laut, der über ihre Lippen kam –, lief zum Fluss und kniete sich am Ufer hin. Sie tauchte die Hände ins Wasser und benetzte Kopf und Gesicht mit einem Schauer glitzernder Tropfen. Sie war wie auch die anderen am ganzen Körper von einer dünnen weißen Ascheschicht bedeckt. Cluaran legte seiner Mutter eine staubige Hand auf die Schulter.

„Lass uns dem Fluss folgen, bis keine Asche mehr den Boden bedeckt. Dann können wir uns waschen." Wassertropfen liefen wie Tränen an Eolandes Wangen hinunter, doch sie blickte mit dem Anflug eines Lächelns zu ihm auf.

Adrian ging mit Elsa und Wulf unter den Bäumen mit den dicken Knospen am Fluss entlang. Mit der Rückkehr des Lebens in ihrer Umgebung hatte sich auch ihre Laune gebessert.

Der Fluss machte eine Biegung, wurde breiter und hatte auf ihrer Seite ein flaches Ufer. Dankbar hielten sie an, um sich zu waschen. Wulf schien auf einmal von einer unerklärlichen Scheu befallen. Als Elsa ihm helfen wollte, das Hemd auszuziehen, wich er vor ihr zurück und wurde rot.

„Du bist ein Mädchen!", protestierte er.

Elsa und Eolande gingen zum Waschen schließlich ein wenig flussaufwärts, Wulf blieb bei Adrian, Cluaran und Cathbar. Sobald Elsa gegangen war, zog der Junge sich bereitwillig aus, er wollte sich allerdings immer noch nicht helfen lassen und mied die Blicke der anderen. Als sie am Ufer knieten, warf Adrian ihm einen verstohlenen Blick zu und bemerkte erschrocken einen hässlichen Streifen quer über der Brust des Jungen – eine noch frische Narbe, die sich dunkelrot vor der hellen Haut abhob.

„Wie ist denn das passiert?“, platzte er heraus. Der Junge senkte rasch den Kopf und bedeckte die Brust mit seinen mageren Armen. Adrian verstummte. Seine Neugier war ihm peinlich, aber er sah Wulf nun unwillkürlich in einem neuen Licht. So zäh und beherrscht der Junge wirkte, er hatte offenbar eine schwere Zeit durchgemacht. Hatte ein Tier ihn verletzt?

Sie wuschen sich die Asche aus den Haaren und von der Haut, hüpften zitternd vor Kälte am Ufer auf und ab, um wieder warm zu werden, schlugen ihre staubigen Kleider an Baumstämmen aus und zogen sie wieder an. Mit einem sauberen Hemd sah der Junge gleich weniger verwahrlost aus. Er war zwar immer noch furchtbar mager, zugleich aber muskulös und zäh, mit einem hellhäutigen, sommersprossigen Gesicht und wachen blauen Augen. Seine ungebärdigen Haare glänzten nach dem Trocknen rotgolden. Nur seine Kleider waren zerschlissen wie die eines Bettlers. Die Lumpen um seine Füße hatten die Überreste von Schuhen zusammengehalten, deren dünne Ledersohlen bereits gerissen waren. Das Hemd bestand zwar aus Wolle, war aber so grob gewebt, dass der Wind überall hindurchpfiff. Adrian hängte ihm seinen eigenen Umhang aus Fell um die Schultern, beschämt, dass er erst jetzt daran dachte. Auch das Kettchen, das der Junge so eifersüchtig hütete, war billig gemacht, wahrscheinlich aus Eisen, und so kurz, dass es eher aussah wie ein Halsband. Doch als Adrian den Umhang an Wulfs Hals befestigen wollte und es dabei berührte, wich der Junge sofort zurück.

Dann kam er freilich wieder und ließ Adrian den Umhang schließen.

Seine Freude an dem gut geschneiderten Kleidungsstück war offensichtlich. Als Elsa und Eolande zu den anderen zurückkehrten, zeigte er ihn gerade Cathbar. Beim Gehen gab er acht, dass der Saum nicht den Boden berührte.

Elsa sah Adrian mit leuchtenden Augen an und legte schützend den Arm um den Jungen.

„Das war aber lieb von dir", sagte sie.

Sie kamen überein, am Fluss zu übernachten, bei Tagesanbruch zur Straße zurückzukehren und die Reise nach Süden in Richtung Varde fortzusetzen, wo der Wald angeblich auch gebrannt hatte. Das war keine besonders vielversprechende Spur, aber einen anderen Anhaltspunkt besaßen sie nicht, und sie mussten sich unbedingt wieder an Lokis Fährte heften. „Der Ziegenhirt hat von Unruhen und Kämpfen im Süden gesprochen", meinte Cluaran. „Ich wette, dahinter steckt Loki. Er hat Menschen schon immer gegeneinander aufgewiegelt."

Die Luft war klar und die tief stehende Sonne blendete Adrian. Die Äste mit den dicken Knospen und der blaue

Himmel darüber versetzten alle in gute Laune. Sogar Eolande sprach ein wenig.

Kurz bevor sie die Straße erreichten, schlug der Wind um und der vertraute beißende Geruch stieg ihnen in die Nase. Das Gespräch verstummte.

Der Wind hatte die Flammen bis zum Rand der Straße getrieben. Sie marschierten nun inmitten kahler geschwärzter Bäume. Unter einer Aschewolke hindurch gelangten sie zur ausgetretenen Spur der Straße.

Am Straßenrand hatte jemand einen Bildstock aufgestellt. Sein geschnitztes Holz war so schwarz, dass Adrian ihn zunächst für einen verbrannten Baumstumpf hielt. Er war groß, fast so groß wie Wulf. Der Junge rannte darauf zu, um ihn genauer zu betrachten, und Adrian folgte ihm. Jemand hatte ein primitives Bildnis in das Holz geschnitzt und mit etwas Weißem, womöglich Asche, eingerieben, damit es sich besser abhob.

„Könnte ein Heiligenbild sein", sagte Elsa. „Weißt du, wen es darstellt?"

„Weißt du es nicht?", fragte Adrian erstaunt. „Solche Bildstöcke an Straßen werden doch von Christen aufgestellt." Die Angehörigen seines Volks stellten Götterbilder an heiligen Orten wie Quellen oder alten Bäumen auf. Er konnte sich keinen weniger heiligen Ort vorstellen als die Ödnis, aus der sie kamen.

„Wir verwenden dazu kein verbranntes Holz!" Elsa klang empört. „Und hier ist kein Heiliger abgebildet."

Adrian betrachtete das Bild genauer. „Dann muss es ein Gott aus dieser Gegend sein“, meinte er. Wie schrecklich gut das grob geschnitzte Bild hierherpasst, dachte er. Es zeigte den grinsenden Kopf eines Mannes mit zusammengekniffenen Augen. Vom Kopf gingen nach allen Richtungen Linien ab wie stilisierte Sonnenstrahlen. Und Haare und Bart waren durch Reihen spitz zulaufender Keile dargestellt, die aussahen wie Zähne oder Dornen.

Oder Flammen.

6. Kapitel

Aagard beugte sich auf seinem Stuhl unbehaglich vor und blickte in das Gesicht der Frau auf der anderen Seite des Tisches.

„Die Kinder verfolgen einen unsichtbaren Gegner, ohne zu wissen, ob sie ihm überhaupt gewachsen sind“, schloss er. „Es tut mir leid, dass ich so schlechte Nachrichten überbringen muss.“

Branwen, die Königin von Sussex, schüttelte den Kopf.

„So schlechte nicht“, sagte sie. „Ihr berichtet mir, dass mein Sohn lebt und unverletzt ist, während ich schon fürchten musste, er sei tot.“ Sie lächelte schwach. „Ich stehe tief in Eurer Schuld, Meister Aagard. Von Beotrich weiß ich, dass Ihr Adrian nach dem Schiffbruch gerettet habt. Jetzt habt Ihr ihn mir ein zweites Mal wiedergegeben.“

Aagard bewunderte ihre Beherrschung. Er hatte ihr die schreckliche Nachricht von der Entführung ihres Sohnes durch den Drachen in einem Brief mitgeteilt und sah sie jetzt zum ersten Mal persönlich. Mit ihren braunen Haaren und Augen ähnelte sie ihrem hellhäutigen Sohn wenig, nur ihr ruhiges Wesen und die Art, wie sie den Kopf hielt, erinnerte an ihn.

„Aber Ihr seid bestimmt nicht nur hergekommen, um mir Nachricht von Adrian zu überbringen“, sagte sie. „So willkommen sie ist.“

„Nein“, gestand Aagard. „König Beotrich schickt Gesandte an alle Königreiche der Insel.“ Er holte tief Luft. „Ihr sollt Euch zum Krieg rüsten.“

Er erzählte von der Nachricht, die einige Tage zuvor eingetroffen war: dass bewaffnete Männer plündernd durch Dänemark und Sachsen zogen und alles niederbrannten, was am Weg lag.

„Beotrich hat Kundschafter nach Sachsen geschickt, um diese Gerüchte zu überprüfen. Sie begegneten einer riesigen Zahl von Flüchtlingen, darunter vielen Frauen und Kindern, die aus ihren Dörfern vertrieben worden waren. Und überall hörten sie dieselbe Klage: Banden hätten die Dörfer ohne Vorwarnung überfallen und alles kurz und klein gehauen. Sie kämen in großen Haufen und griffen sofort an, ohne einen Befehl abzuwarten. Angeblich gingen sie singend auf ihre Opfer los und lachten beim Töten.“

Die Königin blickte ihn mit schreckgeweiteten Augen an. „Armeen von Verrückten …“, flüsterte sie.

„In Marsch gesetzt von Loki“, ergänzte Aagard. „Seit er aus seinem Gefängnis ausgebrochen ist, verbreitet er sein Gift an vielen Orten zugleich. Er zieht die Menschen an sich und macht sie sich gefügig, sodass sie ihm aus freiem Willen dienen. Auf diese Weise hätte er sich vor hundert Jahren fast endgültig befreit."

„Und so hat er sich auch meinen Bruder unterworfen", sagte Branwen leise. „Beotrich hat mir davon berichtet." Sie zwinkerte einige Tränen weg. „Und Ihr glaubt, er fällt mit seinen Plünderern auch hier ein?"

„Ich bin fest davon überzeugt", erwiderte Aagard. „Wie wir wissen, sind einige dieser Banden bereits in den Hafenstädten eingetroffen und mit dem Schiff weitergefahren. Wir haben erste Berichte über Angriffe auf die Nordküste."

„Aber warum greift Loki hier an, wenn er doch in Schneeland gefesselt wurde?"

„Ich kann nicht in ihn hineinsehen", sagte Aagard. „Ich kann nur vermuten, was er denkt. Er weiß, dass die Königreiche hier sich vor hundert Jahren gegen ihn verbündet haben und dass wir immer noch seine Gegner sind. Er will sich an uns rächen."

Branwen stand auf. „Dann müssen wir uns wieder verbünden und ihn besiegen", erklärte sie. „Mein Mann Heored ist mit dem Großteil seiner Leute nach Norden gezogen und hilft dort seinem Cousin in Northumbria gegen Plünderer aus Gwynedd, einem alten Gegner. Ich werde ihn von der bedrohlichen Lage hier benachrichtigen. Sobald er das weiß, wird er zurückkehren und sich mit Euch verbünden."

Sie entließ die Wachen, begleitete Aagard persönlich zur Tür und sah ihm mit zum Abschied erhobener Hand nach. *Hoffentlich beeilt sich der Bote, der zu Heored ausgesandt wurde,* dachte Aagard, *und hoffentlich reagieren die anderen Könige genauso schnell auf die Gefahr. Dann können wir Lokis Armeen vielleicht an der Küste zurückschlagen.*

Doch wo steckte der Dämon selbst? Seit Tagen schon hatte Aagard die feurige Erscheinung in seinen Visionen nicht mehr gesehen.

„Er ist überall und nirgends", murmelte er. „Und wenn er sich Elsa zeigt – was kann sie tun?"

Stumm ritt er weiter.

Elsa hatte den ganzen Tag ein Pochen in der Hand gespürt. Doch von dem Leuchten, mit dem das Kristallschwert sich sonst angekündigt hatte, war gar nichts zu sehen und Ioneths Stimme war wieder verstummt. Elsa konnte tun, was sie wollte, sie hörte in ihrem Kopf nicht das leiseste Flüstern. Seit Tagen waren sie jetzt unterwegs und suchten, aber von Loki keine Spur. Der hässliche Bildstock am Straßenrand schien sie zu verspotten und erinnerte sie an das brennende Gesicht des Dämons, doch Adrian hatte Recht: Das Bildnis konnte genauso gut eine lokale Gottheit darstellen. Sie war zwar überzeugt davon, dass Loki sich im Wald aufgehalten hatte – nur wo er jetzt war, wusste sie nicht.

In ihre Enttäuschung mischte sich Erleichterung. Was konnte sie tun, wenn sie ihn fanden und Ioneth nicht zurückgekehrt war?

Einmal hatte sie sich eingebildet, die leise Stimme wieder zu hören – nach der Rettung Wulfs, als sie die Hand zu ihm ausgestreckt und erfahren hatte, dass er seine Eltern verloren hatte. Ganz kurz hatte Ioneth in ihrem Kopf aufgeschrien und in der Hand gebrannt, mit der Elsa den Jungen berührte. Elsa meinte zu wissen, warum. Der Junge hatte genau wie Ioneth seine Eltern verloren, an dasselbe Ungeheuer. In diesem Augenblick hatte Elsa sich gelobt, ihn zu beschützen, bis sie eine sichere Bleibe für ihn gefunden hatten. Es war ein Trost, wenigstens diese überschaubare Aufgabe zu haben, falls sie gegen Loki scheiterten.

Wulf hatte sie beim Gehen an der Hand gehalten, aber sie hatte ihre Hand zurückgezogen, als das Pochen zu unangenehm wurde. Stattdessen nahm dann Adrian, der neben ihnen ging, den Jungen an der Hand. Elsa lächelte ihn an. Er hätte sie nicht begleiten müssen – er hatte in Sussex ein reiches Zuhause, ein ganzes Königreich sogar. Bei dem Gedanken, dass ihr ruhiger, nachdenklicher Freund eines Tages wie sein Vater ein Heer befehligen würde, musste sie immer noch ein Lachen unterdrücken. Doch jetzt stapfte er frierend und müde neben ihr her und half bei ihrer aussichtslosen Suche. Nicht einmal einen Mantel hatte er an. Wulf trug Adrians dicken Pelz, der ihm fast bis zu den Füßen reichte, während Adrian sich wie ein Bettler in seine Schlafdecke gewickelt hatte.

„Mir ist vom Laufen heiß“, sagte sie einem spontanen Einfall folgend zu ihm. „Kannst du meinen Mantel eine Weile nehmen?“

„Dir wird bald wieder kalt sein“, warnte er sie, ließ sich dann aber doch überreden und nahm den schweren Mantel. Elsa spürte, wie der kalte Wind durch ihre wollenen Ärmel pfiff.

Wie musste Adrian gefroren haben! Die Sonne stand bereits hoch am wolkenlosen Himmel, wärmer würde es an diesem Tag nicht werden.

Die Bäume wurden wieder zahlreicher und zuletzt liefen sie wieder durch gesunden Wald. Elsa fand das Dämmerlicht bedrückend und konnte den erstickenden Staub und die verkohlten Stümpfe nicht vergessen. Sie hielt sich in Adrians Nähe, der immer gleich gut gelaunt schien. Wulf hatte wieder ihre Hand genommen. Die pochenden Schmerzen in ihrer rechten Hand waren inzwischen ihr ständiger Begleiter geworden, immer knapp über der Wahrnehmungsschwelle und gelegentlich heftig stechend, als fahre ein Blitz ihren Arm hinauf. Sie überlegte zum hundertsten Mal, ob das bedeutete, dass auch Ioneth stärker wurde, und lauschte vergeblich auf die Stimme in ihrem Kopf.

Schließlich gab sie es auf. „Adrian“, sagte sie, „glaubst du, wir finden ihn überhaupt?“

Adrian fragte nicht, wen sie meinte. Er schwieg lange Zeit. „Ich weiß es nicht“, sagte er schließlich. „Manchmal scheint es mir unmöglich. Wir können ihn ja nicht verfolgen wie einen Straßenräuber – wir können uns nur an Geschichten und Gerüchten orientieren. Aber ich spüre, dass wir ihm hier nahe sind, und ich weiß, dass Cluaran es auch spürt."

Der Wald wurde dichter und dunkler. Zweimal sahen sie einen hölzernen Bildstock am Wegrand stehen. Der eine zeigte wieder den bärtigen Mann mit dem Haarkranz aus Sonnenstrahlen, der andere eine unbeholfen geschnitzte, von denselben Strahlen umgebene Hand.

„Glaubst du, dass die neu sind?", fragte Adrian und betrachtete den zweiten Bildstock näher.

Er sah nicht so aus, als sei er erst in jüngerer Zeit geschnitzt worden, überlegte Elsa. „Menobert meinte, gegenwärtig entstünden überall neue Religionen."

„Das ist bezeichnend für unsere Zeit", fiel Cathbar ein. „Wenn Not und Gefahr überhandnehmen, suchen alle nach etwas Neuem, an das sie glauben können, egal was."

„Aber hier scheint niemand zu beten", sagte Elsa. Sie waren seit über einem halben Tag auf dieser Straße nach Süden unterwegs und noch keiner Menschenseele begegnet.

Cluaran ging mit Eolande voraus. Er hatte sich offenbar mit Wulfs Anwesenheit abgefunden, und Elsa sorgte dafür, dass der Junge neben ihr ging und den anderen nicht zur Last fiel. Zu ihrer Beruhigung konnte Wulf mühelos mit ihr Schritt halten und klagte nie über Müdigkeit, obwohl er mit seinen Lumpenschuhen ständig auf dem verrotteten Laub ausrutschte. Als sie anhielten, wollte er sich sofort nützlich machen. Er lief tief in den Wald hinein, um Brennholz zu sammeln, und zog bei seiner Rückkehr einen Ast hinter sich her, der länger war als er selbst und so schwer, dass Elsa nicht wusste, wie er ihn überhaupt hatte hochheben können. Während die anderen begannen, den Ast zu zerkleinern, rannte der Junge wieder los.

„Aber nicht zu weit, Wulf!", rief Elsa ihm nach. „Es wird schon dunkel!"

„Lass ihn", sagte Cluaran. „Du siehst ja, dass er im Wald zu Hause ist. Ihm wird nichts passieren." Seine Zuversicht freute Elsa. Wulf wurde allmählich als Mitglied der Gruppe anerkannt.

Bei Sonnenuntergang kehrte Wulf zurück. Seine Kleider waren schmutzig, er hatte die Vorderseite seines Hemds geschürzt und mit Pilzen gefüllt. Cluaran erklärte die Pilze nach einer kurzen Untersuchung für essbar. „Woher kennst du dich mit Pilzen aus?", wollte er wissen. Er klang überrascht. Wulf lachte erfreut, gab aber keine Antwort.

Sie bereiteten die Pilze zusammen mit wilden Zwiebeln in Cluarans Pfanne zu und verzehrten sie um das Feuer sitzend zusammen mit ihrem letzten Brot. Der kalte Wind hatte sich gelegt oder wurde durch die Bäume abgehalten. Beim Anblick der im Feuerschein leuchtenden Gesichter ihrer Freunde überkam Elsa plötzlich ein Gefühl des Friedens.

„Das schmeckt gut", sagte Eolande. Elsa fuhr beim Klang ihrer Stimme zusammen. Cluaran bot seiner Mutter noch mehr von den Pilzen an und Wulf strahlte vor Stolz. Adrian, der seinen Mantel wieder angezogen hatte, prostete dem Jungen mit seiner Wasserflasche wie mit einem Glas lächelnd zu. Der helle Kreis des Feuers gleicht einem friedlichen Hafen, dachte Elsa, wenn auch nur für eine Nacht. Solange es brannte, konnte ihnen nichts zustoßen.

Endlich streute Cluaran Asche auf das Feuer und sie legten sich in seinem Schein zum Schlafen nieder. Wulf lag zwischen Elsa und Adrian, eingewickelt in den Mantel und die Decke, die er auf seinem Handkarren dabeigehabt hatte, und lächelte im Schlaf.

Mitten in der Nacht wachte Elsa plötzlich auf. Sofort musste sie an die schrecklichen Ereignisse denken, die sie in anderen Nächten geweckt hatten, und ein Schauer überlief sie. Doch nichts war zu hören und nichts bewegte sich. Sie spürte die Glut des Feuers noch warm an ihren Füßen und hörte den leisen Atem der anderen. Beruhigt schloss sie die Augen und versuchte sich an ihren Traum zu erinnern. Sie war wieder Ioneth gewesen, das Kind der Eishöhlen. Diesmal rannte sie nicht und hatte auch keine Angst. Sie saß mit ihrer Mutter und ihren Schwestern zu Hause, sang und lernte zu weben. Das Weberschiffchen fuhr im Rhythmus der Melodie hin und her. Ein schöner Traum – obwohl Elsa ihre Mutter nie gekannt hatte und auch nicht weben konnte. *Konntest du das, Ioneth?*, fragte sie Ioneth in Gedanken. Ob die Stimme ihr leise antwortete? Jedenfalls so leise, dass Elsa sie nicht hörte. Die Melodie ging ihr weiter durch den Kopf und sie summte sie leise mit.

Am nächsten Morgen wollte sie sie Wulf vorsingen.

Wulf! Elsa spürte den leeren Platz neben sich und erschrak. Adrian lag leise schnarchend ein wenig weiter weg, aber zwischen ihnen lag nur eine zerknitterte Decke. Der Junge war verschwunden.

Elsa richtete sich auf und sah sich in Panik um. Die helle Mondsichel beschien die leere Straße, die sich nach beiden Seiten erstreckte. Dann entdeckte sie einen hellen Schopf Haare.

„Wulf!“, zischte sie wütend und zugleich schwach vor Erleichterung. „Komm zurück!“

Doch der Junge war schon wieder hinter einem Baum verschwunden.

„Wulf!“, rief sie lauter. Als Antwort hörte sie nur ein fernes Rascheln – Wulf rannte tiefer in den Wald hinein. Sie seufzte, schlug ihren Umhang um sich und folgte ihm rufend.

Zwischen den Bäumen verlief kein richtiger Weg, und das Mondlicht, das zwischen den Ästen hindurchsickerte, tauchte das Unterholz in ein sich immerwährend verschiebendes Gewirr aus Licht und Schatten. Elsa zwängte sich in der Richtung, in der Wulf verschwunden war, durch das Unterholz. Sie übersah einen

Baumstumpf und schürfte sich das Schienbein auf. Leise fluchte sie. Von dem Jungen war keine Spur zu sehen, deshalb blieb sie nach einigen Schritten stehen und lauschte. Von rechts hörte sie leise Schritte. Sie wandte sich in die entsprechende Richtung. Hoffentlich fand sie später wieder zurück! Im selben Moment hörte sie hinter sich ein Geräusch.

Der fränkische Händler Menobert hatte vor Bären im Wald gewarnt und vor Elchen und Auerochsen, die schneller als ein Mensch laufen und ihn zu Tode trampeln konnten. Elsa hatte nicht einmal daran gedacht, ihr neues Schwert mitzunehmen. „Wulf!", rief sie verzweifelt und schob sich weiter durch das Gebüsch. Dornige Äste zogen an ihren Kleidern.

Ein Busch unmittelbar vor ihr schüttelte sich vor Lachen. Eine kleine Hand teilte die Äste und Wulf streckte sein Gesicht heraus. Es leuchtete bleich im Mondlicht und Wulf grinste übermütig.

„Ich hab was gefunden, Elsa!", krähte er. „Komm, ich zeig's dir."

„Nein, Wulf!", sagte sie mit aller Strenge, die sie aufbieten konnte. „Du kommst sofort mit zurück!" In welche Richtung mussten sie eigentlich gehen? Sie zog an Wulfs Hand und der Junge kletterte aus dem Busch heraus.

„Lass es mich dir zeigen!", bettelte er und zerrte an ihrer Hand. „Es ist so lustig!"

Zwischen den Bäumen hinter ihnen bewegte sich

etwas und Elsa fuhr herum. Cluaran kam auf sie zu. Seine Augen funkelten.

„Ihr kommt beide sofort mit zurück!“, sagte er barsch.

Wulf schien zu wissen, wann Widerspruch zwecklos war. Er zuckte nur mit den Schultern, schob sich an Cluaran vorbei, als kenne er den Weg auswendig, und schlüpfte durch das dornige Gestrüpp.

„Ich hätte dich für vernünftiger gehalten, Elsa“, sagte Cluaran. „Wulf ist noch ein Kind, aber was hast du dir gedacht? Einfach nachts in den Wald zu gehen, ohne den Weg zu kennen?“

„Wulf ist weggelaufen“, verteidigte Elsa sich. „Ich bin ihm gefolgt und wollte ihn zurückholen.“

„Und warum hast du niemanden geweckt?“, entgegnete Cluaran. „Deine Zuneigung zu dem Jungen macht dich blind! Was nützt uns diese Reise und überhaupt alles, was wir tun, wenn dir etwas zustößt?“

Also deshalb war er so wütend, dachte Elsa. Als Wulf am Abend davongerannt war, hatte er sich keine Sorgen gemacht. Die kamen erst, als sie verschwunden war.

Oder eigentlich fürchtete er weniger für sie als für Ioneth, die er dann wieder verloren hätte.

Elsa schwieg verlegen und verärgert zugleich und sie kehrten zum Lager zurück. Cluaran war immer freundlich zu ihr gewesen – natürlich, dachte sie –, aber noch nie so besorgt wie jetzt. Der Grund dafür war offenbar, dass sie die letzte Verbindung zu seiner Geliebten darstellte. Sie hatte Cluaran gesagt, Ioneth befinde sich noch in ihrem Kopf – was auch stimmte, auch wenn die Stimme nicht mehr zu ihr sprach. Ihre Träume von dem kleinen Mädchen in der Eishöhle mussten von Ioneth kommen. Auf einmal stand ihr wieder ihr letzter Traum vor Augen, als sie am Webstuhl gesessen und geholfen hatte, das schwere Schiffchen hin und her zu schieben. Sie summte die Melodie, die sie im Traum gehört hatte.

Cluaran rief erstaunt etwas, und sie merkte, dass er sie anstarrte. „Was singst du da?“, fragte er.

„Ach, nur eine Melodie“, sagte sie verlegen. „Ich habe sie irgendwo gehört.“

Er musterte sie seltsam eindringlich, sagte aber nichts mehr.

Bei ihrem Eintreffen im Lager wartete Wulf auf sie. Er wirkte weder eingeschüchtert noch verlegen. Da es nicht mehr lange bis Tagesanbruch war, beschäftigte sich Cluaran damit, die Überreste des Feuers zu zerstreuen. Elsa half Wulf, das Bettzeug aufzurollen. Die anderen standen unterdessen auf. Der Morgen dämmerte grau und kalt herauf.

Sobald es hell genug war, um einigermaßen zu sehen, machten sie sich auf den Weg.

Wulf war als Einziger bestens gelaunt. Er rannte voraus, um einen weiteren Bildstock zu betrachten und nach Eichhörnchen Ausschau zu halten, und erzählte Elsa und Adrian, was er gesehen hatte. Cluaran ging neben Eolande. Der Wald schien die beiden nicht mehr zu erfreuen wie noch am Tag zuvor. Elsa war Wulf noch wegen des Streichs der vergangenen Nacht böse, und sogar Adrian wirkte angespannt und gab auf Wulfs Fragen nur einsilbige Antworten. Es war, als hätte sich eine dunkle Wolke über die Gruppe gesenkt.

„Merkst du, wie still es ist?“, fragte Adrian Elsa nach einer Weile. „Kein einziger Vogel.“

Er hatte Recht. Bei ihrem Aufbruch hatten überall in den Baumwipfeln Vögel gezwitschert. Jetzt war kein Einziger mehr zu hören.

Der Weg wurde breiter, der Wald endete, und sie gelangten unversehens auf eine größere, nach Südosten verlaufende Straße. Sie hielten an und sahen sich um.

Zahlreiche Füße hatten den Dreck der Straße aufgewühlt und einen Teil der Wiese daneben niedergetrampelt. Im Straßengraben auf ihrer Seite lagen Brotstücke und ein grauer Stofffetzen mit Flecken, die von Blut stammen konnten. Etwas weiter entfernt, an einer Stelle, an der die Reisenden offenbar haltgemacht hatten, waren die Bäume am Straßenrand verkohlt und ihre unteren Äste abgerissen. Ein junger Schössling war mitsamt den Wurzeln aus der Erde gezogen und teilweise verbrannt worden. Außerdem lagen eingeschlagene Fässer und Tierkadaver herum, einige davon zur Hälfte gegessen.

Cathbar beugte sich über die Spuren. „Diese Leute waren vermutlich gestern hier, vielleicht vergangene Nacht“, sagte er. „Sie werden uns nicht mehr hören können, aber vermutlich lagern sie irgendwo vor uns. Es sind einige Dutzend, würde ich sagen. Ihre Spuren bedecken die ganze Straße.“

„Um wen könnte es sich handeln?“, fragte Adrian. „Sind Straßenräuber in so großen Gruppen unterwegs?“

„Normalerweise nicht, aber wir leben nicht in normalen Zeiten. Ich wette, hinter diesen Spuren verbirgt sich mehr, als sich auf den ersten Blick zeigt.“ Stirnrunzelnd betrachtete Cathbar die Tierkadaver und den anderen Abfall. „Wir müssen jedenfalls vorsichtig sein.“

Hintereinander gingen sie an der Straße entlang, die Fußspuren und den Abfall der Männer vor ihnen ständig im Blick. Plötzlich blieb Cathbar, der vorausging, mit einem unterdrückten Ausruf stehen. Im Graben vor ihm lag mit dem Gesicht nach unten ein Mann.

Elsa eilte zu Cathbar, die anderen folgten. Cathbar schüttelte den Kopf.

„Er scheint unvorsichtig geworden zu sein, obwohl er immer von Vorsicht gesprochen hat“, sagte er bekümmert. „Leider konnten wir ihm nicht helfen.“

Bei dem Toten handelte es sich um den Händler Menobert. Cathbar drehte ihn um. Seine Augen standen offen, auf seinem Gesicht lag ein überraschter Ausdruck, und er hatte eine große Wunde in der Brust.

Seine Mörder hatten ihn nicht einmal ausgeraubt. Die mit Münzen gefüllte Börse hing noch an seinem Gürtel. Neben der Leiche lag sein Ranzen. Einige Schwerthiebe hatten ihn gespalten, Stoffpäckchen und billiger Schmuck aus Blech hatten sich im Schmutz verteilt.

7. Kapitel

Der Schnee war geschmolzen, doch der Boden zu hart, um Menobert zu begraben, selbst wenn sie eine Schaufel dabeigehabt hätten. Sie sammelten Steine vom Mäuerchen einer Wiese, das der Haufen vor ihnen im Vorüberziehen zerstört hatte, und Adrian half Cathbar und Cluaran, am Straßenrand einen Steinhaufen über der Leiche des Händlers aufzuschichten.

„Es ist das Mindeste, was wir für ihn tun können", sagte Cathbar, als sie fertig waren. „Er war der Erste, den wir in diesem Land kennengelernt haben – und ein guter Reisegefährte."

Sie standen eine Weile vor dem provisorischen Grab. Elsa hatte die Kapuze ihres Mantels abgesetzt und starrte angestrengt auf den Steinhaufen und Adrian hörte sie leise etwas murmeln. Dann setzte sie die Kapuze wieder auf und sie zogen weiter. „Ein Gebet für die Toten", sagte sie kurz angebunden zu Adrian. „Er war Franke – ein Christ wie mein Vater."

Sie verfiel wieder in Schweigen.

Für ihren Vater hat es weder Gebete noch einen Steinhaufen gegeben, dachte Adrian.

Sie folgten der Straße noch fast zwei Tage lang. Ihre Ausgestorbenheit bedrückte Adrian.

Am zweiten Tag entdeckte Adrian in östlicher Richtung tief im Wald menschliche Augenpaare, die ihn beobachteten. Sie gehörten Männern, Frauen und Kindern und es ging keine unmittelbare Bedrohung von ihnen aus. Er berichtete den anderen davon. Cluaran wollte weitergehen, doch Cathbar sagte, sie benötigten dringend Proviant und Adrian solle sie zu diesen Menschen führen.

Sie kamen zu einer kleinen Siedlung – einem halben Dutzend Hütten und einigen Ziegen. Auf einer Lichtung wuchs ein wenig Gerste. Die Dorfbewohner waren verängstigt und misstrauisch. Schon seit Tagen zögen Banden durch den Wald, sagten sie, stürzten Bäume um und schössen mit ihren Pfeilen auf alles, was sich bewegte. Nur wenige Meter vor ihnen seien Männer auf der Jagd nach einem Tier durch das Unterholz gebrochen, sie hätten ihre Hütten aber nicht entdeckt. Ein oder zwei Tage darauf hätten zwei junge Männer aus dem Dorf in der Ferne großes Geschrei gehört und sich zum Waldrand vorgewagt. Auf der Straße waren ihnen fliehende Familien begegnet, die von zerstörten Dörfern berichteten und von Gesindel, das um des Tötens willen tötete. Als das nächste Mal bewaffnete Banden durch den Wald gestreift waren, hatten die Dörfler ihre Hütten verlassen und sich in dem Wald versteckt. Stumm und bewegungslos hatten sie in ihrem Versteck ausgeharrt, bis die fremden Männer wieder verschwunden waren.

„Wenn ihr schon reisen müsst, benützt um Himmels willen die Wege im Wald!“, sagte eine Frau mit einem ängstlichen Blick zu Wulf, der mit gekreuzten Beinen auf dem Boden saß und Blätter von einem Zweig abriss. „Auf den Straßen sind nur Mörder unterwegs. Ihr könnt nicht riskieren, dass das Kind in ihre Hände gerät!“ Sie streckte die Hand aus und strich Wulf über die rotgoldenen Haare. Er ließ es gleichgültig geschehen, ohne von seiner Beschäftigung aufzublicken.

Cluaran musterte die Frau prüfend. „Wir müssen weiter“, sagte er schließlich, „aber der Junge nicht. Er hat seine Eltern verloren und wir suchen nach einer sicheren Bleibe für ihn. Vielleicht könntet Ihr …“

„Nein!“ Wulf war aufgesprungen und hatte den Ast weggeworfen. „Nein! Ich will bei Elsa bleiben!“

Die Frau schüttelte lächelnd den Kopf, während Elsa Wulf beruhigte.

Cluaran zuckte resigniert die Schultern. „Na dann kommt er eben mit, wenn er darauf besteht“, brummte er.

Die Waldbewohner boten den Reisenden gastfreundlich an, in ihren aus Ästen erbauten Hütten zu übernachten. Bei Nacht zu reisen sei zu gefährlich, sagten sie. Adrian war froh, wieder einmal unter einem Dach schlafen zu können, obwohl der Boden hart war und neben ihm zwei Jungen schnarchten. Auch spürte er, dass die Dörfler über die Anwesenheit der Gefährten beunruhigt waren. Er konnte es ihnen nicht verdenken. Offenbar hatte Loki schon viele Menschen zum Morden und Brandschatzen angestiftet. Die Dörfler gaben ihnen für eine Silbermünze Räucherfleisch und Brot und erlaubten ihnen, am Bach unterhalb ihres Heiligenschreins ihre Wasserflaschen aufzufüllen. Doch sie beäugten die ganze Zeit über misstrauisch die beiden Männer und sprachen selbst mit Adrian kaum. Als die Gäste am folgenden Tag im ersten Morgengrauen aufbrachen, waren sie sichtlich erleichtert. Sogar die Frau, die Mitleid mit Wulf gehabt hatte, erschien nur kurz an der Tür, um sie zu verabschieden. Adrian, der als Letzter ging, drehte sich noch einmal um, doch da war der kleine Kreis von Hütten, die stumm und bewegungslos dastanden wie die Bäume, schon wieder mit dem umgebenden Wald verschmolzen.

Sie kehrten zur Straße zurück.

Adrian schickte seinen Blick jetzt öfter aus, stieß aber trotz der vielen Fußabdrücke und des Abfalls auf kein Anzeichen menschlichen Lebens.

Cathbar ging voraus. Die Straße machte einen Bogen nach Westen und sie sahen Berge vor sich. Dort konnte sich eine ganze Armee verstecken. Die Straße stieg an und senkte sich wieder, was das Fortkommen verlangsamte. Sie mühten sich im trüben Licht des Morgens gerade ein besonders steiles Stück hinauf, da blieb Cathbar stehen.

„Vor uns auf der anderen Seite der Kuppe ist etwas", sagte er gepresst.

Adrian überprüfte den Abschnitt vor ihnen, entdeckte aber nur einem Schwarm Krähen. Er blickte durch die Augen einer Krähe, die den zerfurchten Boden nach Aas absuchte, dann ein Stück vorwärtshüpfte und nach etwas pickte …

„Oh", sagte er.

Ein erbitterter Kampf hatte stattgefunden. Straße und Wiese waren zertrampelt und nicht mehr voneinander zu unterscheiden und überall lagen Männer herum.

„Sie sind alle tot!", flüsterte Adrian entsetzt. „Wir müssen einen anderen Weg nehmen."

„Es gibt keinen", sagte Cathbar grimmig.

Sie gingen zur Kuppe des Hügels weiter und sahen den Ort des Gemetzels. Zugleich schlug ihnen Gestank entgegen. Adrian würgte. Elsa wurde kreideweiß, zog Wulf an sich und hielt ihm die Augen zu. Wulf versuchte sich von ihr loszumachen.

„Ein ungleicher Kampf, würde ich sagen." Cathbar klang düster. Kundig ließ er den Blick über das Schlachtfeld wandern. „Die mit den ledernen Brustpanzern – seht, da und da – haben Schilde und die besseren Schwerter. Sie kommen ihrem Aussehen nach zu schließen aus dem Ausland und sind Gefolgsleute eines adligen Herrn. Von ihnen sind nur wenige gefallen, von den anderen dagegen viele, also haben die Fremden hier gesiegt."

„Warum haben sie dann ihre Toten nicht begraben?“, fragte Adrian heiser.

Cathbar blickte ihn voller Mitgefühl an. „Die ersten paar Mal setzt es einem furchtbar zu“, sagte er, „aber man gewöhnt sich daran. Kommt – wir müssen jetzt weiter.“

Er ging den Hang hinunter und suchte sich einen Weg zwischen den Leichen hindurch. Adrian sah Elsa an, in deren Augen das blanke Entsetzen zu lesen war. Sie kam zu ihm. Wulf zog sie hinter sich her. Gemeinsam folgten sie Cathbar.

„Sieh mal hier“, sagte Cathbar zu Adrian und zeigte auf den Wald, der rechts von ihnen in einiger Entfernung von der Straße begann. „Siehst du die vielen Fußabdrücke? Die Besiegten sind geflohen und haben versucht, sich im Wald zu verstecken – und die Ausländer haben sie verfolgt. Deshalb sind sie jetzt nicht hier.“

Er wollte sie von dem Grauen um sie herum ablenken und Adrian war ihm dafür dankbar. Doch dann erregte etwas seine Aufmerksamkeit – der Schild eines toten Kriegers. Ihm war vor Ekel übel und schwindlig, doch er blieb stehen, um das Rüstungsstück genauer zu betrachten.

„Sie töten erst noch alle Fliehenden, die sie einholen können, und kehren dann zurück, um ihre gefallenen Kameraden zu begraben“, sagte Cathbar. „Es sei denn, sie sind Barbaren, die keinen Respekt vor den Toten kennen ...“

„Nein. Sie werden zurückkehren." Adrian hörte seine Stimme wie von fern. Er zeigte auf den Schild des Toten. Statt eines Buckels befand sich in der Mitte das in Metall geritzte Abbild eines Vogels, eines großen Seevogels mit ausgebreiteten Schwingen. Adrian nestelte am Kragen seines Mantels. Darunter kam die Brosche zum Vorschein, die er stets trug. Sie zeigte denselben Vogel in Silber.

„Hier liegt ein Krieger aus Sussex", sagte er. „Ein Gefolgsmann meines Vaters."

„Aber was haben Leute deines Vaters hier zu suchen?", wollte Elsa wissen.

Adrian stellte sich dieselbe Frage. Er hatte seinen Vater seit zwei Jahren nicht mehr gesehen. Die Vorstellung, ihm hier zu begegnen, mutete ihn an wie ein seltsamer Traum. „Ich weiß es nicht", sagte er.

Sie hatten sich einige Meilen vom Schlachtfeld entfernt und lagerten am Fuß eines steilen Hügels, der einigen Schutz vor dem abendlichen Wind bot. Wulf versorgte das Feuer mit Stöcken. Nur ihm allein schienen die grauenhaften Bilder, die sie gesehen hatten, nichts auszumachen. Adrian hätte gern gewusst, was der Junge in seinem kurzen Leben schon alles durchgemacht hatte. Cathbar und Cluaran stritten sich unnötig heftig, wie Adrian fand, über den Weg, den sie nehmen sollten. Am stärksten hatte der Anblick der Gefallenen Eolande mitgenommen. Ohne nach rechts oder links zu blicken, hatte sie das Schlachtfeld an der Hand ihres Sohnes überquert, bis sie ganz an dessen Ende gegen die Leiche eines Kriegers aus Sussex gestoßen war, eines älteren Mannes mit breiter Brust und grauem Bart. Wie versteinert hatte sie ihn angestarrt, bis Cluaran sie weggezogen hatte. Sie hatte sich nicht von ihm trösten lassen wollen und saß jetzt leise klagend etwas abseits, den Kopf in die Hände gestützt.

Cathbar hob die Stimme. „Aber es ist doch nur vernünftig! Er kann uns schützen – und uns bei der Suche helfen."

„Woher weißt du, dass er uns glauben würde?", erwiderte Cluaran. „Oder dass er seinem Sohn erlaubt, an einer Dämonenjagd teilzunehmen? Wir haben keine Zeit, ihn erst noch lange zu überreden!"

„Sie sprechen von deinem Vater", sagte Elsa zu Adrian. „Willst du nach ihm suchen?"

„Sicher!" Die Antwort war heraus, ehe er sie zurückhalten konnte. „Ich meine ...", stotterte er. Elsa mied seinen Blick, und die Freude über die Vorstellung, er könnte seinen Vater sehen, erschien ihm plötzlich wie Verrat an der gemeinsamen Sache.

„Natürlich nur, wenn sich die Suche dadurch nicht verzögert", sagte er. „Loki zu finden ist das Allerwichtigste."

Elsa schwieg eine Weile, dann sah sie ihn ernst an. „Du kennst deinen Vater besser als Cathbar", sagte sie. „Würde er uns wirklich helfen?"

Adrian zögerte. Wie gut kannte er seinen Vater? Bei ihrer letzten Begegnung hatte Heored kurz vor dem Aufbruch nach Norden gestanden: ein strenger Mann, der es als selbstverständlich betrachtete, dass seine Frau und sein Sohn für die Zeit seiner Abwesenheit ihre Pflichten im Königreich erfüllten. Was würde er von einem Sohn halten, der einer ganz anderen Pflicht folgte?

Laute Stimmen rissen ihn aus seinen Gedanken. Eolande war aufgestanden und wollte sich von Cluaran losmachen, der sie am Arm festhielt. „Ich kann nicht!“, jammerte sie. „Ich ertrage das nicht. Wie kannst du mich dazu zwingen, Cluaran? Lass mich los!“

„Wohin willst du denn gehen?“, brüllte Cluaran. „Du glaubst, du kannst auf dich allein gestellt da draußen überleben! Halte sie fest, Cathbar! Hilf mir, dass sie Vernunft annimmt!“

„Er hat Recht, Eolande.“ Cathbar sprach wieder mit der ihm eigenen, ruhigen Nachdrücklichkeit. „Solange wir zusammenbleiben, kann uns nichts passieren. Diese Gegend ist nichts für Einzelreisende. Schlaft jetzt. Morgen Früh überlegen wir dann, wie wir am besten weitergehen.“

„Glaubt ihr, ich habe Angst?“, protestierte Eolande, doch sie hatte schon halb nachgegeben. Cathbar und ihr Sohn führten sie zum Feuer zurück und halfen ihr, sich hinzulegen.

Cluaran deckte seine Mutter mit den wärmsten Fellen zu und setzte sich neben sie, um auf sie aufzupassen. Cathbar breitete unterdessen seine Decke aus.

„Lass uns auch zu Bett gehen“, sagte er, und Adrian spürte, wie Müdigkeit einer Welle gleich über ihn hinwegspülte.

Er erwachte unter dem fahlen grauen Himmel, der die Morgendämmerung ankündigt, und seine Sinne waren vollkommen klar. Elsa neben ihm atmete tief und regelmäßig; an ihrer Seite hatte sich Wulf in seine Decke eingerollt. Noch war kein Vogel zu hören. Was hatte ihn geweckt? Er stützte sich auf einen Ellbogen auf und hielt inne. Auf der anderen Seite des fast erloschenen Feuers saß Cluaran in sich zusammengesunken und schlief fest – doch das Fell neben ihm war leer. Eolande war verschwunden.

Aus den Augenwinkeln nahm er eine Bewegung wahr. Er sprang auf und sah gerade noch eine Gestalt hinter der Flanke des Hügels verschwinden. Er warf seinen Umhang über die Schultern und eilte ihr nach.

Die Fay-Frau ging schnell, als kenne sie ihr Ziel. Adrian begann zu laufen und ihren Namen zu rufen. Er umrundete einen Vorsprung und sah keine hundert Schritte entfernt ein kleines Wäldchen, auf das Eolande zusteuerte. *Im Wald geht es ihr immer besser*, fiel ihm ein und er lief noch schneller. „Halt!“, keuchte er, doch Eolande schien ihn nicht zu hören.

Kurz bevor sie die Bäume erreichte, holte er sie ein.

Er hielt sie am Ärmel fest und sie drehte sich um und sah ihn verwirrt an, als kenne sie ihn nicht.

„Bitte“, sagte er außer Atem, „Ihr müsst mit mir zurückkommen. Hier ist es gefährlich ...“

Eolande schien ihn auf einmal zu erkennen und lächelte traurig. „Du meinst es gut, mein Junge“, sagte sie, „aber es hat keinen Zweck. Ich muss ...“

Sie starrte über seine Schulter und riss die Augen angstvoll auf. „Nein!“, schrie sie. „Nein ... die Mörder ... lauf, Adrian!“

Adrian fuhr herum. Drei in Felle gekleidete Männer rannten auf ihn zu. Sie waren nur noch wenige Schritte entfernt. Er zog sein Messer und wollte sich auf den ersten Angreifer stürzen – da trat ein vierter Mann hinter den Bäumen hervor, packte ihn an den Armen und drückte sie ihm auf den Rücken.

Eolande war verschwunden. Adrian wehrte sich verzweifelt und brüllte. Vielleicht hörte man ihn im Lager. Doch dann stopfte ihm einer der Angreifer ein Stück Stoff in den Mund, an dem er fast erstickte. Er trat mit den Füßen um sich und sah noch, wie hinter den Rücken der Männer eine graue Gestalt weglief und um den Hügel verschwand. Dann wurden ihm die Füße unter dem Körper weggerissen.

8. Kapitel

Elsa fuhr aus dem Schlaf. Schrilles Geschrei klang ihr in den Ohren. Mit klopfendem Herzen streckte sie die Hand nach Wulf aus. Seit der Junge sich geweigert hatte, sie zu verlassen, quälte sie die Angst um seine Sicherheit. Wie konnte sie das mutwillige Kind vor all den Gefahren hier schützen?

Doch Wulf schlief friedlich in seine Decke gerollt neben ihr. Die Schreie kamen aus dem Dunkel jenseits des Feuers – von Eolande, die in diesem Augenblick auf sie zurannte.

„Adrian! Helft ihm! Sie wollen ihn mitnehmen!"

Erst jetzt sah Elsa die leere Stelle, an der Adrian gelegen hatte. Cathbar war bereits aufgesprungen und hielt sein Schwert in der Hand. Cluaran eilte zu seiner Mutter.

„Wir standen an dem Wäldchen ...", stammelte Eolande. „Die Banditen haben ihn entführt!"

Auch Elsa war jetzt aufgestanden. Cathbar rannte los, so schnell, wie Elsa ihn noch nie hatte rennen sehen. Er verschwand um den Hügel. Cluaran hatte den Arm um die weinende Eolande gelegt.

„Du bleibst hier!“, rief er Elsa zu. „Kümmere dich um Eolande und den Jungen. Vielleicht ist noch mehr von diesem Gesindel unterwegs.“ Er ließ Eolande los. „Ich komme wieder“, sagte er und rannte Cathbar nach.

Eolande stand wie erstarrt da. Etwas bewegte sich leise – Wulf setzte sich auf.

„Wo sind alle hin?“, fragte er verschlafen. „Abgehauen?“

Er klang nur interessiert, nicht ängstlich. „Nein“, antwortete Elsa mühsam beherrscht. „Adrian wurde ... ist auf böse Männer gestoßen. Die anderen sind los, um ihn zu befreien.“ Sie wandte sich an Eolande. „Was ist passiert? Warum seid ihr nicht im Lager geblieben?“

„Ich wollte zum Wäldchen, weil ich wieder unter Bäumen gehen wollte“, flüsterte Eolande. „Und Adrian folgte mir ... Plötzlich waren da überall Männer.“

„Wie viele denn? Was haben sie mit Adrian gemacht?“

Doch Eolande blieb stumm und mied Elsas Blick. Tränen strömten ihr über das Gesicht. Aufgeregt wandte Elsa sich ab. „Wulf“, rief sie, „hilf mir die Decken zusammenzurollen! Wir müssen jederzeit zum Aufbruch bereit sein.“

Sie hatten alles gepackt und zerstreuten gerade die Asche des Feuers, da kehrte Cluaran zurück.

„Sie sind zu fünft“, sagte er, „und sie sind mit Adrian in die Berge unterwegs. Er lebt noch – wir sahen, wie er sich wehrte. Cathbar folgt ihnen. Elsa, du kehrst mit Eolande und dem Jungen zu den Waldbewohnern zurück. Dort bleibt ihr bis zu unserer Rückkehr. Cathbar und ich überfallen die Banditen, sobald sie haltmachen, und kommen dann zu euch in den Wald."

„Das tue ich nicht!", brauste Elsa auf. „Wie könnt Ihr glauben, ich würde Adrian im Stich lassen?"

„Du darfst dich nicht ständig selbst in Gefahr bringen!", erwiderte Cluaran scharf. „Ich kann nicht ... Ich werde nicht zulassen, dass du dein Leben unnötig riskierst."

„Ich riskiere nicht mehr als Ihr", beharrte Elsa. „Eolande soll Wulf zum Wald zurückbringen, wenn Ihr es für notwendig haltet." Wulf klammerte sich jammernd an sie, doch sie beachtete ihn nicht. „Ich komme mit Euch. Und wenn Ihr mich nicht lasst, folge ich Euch trotzdem."

Cluaran seufzte. „Also gut. Aber wenn wir auf die Entführer treffen, tust du, was ich und Cathbar sagen, verstanden?"

„Ich würde gern auch mitkommen", sagte Eolande. Sie klang heiser, hatte sich aber wieder einigermaßen beruhigt. Elsa und Cluaran blickten sie erstaunt an.

„Vielleicht kann ich euch helfen", fuhr sie fort. „Ich bin schuld an Adrians Entführung."

„Und das Kind?", wollte Cluaran wissen. „Wir müssen schnell gehen und ohne Pause, bis wir Cathbar eingeholt haben."

„Ich kann rennen!“, rief Wulf.

Cluaran verschwendete keine Zeit mit weiteren Argumenten. „Dann kommt“, sagte er. „Bleibt bei mir und haltet die Augen offen.“

Er ging rasch und ohne ein weiteres Wort und drehte sich auch nicht mehr um. Doch für Elsa hätte er sogar noch schneller laufen können. Sie wäre am liebsten den ganzen Weg gerannt. Wulf lief brav neben ihr her. Ihn schien nicht zu kümmern, wohin sie gingen, solange er nicht in den Wald zurückzukehren brauchte. Elsa hatte ihm erklärt, dass sie sich in große Gefahr begaben, aber nicht einmal die Sorge um Adrian konnte offenbar die gute Laune des Jungen trüben.

Eolande hielt mühelos mit ihrem Sohn mit und schwieg ebenfalls. Sie sprach erst, als sie zu dem Wäldchen im nächsten Tal gelangten.

„Hier ist es passiert.“

„Ich weiß“, erwiderte Cluaran kurz. „Wir haben Adrians Messer auf dem Boden gefunden. Blut allerdings nicht. Offenbar wollten die Banditen ausnahmsweise einmal nicht kämpfen.“

„Wo, glaubt Ihr, bringen sie ihn hin?“, fragte Elsa, doch Cluaran schüttelte nur den Kopf.

Elsa hatte sich die Frage bisher vor Erleichterung darüber, dass Adrian noch lebte, nicht gestellt, doch jetzt nagte sie unablässig an ihr. Vielleicht gehörten Adrians Entführer zu einer der Banden, die die Gegend unsicher machten und vielleicht mit Loki verbündet waren.

Dann handelte es sich womöglich um eine Falle, eine weitere List Lokis.

„Und wenn schon“, sagte sie halblaut. „Mir entgehst du nicht.“ Wulf sah neugierig zu ihr hoch und sie schwieg.

Sie folgten nicht mehr der Straße, sondern einem Pfad, der in westlicher Richtung zwischen zwei Bergen hindurchführte und sich dann am Fuß des größeren Berges entlangwand. Endlich blieb Cluaran stehen. „Hier habe ich Cathbar verlassen“, sagte er. „Wartet.“

Elsa sah sich um, während Cluaran den Boden untersuchte. Sie befanden sich in einem Tal. Hinter ihnen lagen die beiden Berge, an denen sie vorbeigekommen waren, vor ihnen ragte ein steiler Hang auf.

„In diese Richtung“, sagte Cluaran leise, und Elsa merkte zum ersten Mal, wie still es war. Hinter Cluaran durchquerten sie das Tal. Elsa fühlte sich ausgesetzt, als blickten Augen aus allen Richtungen auf sie nieder – doch wohin sie auch sah, nichts rührte sich.

Sie konnten endlich einer deutlichen Spur folgen. Die Stiefelabdrücke der Männer hatten sich tief in den weichen Boden eingegraben. Einige waren ihren Spuren nach zu schließen hin und wieder vom Weg abgekommen, als seien sie gestolpert. *So wie Personen, die einen widerspenstigen Gefangenen tragen müssen*, dachte Elsa. Auf der anderen Talseite wurde der Boden steiniger und sie kamen langsamer voran. Elsa sah ungeduldig zu, wie Cluaran auf jedem Flecken Gras nach

Spuren suchte, und wünschte sich, sie hätte Adrians Fähigkeit, den Blick wandern zu lassen.

Cluaran schrie triumphierend auf und winkte die anderen zu sich. Elsa war zuerst bei ihm. Er zeigte auf einen Stein vor seinen Füßen. „Gut gemacht!“, rief er. „Sieh her, Elsa: Cathbar hat uns eine Markierung hinterlassen.“

In einen von Flechten überwachsenen Stein hatte jemand unbeholfen eine Art Rune gekratzt, einen Vogel mit ausgestreckten Flügeln und gebogenem Schnabel. „Adrians Vogel“, sagte Cluaran. „Er zeigt hangaufwärts, zwischen diesen beiden Kämmen hindurch. Jetzt können wir wieder schneller gehen!“

Der Anblick des kleinen Vogels gab Elsa neue Zuversicht und sie ließ Wulf zum Fuß des Berges vorausrennen. Hinter dem Pass, zu dem Cathbars Wegzeiger sie wies, ragte ein weiterer, noch höherer Bergkamm auf, zu dem ein Pfad hinaufführte. „Seid wachsam“, sagte Cluaran warnend. „Es ist hier verdächtig still. Etwas hat die Vögel verscheucht.“

Sie entdeckten den Grund der Stille nur zu schnell. Als sie sich dem Kamm näherten, trug der Wind ihnen den vertrauten beißenden Brandgeruch entgegen. Kurz darauf blickten sie in das nächste Tal und auf ein weiteres zerstörtes Dorf hinab.

Das Feuer hatte sich durch die Mitte des Dorfes gefressen und eine rauchende schwarze Schneise durch die Hütten geschlagen. Die noch stehenden Hütten am

Rand der Siedlung hatten ihre Wände verloren oder standen schief, Dachbalken ragten durch die Strohdächer wie abgebrochene Knochen.

Zwischen den Hütten rührte sich nichts – alles Leben schien ausgestorben.

„Hier können wir nichts mehr tun“, murmelte Cluaran. Er stützte Eolande, die weiß im Gesicht war und zitterte.

„Glaubt Ihr, die Männer, die Adrian entführt haben, haben auch das Dorf in Brand gesteckt?“, fragte Elsa.

„Nein – auch wenn sie vielleicht zum selben Gesindel gehören. Aber um ein ganzes Dorf anzustecken, braucht man mehr als fünf Männer.“ Er starrte auf das Bild der Verwüstung und kehrte zum Weg zurück. „Kommt – unser Weg führt auf dem Kamm entlang.“

Der Pfad verlor sich nach einer Weile, doch Cathbar hatte ihnen wieder ein Vogelzeichen hinterlassen, dessen Schnabel nach Südwesten zeigte. Dort führte eine kaum erkennbare Spur an der Bergflanke entlang zunächst nach unten und dann zwischen Felsen wieder nach oben. Statt groben Grases bedeckte Geröll den Boden und sie traten mit ihren Füßen lose Steine zur Seite. Die Zeit verging. Elsa begann zu keuchen und wurde trotz ihrer Angst um Adrian langsamer.

„Wir müssen bald anhalten und Wasser suchen!“, rief Cluaran. Elsa wollte protestieren, doch er hatte Recht. Es war wärmer geworden, sie schwitzte und ihre Wasserflasche war fast leer.

Sie waren den Hang schon halb hinaufgestiegen, da fand Cluaran den nächsten Wegzeiger. Cathbar hatte ihn offenbar in großer Eile in die trockene Erde gekratzt, doch zeigte der Kopf des Vogels unmissverständlich nach oben. Der Anblick gab Elsa neue Kraft, sie eilte voraus und ließ Cluaran und Eolande zurück. Nur Wulf hielt mit ihr Schritt. Behände wie eine Ziege sprang er vor ihr her und stolperte kein einziges Mal, obwohl das Geröll unter ihren Füßen immer gröber wurde. Sie erreichten eine Art Gipfel. Wulf rannte mit einem kleinen Schrei voraus und – verschwand.

Elsa rief ihn beunruhigt und rannte ebenfalls die letzten Meter. Vor ihr tat sich kein Abgrund auf, sondern eine flache, steinige Senke, die zu einer weiteren, kleineren Anhöhe führte. Am Ende der Senke befand sich ein kleiner Teich und an seinem Rand lag Wulf auf dem Bauch und trank gierig. Neben ihm saß Cathbar.

Er hob grüßend die Hand und dann tauchten auch die anderen beiden hinter Elsa auf. „Ich habe euch schon erwartet“, sagte er. Er klang erleichtert.

Er war Adrians Entführern bis zu einem Feldlager gefolgt, das sich im Westen auf der anderen Seite der Berge befand. „Adrian war auf den Beinen, wurde aber streng bewacht. Wer immer diese Leute sind, sie haben einen guten Anführer. Die Stelle, an der sie das Lager errichtet haben, ist gut gegen Angriffe geschützt, und sie haben Wachen aufgestellt, ich musste deshalb Abstand halten. Wir müssen warten, bis es dunkel ist.“

Cluaran hob den Kopf. Die Sonne stand noch hoch am Himmel. „Lasst uns so nahe wie möglich an das Lager herangehen und dann ausruhen und unser weiteres Vorgehen genau planen“, sagte er. „Vor dem nächsten Schritt müssen wir sowieso erst einmal wieder zu Kräften kommen.“

Cathbar führte sie ein wenig von ihrem Pfad weg. „Damit wir möglichst niemandem begegnen“, meinte er. „Wenn es sich um dieselben Leute handelt, die das Dorf niedergebrannt haben, möchte ich nicht von ihnen überrascht werden.“

Sie gingen erneut bergab. Auf dem Boden wuchs wieder Gras und einige dornige Büsche unter einem überhängenden Felsen hatten bereits ausgetrieben. Vor den Büschen blieb Cathbar stehen, drehte sich um und legte den Finger an die Lippen.

„Da ist jemand“, flüsterte er.

Im selben Moment brach eine Gestalt aus den Büschen und rannte auf sie zu. Cathbar konnte gerade noch rechtzeitig der Waffe ausweichen, die an seinem Kopf vorbeisauste. Elsa griff mit der Linken nach ihrem Schwert – doch da hatte Cathbar schon einen Schritt zurück gemacht und die Arme ausgebreitet.

„Wir kommen nicht in böser Absicht!“, rief er.

Die Angreiferin, eine magere junge Frau mit hellen Haaren und Sommersprossen, schien nicht viel älter zu sein als Elsa. In der Hand hielt sie ein rostiges Eisenteil, das aussah wie eine Pflugschar. „Was wollt ihr?“, fragte sie. Sie klang zornig, senkte aber nach einem Blick auf Elsa, Eolande und Wulf ihre Waffe.

„Nichts“, erwiderte Elsa. „Wir sind Reisende und suchen nach einem sicheren Ort, an dem wir ausruhen können.“

„Sicher!“, wiederholte die junge Frau bitter. Sie verschwand in den Büschen und Elsa hörte sie mit jemandem flüstern. Dann tauchte sie wieder auf.

„Ihr könnt bei uns unterschlüpfen, wenn ihr wollt“, sagte sie. „Viel Platz haben wir allerdings nicht.“

Der felsige Überhang bildete hinter den Büschen eine Art Höhle, die nur wenige Armlängen tief und zum Aufrechtstehen zu niedrig war. Sie zwängten sich durch die dornigen Äste, und eine zweite Frau, die viel älter war als die erste, machte ihnen Platz. An der Felswand neben ihr lag ein junger Mann. Er hatte die Augen geschlossen und sein Atem ging rasselnd. Um die Brust trug er einen blutgetränkten Verband, sein Gesicht war totenbleich.

„Seid willkommen“, sagte die zweite Frau. In ihr Gesicht hatten sich Falten der Erschöpfung gegraben, doch ihre braunen Augen blickten wach. „Es ist eine schlimme Zeit für Reisende. Mörder machen die Straßen unsicher. Wenn ihr durch die Berge gekommen seid, habt ihr gesehen, was sie mit unserem Dorf gemacht haben.“

Sie hieß Wyn und der junge Mann neben ihr war ihr Sohn Reinhard. „Er schläft sich jetzt gesund“, sagte sie. Doch Elsa sah, wie Eolande, die sich neben den jungen Mann gesetzt hatte, Blicke mit Cluaran tauschte und kaum merklich den Kopf schüttelte.

Ein singender, grölender Haufen bewaffneter Männer sei am Tag zuvor auf der Straße von Osten ins Tal gekommen, sagte Wyn. Zwar kursierten Gerüchte über eine ausländische Armee in dieser Gegend, doch hörten die Dorfbewohner, dass die Männer sich auf Dansk unterhielten. Sie verließen die Straße, zertrampelten die frisch eingesäten Felder und griffen dann die Hütten an.

„Unsere Männer wollten sie aufhalten", sagte Wyn und auf ihrem Gesicht spiegelte sich immer noch das Grauen, das sie empfunden hatte. „Die Reden gingen hin und her ... Die Banditen forderten unsere Männer auf, sich ihnen anzuschließen ... und dann fielen sie plötzlich mit ihren Äxten und Schwertern über sie her."

Die meisten Männer wurden getötet, darunter auch Wyns Mann. Die Alten, Frauen und Kinder flohen in die Berge, während die Mörder die Hütten anzündeten, doch Wyn und ihre Nachbarin Sigrid blieben, um einigen Verwundeten bei der Flucht zu helfen.

„Vier oder fünf konnten noch entkommen", sagte sie. „Und wir haben Reinhard mitgebracht." Sie wandte sich an Cathbar. „Seid Ihr an unserem Dorf vorbeigekommen? Waren die Verrückten noch dort? Oder sonst jemand?"

„Ich habe kein Lebenszeichen gesehen", erwiderte Cathbar ernst. „Leider konnten wir nicht anhalten und nachsehen, ob jemand Hilfe brauchte. Wir folgen selbst der Spur eines Gefährten, der entführt wurde – vielleicht von denselben Leuten."

„Nicht von denen", sagte die jüngere Frau, Sigrid, scharf. „Die haben sich aufgeführt wie Bestien, nicht wie Menschen. Die machen keine Gefangenen."

Wyn richtete sich auf. „Wir sollten ins Dorf zurückkehren", sagte sie. „Wenn die Mörder wirklich weg sind, werden unsere Nachbarn zurückkehren und wir werden viel zu tun haben."

„Närrin."

Das hatte Eolande gesagt. Sie starrte die über ihren bewusstlosen Sohn gebeugte Frau unbewegt an. „Was könnt Ihr schon tun?", fuhr sie fort. „Die Toten aufbahren? Davon werden sie nicht wieder lebendig! Euer Dorf ist zerstört, Euer Mann tot. Wozu also etwas tun?"

„Warum nicht?", erwiderte Wyn heftig. „Wenn die Männer meiner Nachbarinnen und Freundinnen tot sind, sollen sie wenigstens anständig begraben werden. Und nicht alle sind tot!" Sie strich ihrem Sohn mit der Hand über die Stirn.

Eolande starrte sie nur an und stand gebückt auf. „Aber der ist es bald", murmelte sie und zwängte sich durchs Gestrüpp nach draußen.

Cluaran warf der Frau einen entschuldigenden Blick

zu und folgte seiner Mutter. Elsa und Cathbar sahen ihm entsetzt nach. Wyn beugte sich mit zuckenden Schultern über ihren Sohn, die jüngere Frau starrte Elsa und Cathbar böse an.

„Entschuldigung", stammelte Elsa. „Eolande wollte nicht ... Wir gehen jetzt besser." Sie nahm Wulf an der Hand und zog ihn hinter sich durch die Büsche.

„Wie konntest du das sagen?", fragte Cluaran seine Mutter draußen.

„Er hat mich nicht gehört", erwiderte Eolande unbeteiligt. „Unsere Stimmen erreichen ihn nicht mehr. Und warum soll sie sich Hoffnung machen, wenn es doch keine mehr gibt?"

„Es gibt immer Hoffnung", beharrte Cluaran. „Eine erfahrene Heilerin könnte ihn zurückholen." Er schwieg. „Früher hättest du es versucht."

„Aber es wäre sinnlos." Eolande klang auf einmal fast bittend. „Die Frau hat alles verloren – und ihr Sohn würde wahrscheinlich trotzdem sterben. Warum soll ich dagegen ankämpfen?"

„Würdest du das auch sagen, wenn er dein Sohn wäre?"

Wyn war ihnen aus der Höhle gefolgt. „Ihr wollt ihn einfach so sterben lassen, obwohl Ihr ihn vielleicht retten könntet?"

Ihr Gesicht war tränenverschmiert, aber sie entließ Eolande nicht aus ihrem Blick.

Eolande verknotete die Hände.

„Es ... gäbe natürlich einige Möglichkeiten“, sagte sie schließlich. „Aber es besteht kaum Hoffnung ...“

„Wollt Ihr es nicht wenigstens versuchen?“, fiel ihr Wyn ins Wort. „Glaubt mir, ich klammere mich an jede Hoffnung, auch wenn sie noch so schwach ist. Ich werde bis zu meinem letzten Atemzug um Reinhard kämpfen.“

„Und was ist, wenn er dann doch stirbt?“, flüsterte Eolande.

„Dann kämpfe ich für meine Nachbarinnen und deren Kinder. Was sollte ich sonst tun?“

Eolande schloss die Augen und ließ die Hände sinken. Dann hob sie langsam den Kopf und sah Wyn wieder an.

„Also gut“, sagte sie mit fester Stimme, „ich werde es versuchen.“

9. Kapitel

Sie trugen Adrian an Händen und Füßen. Über seinen Kopf hatten sie einen Sack gestülpt.

Sehen konnte er natürlich trotzdem. Noch während er um sich schlug und stieß, tastete er sich zu den Augen eines Entführers vor, um herauszufinden, wohin man ihn brachte – von der Straße weg und in die Berge hinein. Er erstickte fast an dem schmutzigen Lappen in seinem Mund und versuchte ihn auszuspucken. Zugleich ließ er seinen Blick zum Lager zurückwandern. Er war immer davor zurückgeschreckt, die Augen seiner Gefährten zu benutzen, doch jetzt lieh er sich nur für einen kurzen Moment Cathbars Augen und sah Eolande weinend auf sich zurennen.

Endlich konnte er den Knebel ausspucken. Er holte tief Luft.

„Hilfe!“, brüllte er aus Leibeskräften. „Cathbar! Ich bin hier …“

Etwas traf ihn hart in den Magen, zugleich wurde ihm der Sack fester über Mund und Nase gezogen. Außer Atem und keuchend trat er wieder um sich. Er hörte einen Mann fluchen, dann verfielen die Männer in

Laufschritt. Adrian hing zwischen ihnen und wurde bei jedem Schritt hin und her geschüttelt. Er hatte das Sackleinen im Mund, der Geruch von schimmeligem Getreide machte ihn schwindeln.

Er wusste nicht, wie lange er so getragen wurde. Ihm war von dem Gestank im Sack übel und er bekam nicht genügend Luft. Er versuchte wieder durch die Augen eines der Entführer zu blicken, sah aber nur die Steine auf dem Weg.

Dann verschwamm das Bild. Die Männer begannen bergan zu laufen und er versuchte sich wieder mit den Armen zu befreien. Der Griff an seinem Arm lockerte sich plötzlich und er fiel hinunter und schlug seitlich mit dem Kopf auf dem Boden auf. Er verlor die Augen des Entführers, durch die er geblickt hatte, und um ihn wurde es Nacht.

Er erwachte aus einem wirren Traum von Feuer und Blutvergießen. Der Untergrund, auf dem er lag, war hart und einen Moment lang überkam ihn Panik, denn er wusste weder, wo er sich befand, noch wie er dorthin gekommen war. Die Gestalten aus seinem Traum beschäftigten ihn. Er sah Männer und Frauen im roten Schein ihrer brennenden Häuser bewegungslos auf dem Boden liegen. Er wollte schreien – doch der Schrei erstarb auf seinen Lippen, als er das grobe Leinen im Gesicht spürte.

Die Erinnerung kehrte zurück. Er hatte pochende

Schmerzen an der Stelle, auf die er gefallen war. Vergeblich wollte er die Hände heben. Sie waren aneinandergefesselt wie auch die Füße. Jetzt hörte er außerdem Stimmen. In einiger Entfernung saßen die Entführer und unterhielten sich. Vorsichtig schickte er seinen Blick aus und sah vier bärtige Männer, die es sich an einem Hang bequem gemacht hatten. Der Boden war mit grauen Steinen und dünnem, verdorrtem Gras bedeckt, weiter unten waren grüne Flecken zu sehen. Adrian unterdrückte ein Stöhnen. Seine Entführer machten Pause – offenbar in der Überzeugung, ihre Verfolger abgeschüttelt zu haben. Er war allein.

Sie unterhielten sich leise auf Dansk, aber mit einem sonderbar näselnden Akzent, er konnte sie deshalb bis auf einige einzelne Worte wie „Junge", „unser Weg" und „bis Mittag" nicht verstehen. Dann stand einer von ihnen ächzend auf. Der Mann, durch dessen Augen er blickte, drehte den Kopf und blickte auf einen mit Seilen verschnürten Haufen Lumpen auf dem Boden neben ihm hinunter. Der Haufen bewegte sich – und Adrian kehrte hastig zu sich zurück. Schwere Schritte näherten sich knirschend.

Der Sack wurde ihm vom Kopf gezogen und er blickte in ein finsteres Gesicht, dessen runde Augen zwischen buschigen schwarzen Brauen und einem struppigen Schnurrbart kaum auszumachen waren. „Er ist wach!", rief der Mann. „Gehen wir!"

Er bückte sich, zerschnitt das Seil um Adrians Füße

und zog ihn unsanft hoch. „Ab jetzt läufst du selbst, Bürschchen“, knurrte er.

Die Entführer banden Adrian die Arme mit einem Seil an die Seiten. Dann packten zwei Männer die beiden Enden und ließen ihn zwischen sich gehen. Wenn er langsamer wurde, rissen sie ihn weiter. Ab und zu befahlen sie ihm, schneller zu gehen, ansonsten sagten sie nichts. Auch Adrian schwieg. Hatten die Männer ihn als Geisel genommen? Wussten sie etwa schon, wer sein Vater war? Von ihm würden sie es jedenfalls nicht erfahren. Er würde kein Wort sagen. Zwar sprach er inzwischen einigermaßen flüssig Dansk, aber er wollte nicht riskieren, sich durch seinen Akzent zu verraten.

Die Männer schlugen ein strammes Tempo an und fluchten, wenn Adrian stolperte, doch ansonsten taten sie ihm nichts. Er spürte ein dumpfes Pochen im Kopf, und es fiel ihm schwer, mit seinen an den Körper gefesselten Händen das Gleichgewicht zu halten. Als der Pfad steiler und holpriger wurde, stolperte er häufiger. Bald kostete ihn jeder Schritt Anstrengung. Daher hielt er den Blick beim Gehen starr auf die Füße gerichtet und wagte es nicht aufzusehen.

Die Sonne stieg höher und nach einiger Zeit schienen auch die Männer zu ermüden. Als Adrian an einem besonders steilen Hang wieder ausrutschte, hinfiel und sich dabei die Handgelenke aufschürfte, ließen sie ihn liegen. Sie setzten sich und holten ihren Proviant heraus, obwohl der Mann mit dem Schnurrbart etwas von Zeitverschwendung murmelte. Adrian war todmüde. Dankbar lehnte er sich an einen Felsen und nahm von seinen Entführern ein Stück Fleisch und eine Flasche saures Bier entgegen. Wenigstens waren sie keine Barbaren. Vielleicht konnte er, wenn sich keine Gelegenheit zur Flucht ergab, mit ihrem Anführer über seine Freilassung verhandeln.

Aber wenn er dafür verraten musste, wer er war?

Gestärkt durch die kurze Pause marschierten sie weiter. Trotzdem war er über die Maßen erleichtert, als sie endlich den Gipfel des Berges erreichten. Er schickte seinen Blick aus. Zwar sah er am Fuß des Berges kein Lager, dafür aber Männer, die Feuer machten und frisch erlegte Vögel rupften. Wer waren diese Männer? Doch wohl kaum der plündernde Haufen, der die Straße in ein Morastfeld verwandelt hatte. Dafür wirkten sie viel zu ordentlich.

Der Weg führte wieder bergab. Die Sonne hatte den Zenit bereits überschritten, da hörte Adrian in der Ferne Stimmen. Im nächsten Moment traten zwei bewaffnete Wächter hinter einem Felsen hervor und versperrten ihnen den Weg. Sie nickten, als sie die Männer erkannten, und der eine entfernte sich im Laufschritt. Die Entführer umrundeten mit Adrian einen letzten Felsvorsprung und gelangten auf eine ebene Wiese, auf der lärmendes Treiben herrschte.

Das Lager war im Schutz einer senkrecht abfallenden Felswand um eine kleine Quelle errichtet worden, die ein Dutzend Schritte vor der Felswand aus dem Boden sprudelte. Überall saßen und standen Männer. Sie hielten Wache, schärften Waffen oder besserten Zelte aus. Die Zeltplanen bestanden aus Tierhäuten und Fellen, die mit eisernen Stiften im Boden verankert waren. Adrian sah sofort, dass hier keine Räuberbande lagerte und auch nicht das Gefolge eines lokalen Herrn. Hier lagerte das Heer eines Königs.

Seine Entführer stießen ihn weiter und er taumelte vor Erschöpfung. Sie hatten ihm das Seil um den Bauch abgenommen, aber an Flucht war trotzdem nicht zu denken. Er hatte das Gefühl, dass seine Beine gleich unter ihm einknicken würden.

„Ich bin froh, wenn wir den los sind", sagte einer der Entführer und rieb sich den Arm an der Stelle, an der Adrian ihn getreten hatte.

„Hoffentlich war nicht alles umsonst", brummte der Mann mit dem Schnurrbart verdrossen. „Ich finde immer noch, er ist zu jung, um etwas zu wissen."

Während Adrian noch über diese Bemerkung rätselte, hatte der Mann ihn schon am Arm gepackt und zu dem größten Zelt geschoben. Am Eingang blieb er stehen und räusperte sich.

„Herr?", sagte er unerwartet respektvoll. „Ich bin's, Viridogard. Ich bringe den Gefangenen."

Von drinnen antwortete jemand ungeduldig: „Führ ihn herein. Worauf wartest du noch?" Die Stimme klang gereizt und für Adrians Ohren seltsam vertraut.

Der Mann mit dem Schnurrbart zog das Fell, das vor dem Eingang hing, zur Seite und stieß Adrian so heftig nach vorn, dass er in das Zelt hineinfiel. Drinnen saßen drei Männer um eine Truhe, auf der eine Karte ausgebreitet war.

Eine Öllampe erfüllte den Raum mit Qualm, in dem ihre Gesichter nur undeutlich zu erkennen waren.

„Helft ihm auf", sagte der Mann mit der tiefen Stimme, offenbar der Anführer der Armee. Er war auch im Sitzen größer als die anderen und seine Stimme klang befehlsgewohnt. Die beiden Männer rechts und links von ihm erhoben sich, doch Adrian sprang rasch auf, bevor sie ihm helfen konnten, und starrte die schemenhaften Gesichter auf der anderen Seite der Lampe böse an. Die drei Männer lachten, dann sprach wieder der Anführer. Er klang unzufrieden.

„Das ist doch noch ein Kind. Du brauchst einen ganzen Tag und bringst mir dann ein Kind?" Viridogard wollte etwas sagen, doch der Anführer schnitt ihm das Wort ab. „Du bekommst dein Geld, ich halte Wort. Warte draußen."

Der Mann mit dem Schnurrbart entfernte sich ehrerbietig. Der Anführer wandte sich an seine Gefährten. „Ich glaube nicht, dass der Junge uns helfen kann – und dann hätten wir wieder einen Tag verloren. Aber sehen wir ihn uns an."

Adrian war auf einmal, als öffnete sich der Boden unter seinen Füßen. Bisher hatte der Mann Dansk gesprochen wie alle anderen Bewohner dieses Landes. Doch die letzten Worte hatte er auf Englisch gesagt. Adrian kannte die Stimme fast so gut wie seine eigene.

„Vater?"

Ein langes Schweigen folgte. Dann stand der Mann auf, ging um die Kiste zu Adrian und umfasste seine Schultern mit beiden Händen. Er wirkte nicht mehr so groß, wie Adrian ihn seit über zwei Jahren in Erinnerung hatte, aber seine Schultern waren noch genauso breit und seine blauen Augen genauso durchdringend.

„Adrian?", sagte der Mann leise. „Was im Namen der Götter hast du hier zu suchen?"

Heored hatte seine beiden Unterführer entlassen und saß neben Adrian an der niedrigen, mit seitlichen Griffen versehenen Truhe. Die Karte war verschwunden, stattdessen hatte Heored etwas zu essen kommen lassen: Brot, Dörrobst, gutes Bier und einige Tauben, die seine Männer auf ihren Feuern draußen gebraten hatten. Der Heiler des Lagers hatte Adrians Kopf mit einem nach Kleie riechenden Breiumschlag verbunden, und an einer Wand des Zelts hatte man ihm ein Lager aus Fellen zurechtgemacht. Adrian sah ein oder zwei Mal sehnsüchtig hinüber, doch sein Vater wollte so viel von ihm wissen.

„Was machst du hier?", fragte er, sobald sie allein waren. „Warum hast du deine Mutter verlassen?"

„Sie hat mich fortgeschickt." Adrian betrachtete das

Gesicht seines Vater im rauchigen Licht der Lampe, als müsste er es sich erneut einprägen – den kupferroten Bart, die buschigen Brauen und den ruhigen Blick. Wie vertraut es ihm war. Doch um die Augen sah er Falten, die er noch nicht kannte – Alter und die Last der Verantwortung hatten sie dort eingegraben. Er war einen kurzen Moment lang verunsichert. Vor ihm saß nicht nur sein Vater, sondern Heored, der König von Sussex und Anführer einer in ganz Britannien gefürchteten Armee.

Er erzählte seinem Vater von den Überfällen fremder Soldaten an den heimatlichen Küsten, die Branwen dazu bewogen hatten, ihn zu seinem Onkel ins Frankenreich zu schicken. Heored hörte ihm ernst zu.

„Eine weise Entscheidung“, sagte er schließlich, doch Adrian meinte zu sehen, wie sich ein Schatten auf sein Gesicht legte.

Für ihn bin ich noch ein kleiner Junge, dachte er. *Wenn ich ein richtiger Krieger gewesen wäre wie er, wäre ich geblieben, um meine Mutter zu beschützen.*

Adrian berichtete von dem Schiffbruch, der ihn nach Dumnonia verschlagen hatte, und wie er Elsa, die Tochter des Schiffers, kennengelernt und der Drache Taragor sie beide verfolgt hatte.

Sein Vater hob die Augenbrauen. „Ich habe bereits von solchen Geschöpfen gehört“, sagte er, „hielt sie aber immer für Fabelwesen.“

Jedenfalls schienen ihn Geschichten von Ungeheuern

und von Schiffbrüchen nicht im Geringsten zu interessieren.

„Du bist also weit gereist und hast dich mit deinem Verstand und deinem Schwert behauptet", sagte er billigend. „Ich habe dich als Kind zurückgelassen – und jetzt sehe ich einen Sohn, der mir zur Seite stehen kann." Er rief einen Diener und befahl ihm, Adrians Becher erneut zu füllen. „Erzähle mir, wo du gekämpft hast", sagte er. „Hast du auch fleißig weitergeübt?"

„Ja", antwortete Adrian eifrig. „Ich bin jetzt ein recht guter Bogenschütze und habe in den vergangenen Wochen auch viel auf der Jagd geübt."

Heored nickte, doch Adrian hatte das Gefühl, dass ihm eine andere Antwort lieber gewesen wäre. „Hoffentlich kannst du mit dem Schwert genauso gut umgehen", sagte sein Vater. „Wir werden bald kämpfen und ich würde dich gern an meiner Seite sehen."

„Ich bin mit Cathbar gereist, einem Gefolgsmann König Beotrichs", sagte Adrian. „Er ist ein sehr guter Lehrer."

Er verschwieg, dass Cathbar nicht ihm, sondern Elsa Schwertunterricht erteilt hatte. *Ein Sohn, der mir zur Seite stehen kann,* hatte sein Vater gesagt, und Adrian war so stolz gewesen wie noch nie zuvor. Aber konnte er dieser Sohn wirklich sein?

Beim Anblick des vertrauten und doch fremden Gesichts seines Vaters hatte er sich unwillkürlich gefragt, wie Heored umgekehrt ihn sah. Ohne zu überlegen hatte er die Augen seines Vaters geliehen und einen mageren Jungen gesehen, dessen Kleider an Handgelenken und Knöcheln viel zu kurz waren. Er hatte das Erstauen seines Vaters darüber gefühlt, wie sehr er gewachsen war ... und noch etwas anderes, ein Unbehagen, doch nur für einen kurzen Moment, denn dann hatte er sich wieder zurückgezogen. Er war sich vorgekommen wie ein Eindringling, denn er wusste, was sein Vater von den Ripente hielt: Heored ließ sich manchmal in der Schlacht von ihnen helfen, sprach aber immer verächtlich von ihnen als Helfern, die keine Treue kannten. Für ihn waren Ripente nicht Menschen mit einer besonderen Gabe, sondern eine eigenständige Art, der man mit Misstrauen begegnen musste.

Adrian erinnerte sich erschrocken, dass er früher genauso über sie gedacht hatte. Eines Tages würde er seinem Vater die Wahrheit über sich erzählen, aber jetzt noch nicht.

Auch über andere Dinge sprach er vorerst noch nicht. So schwieg er über Elsas Kristallschwert aus Angst, Heored könnte ihm nicht glauben. Er beschrieb Cluaran als ihren Gefährten und Führer auf der Straße, erwähnte aber nicht dessen Abstammung von den Fay. Loki schilderte er nur als Feind, der ihnen entkommen war, als skrupellosen Mörder und Brandstifter und als Gefahr für das ganze Land. Sein Vater kämpfte gegen feindliche Heere – wie konnte er ihm sagen, dass er einen Gott verfolgte?

Heored hörte dem Bericht von seinen Reisen durch Schneeland mit Ungeduld zu. Erst als Adrian von ihrer Ankunft im Land der Dänen sprach, erwachte das Interesse seines Vaters erneut.

„Ihr seid also vor weniger als einer Woche angekommen! Wurde im Norden des Landes gekämpft? Seid ihr umherziehenden Banden begegnet?"

„Nicht im Norden", erwiderte Adrian. „Aber im Süden sind wir den Spuren solcher Banden gefolgt." Er unterdrückte einen Schauder. „Es war, als ob das Verhängnis unmittelbar vor uns herzöge."

„Diese Banden konzentrieren sich auf die Gegend um unser Lager", sagte sein Vater. „Wenn ich sie zu einem Angriff provozieren könnte, dann könnten wir die Welt von einer Plage befreien! Aber sie sind feige und überfallen nur die Schwachen."

„Du weißt, wer sie sind?", fragte Adrian ihn überrascht.

Heored schüttelte den Kopf. „Nein, aber ich weiß, was sie tun. Wir haben zwei Jahre lang in Northumbria gekämpft und konnten schließlich die Feinde meines Cousins besiegen und nach Gwynedd zurückdrängen. Dann zogen wir an die Küste von Northumbria, um nach Sussex zurückzukehren. Dort plünderten Dänen, die über das Meer gekommen waren, den Hafen." Er schlug die Hände ineinander. „Wir konnten sie abwehren, drehten den Spieß um und folgten ihnen mit einem halben Dutzend Schiffe zu ihrer Küste."

Heored hatte die Dänen kurz vor ihrem Heimathafen eingeholt. Ein Schiff hatte er mit Brandpfeilen angegriffen und versenkt, die anderen waren entkommen. Die Dänen hatten ihre Schiffe verlassen, waren ins Inland geflohen und hatten sich im Wald vor ihren Verfolgern versteckt.

„Aber dann haben sie doch noch gegen dich gekämpft", sagte Adrian. Er dachte an das Schlachtfeld, über das er am Vortag gekommen war. „Und du hast Männer verloren."

Heoreds Miene verdüsterte sich und er nickte. „Unsere Männer langweilten sich und wurden unruhig, deshalb habe ich gestern einer Gruppe erlaubt, auf die Jagd zu gehen. Auf dem Rückweg haben die Dänen sie aus dem Hinterhalt überfallen." Er schlug sich mit der Faust an die Brust. „Was sind das für Leute? Wir sind in ihr Land eingefallen! Sie sollten sich gegen uns verbünden. Stattdessen verstecken sie sich vor uns und wagen nur kleine Überfälle aus dem Hinterhalt wie gemeine Banditen."

„Vielleicht sind sie das ja auch", sagte Adrian.

Heored blieb stumm und Adrian spürte seinen Blick auf sich lasten. „Es gibt in dieser Gegend viele Banditen, die für einen geringen oder überhaupt keinen Vorteil ihre eigenen Leute töten", fuhr er fort. Er erzählte seinem Vater von den Männern, die vor ihnen die Straße verwüstet und eine Spur der Zerstörung hinterlassen hatten, vom Mord an dem fränkischen Händler Menobert und von den Berichten über Überfälle auf Dörfer und Gehöfte. „Das sind keine gewöhnlichen Straßenräuber“, schloss er. „Sie scheinen ihre Opfer nicht einmal auszurauben – sie vernichten nur alles, was sich ihnen in den Weg stellt.“

Heored stand abrupt auf, warf dabei seinen Stuhl um und hätte fast die Lampe von der Truhe gefegt.

„Meine Kundschafter haben mir davon berichtet“, sagte er und begann durch das Zelt zu gehen. „Aber ich habe sie in den Hafenstädten angeworben und traue ihnen nicht. Sie haben von einer ganzen Armee von Verrückten erzählt, die angeblich die Dörfer angreifen. Ich habe Beweise verlangt. Sie sollten mir ein Mitglied dieser Armee bringen, damit ich es befragen kann.“ Er stand nun wieder vor Adrian. „Da haben sie dich gebracht.“

Er lächelte plötzlich und war für einen Augenblick wieder der Vater aus Adrian Kindheitstagen. „Sehr zu meiner Freude, Adrian. Heute Abend bespreche ich mit meinen Unterführern, wie wir aufgrund deiner Informationen weiter vorgehen werden. Aber jetzt stoßen wir erst einmal auf deine Ankunft an.“ Ein Diener trat vor, doch Heored winkte ihn ungeduldig zur Seite und schenkte selbst zwei Becher Bier ein und schob einen davon Adrian hin. „Wenn es stimmt, was du sagst, sind wir womöglich nicht mehr lange hier. Ein Haufen Verrückter!“ Er nahm einen tiefen Schluck. „Sobald wir sie besiegt haben, schicke ich einen Boten zu Aelfred ins

Frankenreich, damit er weiß, dass du bei mir bist. Er kann deine Mutter von dort leichter verständigen als ich von hier."

„Er ist gar nicht mehr im Frankenreich!", entfuhr es Adrian und schon im nächsten Moment hätte er sich für seine voreilige Bemerkung ohrfeigen können. Er hatte seinem Vater noch nicht von Onkel Aelfred – dem Zauberer Orgrim – berichtet. Wie hätte er ihm auch sagen sollen, dass sein eigener Schwager ein Zauberer war und den König verraten hatte? Doch jetzt blieb ihm keine andere Wahl. So kurz wie möglich schilderte er seinem Vater, was geschehen war: wie Aelfred bei einem Geiselaustausch nach Wessex gekommen war, sich dort mit Magie beschäftigt und versucht hatte, Beotrich von der Macht zu vertreiben.

„Ich war dabei, als ... als der Verrat aufgedeckt wurde", schloss er. „Aelfred sitzt jetzt im Gefängnis, aber niemand kennt seinen wirklichen Namen und seine Verbindung zu unserer Familie. Er hat sein Augenlicht und offenbar auch seinen Verstand verloren."

Heored war auf seinen Stuhl gesunken und hatte den Kopf in die Hände gestützt. Als er aufblickte, war sein Gesicht eingefallen.

„Ich hätte es ahnen müssen", sagte er endlich. „So vielversprechend er war, ich habe ihm nie ganz getraut. Ich habe dir das nicht gesagt, Adrian, aber er ... und seine Angehörigen ... besitzen eine Fähigkeit, die ..." Er rieb sich die Stirn. „Jedenfalls trug er immer schon den Keim des Verrats in sich. Deine Mutter ist die Aufrichtigkeit in Person, doch als ich hörte, sie hätte dich Aelfred anvertraut, hatte ich zugegebenermaßen meine Zweifel."

Er verstummte und Adrian wurde es mit einem Mal kalt. *Mein Vater wusste die ganze Zeit, dass Aelfred ein Ripente war!*, dachte er. *Er wusste es und hat ihm deshalb nicht vertraut.* Wie sollte er ihm je die Wahrheit über sich selbst sagen?

„Doch genug davon!", rief Heroed und stand auf. „Du bist hier. Ich muss dich meinen Männern vorstellen und dir Waffen geben. Du darfst im Feindesland keinen einzigen Tag unbewaffnet sein." Er ging zum Eingang des Zelts. „Theobald! Alberich! Nils!" Die drei Unterführer eilten im Laufschritt herbei.

„Holt den Waffenmeister", befahl Heored. „Das ist mein Sohn Adrian von Sussex. Er kämpft von jetzt an mit uns. Er braucht eine Rüstung und ein Schwert, die seiner Stellung angemessen sind."

Die Männer verbeugten sich und Theobald führte Adrian zur Waffenkammer. Dort ließ ihn ein stämmiger alter Mann mit einer fleckigen Lederschürze ein Dutzend verschiedene Schwerter ausprobieren.

„Euer Besuch ist mir eine Ehre, mein Prinz", sagte der Alte und half Adrian in einen ledernen Panzer mit einer sperrigen Brustplatte. „Euer Vater ist nicht nur König, sondern auch Soldat, und es tut gut zu sehen, dass sein Sohn in seine Fußstapfen tritt."

„Ganz meine Meinung“, bekräftigte Theobald. „König Heored ist immer dort zu finden, wo am heftigsten gekämpft wird. Er teilt jede Gefahr mit uns – und wir verehren ihn dafür.“

Zusammen mit Theobald kehrte Adrian zu seinem Vater zurück. Seine Rüstung klapperte bei jedem Schritt. Auf seinem Kopf saß ein runder Helm und der Griff seines neuen Schwerts schlug bei jedem Schritt gegen die Brustplatte. Was Elsa wohl denken würde, wenn sie ihn so sehen könnte? Doch dann bemerkte er den Stolz in den Augen seines Vaters und ihm wurde warm ums Herz.

„Jetzt siehst du aus wie ein richtiger Krieger!“, rief Heored. „Zieh das Schwert!“

Adrian gehorchte und zu seinem Erstaunen verbeugten sich die drei Unterführer vor ihm.

„Willkommen, Sohn Heoreds!“, rief Theobald und die anderen beiden wiederholten den Gruß. Adrian straffte all seine Sehnen in der beschwerlichen Rüstung und hob das schwere Schwert über den Kopf. *Ich bin der Sohn eines Helden,* dachte er.

„Komm mit auf einen Rundgang durch das Lager“, sagte sein Vater. „Heute Abend halten wir Kriegsrat und meine Unterführer werden hören, was du mir gesagt hast. Und morgen lasse ich deine Gefährten von meinen Leuten holen. Du sagst, zu ihnen gehören auch Frauen? Ich werde sie mit einigen Soldaten als Begleitung zu unseren Schiffen schicken – dann sind sie aus dem Weg und in Sicherheit, wenn wir uns zur Schlacht rüsten."

Adrian hätte fast gelacht bei der Vorstellung, jemand könnte Elsa fortschicken wollen. „Das ist nicht nötig", sagte er zu seinem Vater. „Meine Gefährten sind alle aus freien Stücken hier. Sie werden erst gehen, wenn wir unseren Gegner ... gestellt und getötet haben."

„Aber wie wollen sie das schaffen?", rief Heored. „Zwei Frauen und ein Sänger?"

Adrian wusste darauf keine Antwort. Er hatte mit Elsa nicht darüber gesprochen, wie sie dem Dämon jetzt, da das Schwert verschwunden war, beikommen wollten.

„Wie auch immer", sagte sein Vater, „dein Platz ist jetzt hier, an meiner Seite." Er fasste Adrian an den Schultern und musterte ihn ernst. „Ich habe deine Erziehung zu vielen anderen Leuten überlassen. Du wirst mir eines Tages als König von Sussex nachfolgen, Adrian. Es ist Zeit, dass du deine Pflichten kennenlernst."

Vielleicht fügte sich ja alles zum Besten, dachte Adrian und folgte seinem Vater nach draußen, damit der ihn seinen Leuten vorstellen konnte. Sein Vater war ein tapferer Feldherr und gebot über ein Heer. Sicher würde er seinem Sohn, wenn er sich erst bewährt hatte, im Kampf gegen Loki helfen. Sein Vater sollte jedenfalls stolz auf ihn sein, gelobte er sich, koste es, was es wolle.

10. Kapitel

Auf Eolandes Veranlassung trugen Cluaran und Cathbar Wyns Sohn nach draußen und ein Stück hangabwärts zu einer Stelle, an der Gras wuchs. Dabei wurde der junge Mann kräftig durchgeschüttelt, doch war er so tief bewusstlos, dass er es nicht wahrnahm. Elsa folgte den beiden Männern mit Wulf. Hoffentlich war es noch nicht zu spät, dachte sie.

Die Männer legten Reinhard unter eine Gruppe verkrüppelter Bäume. „Lasst uns jetzt allein", sagte Eolande und kniete sich zusammen mit Wyn neben seinen Kopf. „Wenn er aufwacht, brauchen wir einen Verband für seine Brustwunde, Cluaran." Die Männer und Elsa gingen. Elsa blickte noch einmal zurück. Die Fay-Frau hatte die Hände um den Kopf des jungen Mannes gelegt, beugte sich über ihn und murmelte etwas, allerdings so leise, dass Elsa es nicht verstand.

Auf Bitten Cluarans holten Elsa und Cathbar Wasser. Cluaran selbst und die junge Frau namens Sigrid stiegen noch weiter den Hang hinunter und suchten nach Heilkräutern. Ein Feuer wagten sie nicht anzuzünden aus Angst, dadurch die Aufmerksamkeit ihrer

Feinde auf sich zu lenken. Cluaran kehrte mit Schafgarbenblättern, Moos und Rinde zurück. Nun musste alles mit einem Stein als Mörser in einer Pfanne zerdrückt werden.

Er zeigte Elsa, wie man Blätter und Rinde vorher zerkleinerte. „Woher hat Eure Mutter ihre Fähigkeit als Heilerin?", fragte Elsa. „Ich dachte, die Fay wären nie krank?"

„Mag sein", erwiderte Cluaran. „Aber mein Vater war kein Fay und ich bin auch keiner ... oder nur ein halber. Ihr Wissen über Kräuter hat meine Mutter von den Frauen in Hibernia, wo ich geboren wurde, und sie gab es an mich weiter." Er begann die Blätter und Rindenstückchen in der Pfanne zu zerstampfen. „Doch nützen die Kräuter nichts, solange Eolande den Geist Reinhards nicht finden und dazu überreden kann, in seinen Körper zurückzukehren. Das ist eine sehr viel seltenere Fähigkeit."

„Hoffentlich gelingt es ihr", sagte Cathbar. Er stand in der Nähe und schärfte sein Schwert. „Aber wenn die Sonne untergeht, lassen wir Eolande hier zurück und suchen Adrian."

Cluaran nickte. „Ich komme auch mit", sagte Elsa sofort. Sie warf Wulf, der unter Sigrids Aufsicht eins seiner endlosen Spiele mit Kieselsteinen machte, einen Blick zu. Vielleicht konnten sie ihn auch dalassen. Womöglich hatten sie nur eine einzige Gelegenheit, Adrian zu retten. Es erschien ihr auf einmal unerträglich, hier zu sitzen, während ihr Freund in Gefahr war. „Wie weit ist das Lager von hier entfernt?"

„Nicht weit", beruhigte Cathbar sie. „Es liegt gleich hinter dem nächsten Bergkamm."

Eolande war schon vor Sonnenuntergang mit Reinhard fertig. Die Sonne stand noch über dem Berg im Süden, als sie bleich und erschöpft den Hang heraufkam. Elsa sah ihr in banger Vorahnung entgegen – doch die Fay-Frau lächelte.

„Er ist wach", sagte sie.

Cathbar und Cluaran trugen Reinhard wieder in das Versteck hinter den Büschen. Er war zu schwach zum Reden, doch hatte sein Gesicht wieder Farbe angenommen, und als seine Mutter und Sigrid den Brei, den Cluaran angerührt hatte, auf seine Wunde strichen, lächelte er sie an.

Wyn verließ seine Seite und nahm Eolandes Hand. „Wie kann ich Euch das vergelten?"

„Das braucht ihr nicht", erwiderte Eolande. „Passt auf Euren Sohn auf."

Wyn nickte, ohne Eolandes Hand loszulassen. „Darf ich Euch nach Eurem Namen fragen?", sagte sie ein wenig unsicher. „Mein Sohn soll wissen, wer ihn gerettet hat."

Eolande zögerte einen Moment. „Eolande", sagte sie dann. „Doch wenn ich ihn gerettet habe, habe ich damit nur eine Schuld abbezahlt, in der ich stand. Ihr seid mir nicht zu Dank verpflichtet."

Die Frau schüttelte den Kopf. „Ich werde zeit meines Lebens an Euch denken, Eolande“, sagte sie. „Möge unsere Freundschaft Euch immer begleiten.“

Geduckt legten sie das letzte Stück zum Kamm zurück und blickten hinunter. Unter ihnen wechselten sich Wiesen und Waldstücke einander ab und im Osten konnten sie im Dunst die Straße erkennen.

Cathbar streckte die Hand aus. „Das Lager liegt hinter diesem Berg. Unser Gegner ist mindestens sechzig Mann stark und hat überall Wachen aufgestellt, seid also vorsichtig und sprecht nicht. Verstanden, Wulf?“ Er sah Wulf an und der Junge nickte. Er hatte nicht bei Wyn und Sigrid bleiben wollen, Elsa hatte es im Grunde schon gewusst.

Sie kamen bergab trotz ihrer Vorsichtsmaßnahmen schneller voran als bergauf. Cathbar führte sie eine Felsrinne im Westen des Lagers hinunter, in der sie vor Blicken von unten geschützt waren.

„Die Zelte stehen an einer Felswand“, sagte er. „Sie haben Posten auf dem Berg aufgestellt und oberhalb der Felswand. Die Straße verläuft im Osten. Zwischen ihr und dem Lager erstreckt sich ein Wald, in dem ebenfalls Posten stehen. Nach Süden und Westen ist das Gelände offen. Sie bewachen zwar auch diese Seite, doch könnten wir im Dunkeln durchschlüpfen.“

Sie versteckten sich in einem kleinen Wäldchen, das nur noch durch eine Wiese vom Lager getrennt war.

Elsa konnte in der Nähe bereits die ersten Zelte und den schwachen Schein der Feuerstellen erkennen. Ihren Freund sah sie nicht, sosehr sie sich auch anstrengte, nur stämmige Männer in schwarzen Umhängen, die Bratspieße drehten oder Decken aufrollten. Auf dem Berg über ihnen stand eine kleine Gestalt, der Posten, auf den Wiesen vor dem Lager marschierten zwei weitere Wächter in entgegengesetzter Richtung auf und ab. Die tief stehende Sonne tauchte alles in leuchtende Farben.

„Wenn wir uns von Westen nähern, brauchen wir nicht bis Einbruch der Dunkelheit zu warten", sagte Cluaran leise.

Sobald die Sonne in den Wolken unmittelbar über dem Horizont verschwunden war, brachen sie auf. Sie waren übereingekommen, dass Eolande und der Junge zurückbleiben sollten. Die anderen drei legten ihre Felle ab und holten die Decken aus ihren Bündeln. Die Fay-Frau hielt unterdessen Wulf an den Armen fest. Sie erbleichte ein wenig, als der Junge sich heftig wehrte und protestierte, ließ ihn aber nicht los. Die sinkende Sonne tauchte noch einmal aus den Wolken auf und ihre goldenen Strahlen ergossen sich auf die Wiese und blendeten den einen Posten. Darauf hatte Cluaran gewartet.

„Sobald ich ihn abgelenkt habe, geht ihr los", flüsterte er. Der Posten hob die Hand, um seine Augen gegen die Sonne abzuschirmen, und der Sänger schlüpfte zwischen den Bäumen hervor und eilte lautlos wie ein

Schatten am Rand der Wiese entlang. Elsa und Cathbar warteten mit gezogenen Schwertern. Auf einer Weide grasten Schafe. Plötzlich gerieten sie in Aufruhr. Sie begannen laut zu blöken, dann trampelte die ganze Herde donnernd über die Wiese. Der Posten spähte in ihre Richtung und lief auf die Tiere zu. Zugleich rief er seine Kameraden zu Hilfe.

„Jetzt!“, flüsterte Cathbar und rannte mit Elsa über das hohe Gras zu den Büschen am Fuß des Berges.

Von der anderen Seite des Lagers hörten sie eilige Schritte und Flüche, vermischt mit ängstlichem Blöken. Vorsichtig umrundeten sie die Büsche, doch im Lager war alles ruhig geblieben. Plötzlich teilten sich die Äste und eine Hand legte sich auf Elsas Arm. Elsa erschrak.

Es war Cluaran. Seine Augen funkelten und er war nicht einmal außer Atem. „Hier bin ich“, murmelte er. „Wir müssen weiter. Die kommen gleich zurück.“

Sie schlichen zum Rand des Lagers, verbargen sich im hohen Gras und spähten hinein. Die ersten Männer kehrten tatsächlich gerade zurück und berichteten ihren Kameraden ein wenig beschämt, dass sie außer blökenden Schafen nichts gefunden hätten.

„Wartet hier“, murmelte Cathbar. „Ich finde heraus, wo Adrian ist, und komme dann zurück.“

Er wickelte sich in seine Decke, die den dunklen Umhängen der Männer hier ähnelte, stand auf und schlenderte ins Lager. Sobald er sich einige Schritte entfernt hatte, konnte man ihn kaum noch von den anderen

Männern unterscheiden, die geschäftig zwischen den Zelten hin und her liefen. Nicht nur aufgrund seiner Statur und Mantelfarbe, sondern auch mit seinem selbstbewussten Gang sah er aus, als gehöre er hierher. Nur Elsa und Cluaran bemerkten, dass er den Blicken der anderen auswich. Er ging geradewegs auf die Zelte vor der Felswand zu und verschwand zwischen ihnen.

Elsa spähte zwischen den Grashalmen hindurch, registrierte jede kleinste Bewegung und wünschte sich, sie hätte Adrians Gabe, in die Zelte hineinzublicken.

Cathbar kehrte zu ihnen zurück und duckte sich rasch neben sie. „Er ist in dem da“, sagte er und zeigte auf ein Zelt weiter hinten. „Er ist nicht gefesselt und nur zwei Männer sind bei ihm. Kommt!“

Auch Cluaran und Elsa hängten sich ihre Decken um und gingen die zwanzig Schritte, ohne darauf zu achten, ob sie beobachtet wurden. Elsa ging zwischen den beiden Männern.

Sie erreichten das Zelt. Niemand hielt sie an. Cathbar riss den Türvorhang zur Seite und sie stürmten mit gezogenen Schwertern hinein.

Adrian hob erstaunt den Kopf. Er saß auf einem Stuhl, hielt einen hölzernen Becher in der Hand, trug andere Kleider und wirkte sehr viel sauberer und ordentlicher, als Elsa ihn seit ihrer Ankunft in Schneeland gesehen hatte. Einer der beiden Männer im Zelt hatte sich gerade aus einem Zinnkrug Wein eingeschenkt. Der andere Mann saß neben Adrian. Er war hochgewachsen, hatte einen Bart, stechende blaue Augen und dicke gelbe Haare.

Jetzt sprang er auf und legte die Hand ans Schwert. Doch auch Adrian sprang auf und fiel ihm in den Arm. „Von diesen Leuten droht keine Gefahr, Vater!“, rief er. „Das sind meine Freunde!“ Er wandte sich den Ankömmlingen zu. Seine Augen strahlten.

„Und das“, sagte er, „ist mein Vater, König Heored von Sussex.“

Die Gäste wurden rasch im Zelt des Königs empfangen. Sie bekamen Hocker zum Sitzen und wurden als Ehrengäste bewirtet. Cluaran holte unterdessen seine Mutter und Wulf. Elsa erhielt einen Platz am Eingang, getrennt von den anderen. Heored hatte sie zwar höflich begrüßt, sie dann aber nicht weiter beachtet. Er unterhielt sich fast nur mit Cathbar.

Adrian setzte sich neben sie. „Ich wollte morgen Leute ausschicken, um euch zu suchen“, sagte er. „Ich hätte mir denken können, dass du bis dahin schon hier bist!“ Elsa war gerührt über seine Wiedersehensfreude und seinen Stolz auf seinen Vater. Zugleich verriet sein Lächeln freilich noch etwas anderes – eine Angst, die sie sich nicht erklären konnte. Er beugte sich über sie, um ihr einzuschenken, und näherte sich mit dem Gesicht ihrem Ohr.

„Sag niemandem, dass ich ein Ripente bin!“, flüsterte er hastig.

Elsa sah ihn erschrocken an. Die Angst war ihm jetzt ganz deutlich anzumerken. Seine Augen flehten sie förmlich an, ihn nicht zu verraten. Sie nickte und er schien erleichtert.

Er erzählte ihr, wie sein Vater die Feinde, die ins Land seines Cousins eingefallen seien, bis hierher verfolgt und von den Überfällen auf die Dörfer gehört hatte. Dann habe er versucht, einen daran beteiligten Banditen zu schnappen; auf diese Weise war seinen Häschern versehentlich Adrian ins Netz gegangen.

„Ich habe ihm von den Leuten erzählt, deren Spuren wir gefolgt sind und die Menobert getötet haben", schloss er. „Er hat wie wir Berichte von Plünderern gehört, die all das zerstören, was ihnen in den Weg kommt."

„Diese Berichte stimmen!", rief Elsa und berichtete nun ihrerseits von dem zerstörten Dorf, das sie passiert hatten, und von ihrer Begegnung mit Wyn.

„Das müssen wir meinem Vater auch sagen", meinte Adrian und sah zu Heored hinüber, der immer noch in ein Gespräch mit Cathbar vertieft war. „Er hat kurz vor eurer ... Ankunft Kriegsrat gehalten, und es wurde beschlossen, die Plünderer zu verfolgen und ein für alle Mal unschädlich zu machen."

Elsa hörte ihm mit wachsendem Unbehagen zu.

„Ihre Bande muss ziemlich groß sein, wenn man den Berichten glauben darf", fuhr Adrian fort. „Aber sie hatten noch nie mit richtigen Soldaten zu tun, sondern nur mit unbewaffneten Dorfbewohnern, und sie haben keinen Anführer und kennen keine Disziplin. Damit sind wir ihnen auf jeden Fall überlegen. Wir werden das Land von ihnen befreien."

Heored führte inzwischen ein ähnliches Gespräch mit Cathbar. „Wir wollen spätestens morgen angreifen", sagte er. „Unsere Kundschafter sind den Plünderern dicht auf den Fersen." Einladend fügte er hinzu: „Jeder tüchtige Mann ist uns willkommen."

„Ihr erweist uns eine große Ehre", sagte Cathbar, „doch wir müssen weiter. Wir sind hinter jemand anderem her."

„Adrian hat mir davon erzählt", sagte Heored. Er sah Cathbar missvergnügt an. „Obwohl ich meine, dass die Banden, die hier alles ins Chaos stürzen und sogar die Küsten meines Landes überfallen, ein lohnenderes Ziel für Euer Schwert wären als ein einzelner Krieger, er mag noch so mächtig sein. Aber das müsst Ihr natürlich selbst wissen, Cathbar. Adrian bleibt jedenfalls hier und kämpft mit mir."

„Adrian?", flüsterte Elsa und zu ihrem Entsetzen nickte ihr Freund.

„Tut mir leid, Elsa", sagte er. „Aber mein Platz ist jetzt an der Seite meines Vaters. Das ist meine Pflicht als Königssohn."

Die Nachricht von der Rückkehr eines Kundschafters traf ein und Heored beendete das Beisammensein. Elsa verließ das Zelt und streifte ziellos durch das Lager. *Natürlich hat Adrian das Recht, bei seinem Vater zu bleiben!* Trotzdem fühlte sie sich verraten, als hätte sie ihren einzigen Freund verloren.

Sie hörte schnelle Schritte und drehte sich um. Adrian eilte ihr nach. Als er ihr Gesicht sah, hielt er an.

„Du willst uns wirklich verlassen?“, fragte sie.

„Mein Vater braucht mich hier.“ Er klang unsicher.

Aber ich brauche dich auch!, wollte Elsa schreien. Wie sollte sie Loki ohne Adrian bezwingen? Sie starrte ihn schweigend an und er erwiderte trotzig ihren Blick. Er war in den letzten Wochen gewachsen und jetzt größer als sie. Er strahlte eine Autorität aus, die sie bisher nicht an ihm bemerkt hatte. Eine lange, abenteuerliche Reise lang war Adrian ihr treuer Gefährte gewesen, der Einzige, der nie an ihr gezweifelt hatte, egal was sie tat. Ihr Freund. Jetzt sah sie ihn zum ersten Mal als jemand ganz anderen: als Prinzen, als König Heoreds Sohn.

„Ich weiß, dass du Loki finden musst“, sagte er. „Aber ich kämpfe ja auch gegen ihn, wenn ich verhindern helfe, dass die Brandschatzer noch mehr Dörfer anzünden. Sie werden weiter Menschen töten, wenn niemand sie daran hindert.“

Menschen wie Wyn und ihre Nachbarn, dachte Elsa und nickte gegen ihren Willen.

„Und mein Vater meint, ich müsste lernen, mich wie ein König zu verhalten“, fügte Adrian hinzu. „Und was könnte ein König Besseres tun?“

Wieder nickte Elsa. „Also gut“, sagte sie. „Aber wenn du zusammen mit ihm kämpfst, musst du ihm von deiner Gabe erzählen. Er muss auch diese Seite von dir kennen.“

„Natürlich sage ich ihm das.“ Adrian senkte den Blick. „Nur ... noch nicht jetzt. Er hat eben erst von Orgrim erfahren.“

„Du bist nicht dein Onkel!“, platzte Elsa heraus. „Du hast diese besondere Gabe, mehr nicht. Wenn er dich deswegen für einen Verräter hält, ist er ein Narr!“

Adrian zuckte zusammen, als habe sie ihn geschlagen. „Entschuldigung“, fügte sie rasch hinzu. „Aber du hast doch gesagt, dein Vater hätte schon früher die Dienste von Ripente in Anspruch genommen. Offenbar hat er ihnen vertraut.“

„Er hat sie nur benutzt“, Adrian klang bitter, „nicht als Freunde oder Verbündete willkommen geheißen.“

Sie waren zum Rand des Lagers gelangt und kamen an einem Stapel leerer Fässer und einem provisorischen Schießstand vorbei. Elsa starrte über die Wiesen. Adrian hatte Recht. War es, wenn überall Dörfer brannten und Menschen zu Tode kamen, nicht besser, etwas dagegen zu tun, als durch die Gegend zu ziehen und jemanden zu suchen, den man vielleicht niemals finden würde?

Bisher hatte sie nie daran gezweifelt, dass sie Loki finden würde – dass sie ihm auf den Fersen war und immer näher rückte. Die leise Stimme des Schwerts hatte sie darin bestätigt und ihr Mut gemacht – wenn es so weit war, würde sie Mittel finden, Loki zu besiegen. Doch jetzt ... Sie blickte auf ihre rechte Hand und spürte deren Leere. Die Stimme in ihrem Kopf war verstummt, nicht einmal ein Echo war mehr zu hören. Wann hatte sie sie zuletzt gehört? Und was konnte sie ohne das Schwert ausrichten und ohne Adrian?

Offenbar konnte ihr Gesicht die Ratlosigkeit nicht verbergen. „Bleib bei uns, Elsa!“, sagte Adrian. „Zusammen mit den anderen. Du kannst uns helfen. Ich spreche mit meinem Vater – er wird schnell merken, dass du viel besser kämpfst als ich. Und Loki kannst du auch von hier aus suchen.“

„Danke“, sagte Elsa. Sie konnte sich zwar nicht vorstellen zu bleiben, spürte aber, wie viel Adrian daran lag. „Ich werde darüber nachdenken“, versprach sie.

Adrian brachte sie zu dem Zelt, das man für die Gäste aufgestellt hatte. Zwei oder drei Männer grüßten respektvoll, als er an ihnen vorbeikam, und warfen Elsa neugierige Blicke zu.

Im Gästezelt hatten die anderen sich bereits schlafen gelegt.

Elsa stieg über den schnarchenden Cathbar und legte sich zwischen Eolande und Wulf. Der Junge murmelte schläfrig etwas. Elsa bewegte sich nicht, um niemanden zu wecken.

Ich kann nicht hierbleiben, dachte sie traurig. Sie musste Adrian bei seinen Leuten zurücklassen und die

Suche ohne ihn fortsetzen. Cluaran und Cathbar würden sie bestimmt begleiten.

Aber wohin sollten sie gehen?

Obwohl sie müde war, konnte sie lange nicht einschlafen.

11. Kapitel

Adrian schlief in dieser Nacht überhaupt nicht.

Beklommen kehrte er zu seinem Zelt zurück. Ihm war, als hätte er seinen Vater Elsa gegenüber schlechtgemacht. Dabei hatte er nur gesagt, Heored traue den Ripente nicht – warum auch? Er war der König und kannte die Gefahren des Verrats besser als andere. Wie sollte Elsa das verstehen?

Sein Vater studierte gerade eine Feldkarte, die über der Truhe ausgebreitet lag. Als Adrian eintrat, hob er den Kopf. „Deine Freunde sind alle untergebracht? Gut, dann komm und sieh dir das an."

Bei der Karte handelte es sich um eine grobe Skizze auf einem Stück Pergament. „Sie ist ungenau", sagte Heored. „Sieh hier – die Straße verläuft viel zu nah an den Bergen. Ich hätte einen Zeichner mitbringen sollen. Aber sie vermittelt immerhin eine ungefähre Vorstellung des Geländes."

Adrian beugte sich darüber. „Wo liegt das Lager unserer Gegner?"

„Unserem Kundschafter zufolge hier, an der Straße." Heored zeigte mit dem Finger auf eine Stelle und beugte sich im rauchigen Schein der Lampe vor, bis sein Kopf fast den von Adrian berührte. „Dort, wo der Wald wieder anfängt – siehst du es? Wir warten also hier zwischen den Bäumen auf sie und schicken eine Abteilung, die sie umrundet, von hinten angreift und auf uns zutreibt."

Angeregt durch die Nähe seines Vaters und sein Zutrauen zu ihm nickte Adrian.

„Meine anderen beiden Kundschafter gehen näher an das Lager heran, um festzustellen, was sie vorhaben. Angeblich haben die Banditen bereits verschiedene Dörfer überfallen und geplündert. Von ihrem Lager aus könnten sie zumindest zwei weitere Dörfer erreichen." Er zeigte wieder auf die Karte. „Wenn sie sich verhalten wie die meisten Plünderer, machen sie einen Überfall und kehren anschließend in ihr Lager zurück. Wenn wir sie bei ihrer Rückkehr erwischen ..."

„Nein!", rief Adrian. „Wir dürfen nicht zusehen, wie sie noch mehr Menschen töten."

Heored runzelte die Stirn. Er war es ganz offensichtlich nicht gewohnt, unterbrochen zu werden.

„Bitte, Vater", beharrte Adrian. „Wenn wir sie vor dem Überfall angreifen, verteidigen wir doch zugleich das Dorf."

„Du zeigst Verantwortungsgefühl, mein Junge", sagte Heored, „und das gefällt mir. Ein König muss die Unschuldigen beschützen. Wenn wir den Dorfbewohnern also helfen können, ohne ein zusätzliches Risiko einzugehen, tun wir das. Die Auseinandersetzung lässt sich ohnehin nicht mehr lange aufschieben." Er betrachtete das neue Schwert an Adrians Seite. „Wie kommst du damit zurecht?"

„Sehr gut", sagte Adrian schnell. Zwar fand er das Schwert nach Cluarans Bogen schwer und unhandlich, aber er legte die Hand an den Griff und versuchte sich nichts anmerken zu lassen.

„Zeig mir, wie du damit umgehst!", befahl Heored. Er marschierte aus dem Zelt und Adrian folgte ihm beklommen. Er wollte seinen Vater nicht enttäuschen, nachdem dieser solches Vertrauen in ihn gesetzt hatte.

Die meisten Gefolgsleute des Königs hatten sich inzwischen in ihre Zelte zurückgezogen, doch die Glut von einem Dutzend Feuerstellen verbreitete noch genug Licht.

Neugierig beobachteten die Wachen, wie Adrian sein Schwert zog und seinem Vater die Stöße und Hiebe vorführte, an die er sich von früher erinnerte. Sein früheres Leben in Sussex schien unendlich lange her, fern wie ein Traum, doch als Heored sein Schwert zog, um mit ihm zu kämpfen, konnte er seine Schläge einigermaßen abwehren.

„Gar nicht übel", sagte sein Vater schließlich. „Aber warum kämpfst du so vorsichtig, Adrian? Ich hätte nicht zugelassen, dass du mich verletzt. Den letzten Schlag hast du immerhin gut pariert. Denk dran, dass du zur Seite hin ausweichst und nicht nach hinten, wenn der Gegner auf dich eindringt, und behalte ihn immer im Auge!“

Adrian nickte dankbar und stützte sich für einen kurzen Moment auf sein Schwert.

Heored sah ihn an. Er schien nun doch ein wenig beunruhigt. „Geh jetzt nach drinnen und schlafe. Ich komme nach, sobald die beiden verspäteten Kundschafter mit ihren Nachrichten eingetroffen sind.“

Adrian fühlte sich angespannt wie eine Bogensehne. An Schlaf war für ihn nicht zu denken, aber er gehorchte trotzdem. Erleichtert schnallte er den Schwertgurt ab und schlüpfte aus dem schweren Mantel. Er hatte sich gerade hingelegt, da hörte er draußen vor dem Zelt Stimmen.

„Wird ja auch langsam Zeit!“, sagte sein Vater ungeduldig. „Beide Kundschafter oder nur einer?“

„Wir glauben beide, aber der Posten war sich nicht sicher, Herr“, erwiderte ein Mann. „Er sagt, sie näherten sich sehr langsam.“

„Die können was erleben!“, schimpfte Heored. „Schick sie gleich zu mir, wenn sie eintreffen. Wir haben lange genug auf sie gewartet.“

Warum gingen die Kundschafter so langsam? Einem spontanen Einfall folgend schickte Adrian seinen Blick zu der Wiese vor dem Lager aus. Dort stieß er fast sofort auf die Augen eines Mannes. Er ging langsam, wie der Posten gesagt hatte. Durch die Büsche schimmerten die Lichter des Lagers. Und dort ging sein Gefährte.

Adrian konnte neben sich eine zweite Gestalt erkennen. Die beiden schienen nicht verwundet, sie gingen absichtlich langsam. Er spürte instinktiv, dass sie sich dem Lager in heimlicher Absicht näherten.

Der Mann drehte sich um und blickte zurück – und dort sah Adrian weitere schattenhafte Gestalten – fünf, nein, ein Dutzend. Sie trugen keine wollenen Mäntel, sondern grobe, unförmige Felle.

Das waren keine Kundschafter! Adrian war aufgesprungen und eilte zum Ausgang des Zeltes, um die anderen zu warnen. Doch dann blieb er stehen. Wie sollte er seinen Vater von der drohenden Gefahr überzeugen, ohne zu verraten, dass er ein Ripente war?

Heored, der mit einigen seiner Männer zusammenstand, sah Adrian näher kommen. „Unsere Kundschafter kehren endlich zurück“, sagte er.

Adrian holte tief Luft. „Woher wissen wir, dass sie Kundschafter sind und nicht Feinde?“

Heored starrte ihn an. Dann nickte er und lachte rau. „Hört meinen Sohn. Er erinnert mich daran, vorsichtig zu sein!“ Er wandte sich einem seiner Leute zu. „Du schickst jemanden zum Rand des Lagers. Er soll das vereinbarte Signal geben.“

Der Mann eilte weg. Nur wenig später hörte Adrian einen leisen Pfiff und nach einer kurzen Pause einen zweiten. Dann redeten mehrere Stimmen durcheinander. Die Stimmen näherten sich dem Zelt und wurden lauter.

„Sie antworten nicht, Herr“, berichtete der Mann, den Heored losgeschickt hatte, aufgeregt.

Heored warf Adrian einen scharfen Blick zu. Misstraute sein Vater ihm? Oder war er stolz auf seine Wachsamkeit?

Der König erteilte Anweisungen. „Weckt das Lager. Alle sollen bewaffnet vor ihre Zelte treten und dort auf meinen nächsten Befehl warten. Die Gäste …“ Er warf Adrian wieder einen Blick zu. „Gebt den Männern Waffen, wenn sie welche brauchen, und bringt die Frauen und das Kind zum Nordende des Lagers.“

Adrian wollte sagen, dass Elsa auch kämpfen würde, aber Heored hatte sich schon abgewandt. Im nächsten Moment war das Lager zum Leben erwacht und Männer eilten geschäftig hin und her. Adrian rannte zum Gästezelt. Elsa kam gerade mit Wulf heraus, doch als sie Adrian sah, gab sie die Hand des Jungen Eolande und flüsterte etwas. Eolande nickte und Elsa schlüpfte an dem Mann, der sie zum Nordrand des Lagers begleiten sollte, vorbei und eilte zu Adrian.

„Nicht!“, schrie Wulf, „Elsa!“ Doch Eolande zog ihn weg. Ein Posten begleitete die beiden.

„Ich kämpfe mit dir“, erklärte Elsa.

„Ich wusste es“, sagte Adrian. „Sei vorsichtig!“ Elsa hielt ihr Schwert nach wie vor in der linken Hand.

„Du auch“, erwiderte Elsa. Er blickte in ihre besorgten Augen. *Sie kämpft mit der linken Hand immer noch besser als ich,* rief er sich ins Gedächtnis.

Von außerhalb des Lagers drang Lärm herein, ein tiefes Brummen, bei dem Adrian an muhende Kühe denken musste. Der Lärm schwoll rasch an und kam näher, bis man die Stimmen von Männern unterscheiden konnte, die eine Art Sprechgesang angestimmt hatten. Dann standen die Ersten auf einmal im Lager: stämmige, in Felle gekleidete Männer, die Schwerter und Äxte schwangen und aus Leibeskräften brüllten.

Heored blickte den Eindringlingen finster entgegen. Die Glut der Feuerstellen funkelte rot auf seinem Schwert. „Zu mir!", brüllte er und seine Männer stürzten mit Geschrei zwischen den Zelten hervor.

Adrian zwängte sich zwischen ihnen hindurch und wurde hin und her geschubst. Er konnte nicht sehen, in welche Richtung er ging, aber er musste unbedingt zu seinem Vater!

Da sah er Heored. Er überragte seine Männer um Haupteslänge. Ihm gegenüber stand ein Mann wie ein Bär, der eine riesige Axt schwang. Heored schlug ihm mit einem gewaltigen Schwertstreich die Axt aus der Hand.

Erst jetzt wurde Adrian klar, wie sehr sein Vater sich vorhin beim Zweikampf gegen ihn zurückgehalten hatte. *Ich werde mich als würdiger Sohn erweisen*, gelobte er sich.

Doch er sah sich einer undurchdringlichen Mauer von Männern in Fellen gegenüber, die mit gebleckten Zähnen und erhobenen Schwertern und Äxten auf ihn eindrangen. Eine Klinge fuhr auf ihn zu. Er parierte den Schlag ungeschickt und die heftige Erschütterung betäubte seinen Arm. Dann stand ein stämmiger Mann vor ihm. Adrian konnte seinem Schwert gerade noch seitwärts ausweichen. Einen Fingerbreit entfernt sauste es an seinem Ohr vorbei. Der Mann eilte weiter und hätte ihn dabei fast umgestoßen.

Adrian duckte sich, schlug selbst zu, wurde von hinten geschubst und wich von oben kommenden Hieben aus. Sein Arm schmerzte vom Gewicht des Schwertes und er sah sich von stinkenden Fellen und tödlichem Stahl umzingelt. Er schlug mit solcher Wucht gegen die Klinge eines Gegners, dass die Funken sprühten. Das Klirren ging in dem allgemeinen Lärm und Tumult unter. Ein Hüne schlug mit einer Axt nach ihm. Er wich ihm aus und sah aus den Augenwinkeln Elsa Rücken an Rücken mit Cathbar kämpfen. Dann wandte er sich wieder dem Hünen zu und wehrte seinen nächsten Hieb mit erhobenem Schwert ab. Die Axt streifte die Brustplatte seiner Rüstung mit einer solchen Wucht, dass er taumelte. Auch sein Gegner ging mit schmerzverzerrtem Gesicht zu Boden. Aus einer klaffenden Wunde an dem Arm, der die Axt hielt, sprudelte Blut.

Mit triumphierendem Schrei und erhobenem Schwert stürzte Adrian auf ihn zu, doch da hatte sich der Mann bereits zur Flucht gewandt. Enttäuscht senkte er den Arm – und sah, dass auch die anderen Angreifer sich im Laufschritt aus dem Lager zurückzogen. Einige Männer Heoreds brachen in Freudengeheul aus, doch der König stimmte nicht ein.

„Sie fliehen verdächtig schnell“, sagte er grimmig. „Wir haben kaum ein halbes Dutzend getötet!“

Er hatte Recht. Der Mann, der ihn angegriffen hatte, lag tot auf dem Boden, und neben ihm befanden sich noch zwei oder drei weitere, mehr nicht. Sie selbst hatten keine Toten zu beklagen, dafür einige Verwundete. Der Heiler des Königs verband bereits die am schlimmsten Verletzten.

„Das war keine Flucht, die haben sich nur zurückgezogen“, sagte jemand. „Als hätten sie nur unsere Stärke testen wollen. Sie können jederzeit zurückkehren.“

„Ganz meine Meinung“, stimmte Cathbar zu. „Ich hatte den Eindruck, dass wir noch lange nicht alle gesehen haben. Wenn sie einen Anführer haben, wird der uns wahrscheinlich umzingeln und im Lager einschließen wollen. Ich bin der Ansicht, wir sollten von hier verschwinden.“

„Die Männer, die du auf der Straße gesehen hast, sind uns zahlenmäßig überlegen?“, fragte Heored einen Mann, in dem Adrian den Kundschafter erkannte, der vor einiger Zeit zurückgekehrt war. Der Mann nickte.

„Dann wäre das beschlossen“, sagte Heored. Er wandte sich an seine drei Unterführer. „Wir ziehen uns von hier nach Westen zurück. Gebt den Befehl weiter. Die Männer sollen sich mit ihrem Gepäck und ihren Waffen bereit halten.“

Die Unterführer entfernten sich und der König bedeutete einem Diener, sein Gepäck und das von Adrian aus dem Zelt zu holen. Dann sah er zu, wie Adrian sein neues Schwert im Gras abwischte und in die Scheide steckte. Er nickte zustimmend.

„Du musstest früher kämpfen, als ich dachte, Adrian“, sagte er. Sie nahmen ihr Gepäck auf. „Aber das ist vielleicht ganz gut so. Jetzt sag mir eins: Du hast die Karte gesehen – wohin sollen wir uns wenden?“

Adrian betrachtete das ruhige Gesicht seines Vaters und hätte fast laut gelacht. Da ging es um Leben und Tod und sein Vater fuhr seelenruhig mit seiner Erziehung fort! „Wir sollten uns in höhergelegenes Gelände begeben, aber die Berge, aus denen wir gekommen sind, sind zu weit entfernt. Also vielleicht zu einem Fluss? Zum Beispiel dem, den wir heute überquert haben: Er wird nach Westen hin breiter und dort gibt es eine Brücke, die wir besetzen könnten.“

„Ausgezeichnet!“, rief sein Vater. „Die Brücke ist nur wenige Meilen entfernt, zumindest in dieser Hinsicht stimmt die Karte – unsere Kundschafter haben sie gesehen. Wenn wir früh genug dort sind, können wir unsere Gegner daran hindern, sie zu überqueren.“

Sie brachen sofort auf. Heoreds bester Mann führte die erste Gruppe an. Rasch und lautlos überquerte sie die erste Wiese in Richtung Westen. Eolande und Wulf gehörten zur zweiten, von Wachen flankierten Gruppe. Die beiden hielten mühelos mit den Männern Schritt.

Eolande wirkte so ruhig, als ginge es zum Abendessen, Wulf dagegen hüpfte zwischen den bewaffneten Männern hin und her, sah sich immer wieder um und konnte seine Aufregung kaum bezähmen. Adrian hielt nach Elsa und Cathbar Ausschau, konnte sie im Gedränge aber nicht entdecken. Das rauschhafte Gefühl, das während des Kampfes über ihn gekommen war, verflog, und er zitterte. Hoffentlich war Elsa nichts passiert.

Den Abschluss bildete eine Gruppe von Bogenschützen, unter denen sich Cluaran befand. Adrian hatte mit ihnen gehen wollen, weil er mit dem Bogen besser zurechtkam als mit dem Schwert, aber sein Vater hatte nichts davon wissen wollen.

„Unsere Gegner greifen uns wahrscheinlich an der Flanke an“, sagte er. „Und genau dort brauche ich dich.“

So leise wie möglich marschierten sie über den holprigen Boden, ständig darauf gefasst, dass ihre Verfolger auftauchen könnten. Schon nach wenigen Schritten sah Heored Adrian plötzlich an. Er legte den Finger an die Lippen und zeigte auf das Gebüsch am anderen Ende der Wiese. „Dort drinnen“, flüsterte er. „Halte dich bereit.“ In den Büschen rührte sich nichts. Adrian schickte seinen Blick aus – und sah im Dämmerlicht die Höcker von Zelten und eine Kolonne von Männern, die sich lautlos davon entfernte. Eine Gestalt am Ende der Kolonne blickte in seine Richtung. Sie war kleiner als die anderen und unter ihrem runden Helm sahen helle

Haare hervor. Adrian zog sich hastig zurück und sah seinen Vater bewundernd an: Woher hatte er das gewusst?

Heored gab dem Mann hinter ihm ein Zeichen und zeigte auf die Büsche. Der Mann nickte und ging, um die Bogenschützen zu warnen.

„Ich hätte mich auch dort versteckt", sagte der König im Weitergehen leise zu Adrian. „Sie wollten uns von allen Seiten angreifen. Jetzt werden sie versuchen, uns den Weg abzuschneiden, sobald wir bei der Hecke sind."

Die erste Gruppe hatte das Ende der Wiese fast erreicht. Mit klopfendem Herzen sah Adrian ihnen nach, doch der erwartete Angriff blieb aus. Die Männer betraten die zweite Wiese, gefolgt von der Gruppe mit Eolande und Wulf.

„Aber ich weiß doch, dass sie in den Büschen lauern!", murmelte Heored und behielt die Hand am Schwertgriff. Sie näherten sich den Büschen, welche die Wiese säumten. Adrian hörte, wie es darin raschelte, und sein Herz begann so laut zu schlagen, dass er schon glaubte, sein Vater müsste es hören. Er wusste, dass hinter ihm sämtliche Schützen die Bögen gespannt hatten. Noch ein halbes Dutzend Schritte bis zur Hecke … dann vier … dann zwei … dann waren sie durch und hatten die nächste Wiese erreicht.

Heored erteilte einem anderen Mann leise Anweisungen und der Mann eilte nach vorn zur Spitze der

Kolonne. „Der Fluss verläuft zwei Wiesen weiter nördlich von uns, aber zur Brücke müssen wir nach Nordwesten abzweigen“, flüsterte Heored. „Unsere Gegner wissen jetzt natürlich, wohin wir wollen, und folgen uns. Ich verstehe nicht, worauf sie noch warten.“

„Könnte das vielleicht eine Falle sein?“, flüsterte Adrian zurück.

„Ich habe gerade einen Boten nach vorn zu Theobald geschickt, er soll auf alles gefasst sein. Aber vielleicht sind unsere Gegner auch weniger, als wir dachten, oder sie haben Angst vor unseren Bogenschützen.“

Vielleicht, dachte Adrian, während sie nach Nordwesten vorrückten. Bisher hatten die Angreifer allerdings nicht den Eindruck gemacht, dass sie Angst hatten oder schlecht organisiert waren, so verächtlich sein Vater sich auch über sie äußerte. Drohte ihnen womöglich eine Gefahr, die auf der Karte nicht zu sehen war? Er schloss die Augen und tastete sich über den holprigen Boden vor. Zuerst begegnete er Mäusen, die vor den näher kommenden schweren Schritten flohen. Er stolperte, kehrte hastig zu sich zurück und versuchte, sich den Boden vor seinen Füßen einzuprägen. Dann schloss er die Augen wieder und schickte seinen Blick erneut aus. Eine Eule suchte im Flug das Gras nach Tieren ab, die sich bewegten. Sie sah viel schärfer als Adrian. Plötzlich stieß sie im Sturzflug nach unten, verfehlte ihr Ziel jedoch und stieg mit wütendem Geflatter wieder auf. *Aber ich habe da unten Schafkötel gesehen,* dachte Adrian, *also ist der Boden fest.* Der Vogel beschrieb einen Kreis, und Adrian sah den Fluss, eine weite, im Licht der Sterne grau schimmernde Schleife, und drüben im Westen von fern die Brücke.

Der Boden schien fest zu sein, aber vielleicht war die Brücke eingestürzt? Adrian hoffte, die Eule würde weiter nach Westen fliegen, aber sie drehte um. Enttäuscht suchte er in Richtung der Brücke nach einem anderen nachtaktiven Vogel.

Er fand keinen und, als er weiter im Dickicht suchte, auch keine anderen Tiere. Er tastete sich weiter – und erstarrte.

„Adrian, was hast du?"

Er stolperte und blickte unversehens in das erschrockene Gesicht seines Vaters. Die Männer hinter ihnen waren stehen geblieben. Sie spähten durch das Dunkel nach vorn, um zu sehen, was sie aufhielt. Die Ersten begannen leise zu schimpfen.

„Also?" Heored klang bereits ungeduldig.

„Vater, du musst den Männern sofort befehlen anzuhalten! Wir dürfen nicht zur Brücke gehen. Das ist eine Falle! Unsere Feinde warten auch auf der anderen Seite der Brücke auf uns."

Adrian sah sie immer noch vor sich: die vielen Gestalten, die leuchtenden Augen und die schimmernden Klingen. Vor allem aber hatte er hinter den Augen, die er sich geliehen hatte, eine blutrünstige Vorfreude gespürt. „Und zwar viele Dutzend Kämpfer", fuhr er fort.

„Sie wollen warten, bis die Ersten von uns auf der Brücke sind, und dann von beiden Seiten angreifen."

Heored starrte Adrian unverwandt an. „Ich muss gestehen, ich habe so etwas befürchtet", sagte er langsam. „Aber du redest, als hättest du sie gesehen. Woher bist du so sicher?"

Es war zu spät für Ausflüchte.

„Ich habe sie gesehen", sagte Adrian. „Sechzig bis siebzig Mann, genauso gekleidet wie die, die das Lager überfallen haben." Die nächsten Worte kamen ihm nur schwer über die Lippen, wie Steine, die man einzeln ins Wasser fallen lässt. „Ich habe durch die Augen von einem von ihnen geblickt. Ich bin ein Ripente."

12. Kapitel

Heored starrte Adrian aus schwarzen Augen an, doch seine Miene veränderte sich nicht. Er schwieg einen Moment, dann nickte er und wandte sich ab. Er sagte nichts mehr, schickte aber einen Boten nach vorn und blickte ihm nach, als wollte er ihn zu größter Eile antreiben.

Adrian spürte eine Hand auf der Schulter und zuckte zusammen.

Hinter ihm stand Cluaran. Er schwieg, doch sein schmales Gesicht blickte ernst. Vielleicht hatte er das ganze Gespräch mitgehört, dachte Adrian.

Ein Unterführer eilte auf sie zu, ein zweiter folgte wenig später. „Haltet eure Leute an!“, befahl der König. „Die Brücke ist bewacht – eine Falle. Die Männer sollen in Kampfordnung antreten und sich nach Norden zum Flussufer zurückziehen. Wir beziehen dort Stellung, wo man uns nicht umzingeln kann.“

„Wenn Ihr erlaubt, Herr, ich habe einen besseren Vorschlag.“

Cluaran hatte gesprochen. „Wir sollten flussabwärts marschieren, zu einer Furt, an der wir den Fluss überqueren können. Am anderen Ufer ragt ein Steilhang auf und dort können wir unsere Gegner abwehren."

„Wir wären nicht rechtzeitig dort", erwiderte der König. Er hatte die Unterführer bereits weggeschickt und die ersten Männer kehrten um. Doch am anderen Ende der Wiese, die sie soeben überquert hatten, bewegte sich etwas. Adrian konnte trotz des Dunkels erkennen, dass die Hecke am Ende der Wiese sich bewegte und größer zu werden schien.

„Rasch!", befahl Heored seinen Unterführern. Die Männer bildeten ein Rechteck hinter ihm und warteten auf den Befehl zum Rückzug. Doch über das Feld kam die Hecke auf sie zu, die inzwischen zu einer undurchdringlichen Wand von Männern geworden war. Ein neues Geräusch ertönte: das tiefe Brummen, das Adrian zu Beginn des letzten Angriffs gehört hatte.

„Dein Vater soll sich mit seinen Leuten zurückziehen", sagte Cluaran leise zu Adrian.

Heoreds Leute marschierten los, Cluaran dagegen blieb stehen und streckte dem näher kommenden Haufen die Hände mit auswärts gedrehten Handflächen entgegen. Adrian konnte bereits undeutlich helle Gesichter erkennen. Das tiefe Brummen steigerte sich zu einem schrillen Geheul. Heored streckte fluchend die Hand aus und zog Adrian hinter sich her. Doch Cluaran harrte auf seinem Platz aus.

Wind kam auf und stach Adrian ins Gesicht. Heored zog ihn zwischen den Bogenschützen hindurch, die ihren Rückzug decken sollten. Ein feuchter Windstoß fuhr über sie hinweg. Adrian warf einen Blick über die Schulter. Helle Lichtpünktchen wirbelten im Wind durch die Luft und umgaben den Sänger, der bewegungslos dastand und die rasch näher kommende Wand von Männern nicht zu bemerken schien. Der heisere Gesang der Männer dröhnte Adrian in den Ohren. Er machte sich von seinem Vater los. Wenn Cluarans Plan schief ging, musste er ihm helfen.

Die Lichtpünktchen wurden immer zahlreicher, bis der Sänger in eine ganze Wolke eingehüllt schien. Der Wind heulte und übertönte schon fast das Geschrei ihrer Gegner. Plötzlich breitete Cluaran die Arme weit aus. Die Wolke schien von seinen Fingern abzufließen, der Wind trieb sie den näher rückenden Männern entgegen und hüllte sie ein wie ein dicker nasser Nebel.

Der Sprechgesang geriet durcheinander. Cluaran war wieder deutlich zu sehen – eine schlanke schwarze Silhouette vor einer dicken Nebelbank. Einen Augenblick verharrte er bewegungslos wie eine Statue, dann drehte er sich um und rannte zwischen den erstaunten Bogenschützen hindurch auf Adrian zu.

„Spart eure Pfeile für eine andere Gelegenheit auf!“, rief er. „Der Nebel wird ihnen folgen, bis er sich auflöst.“ Bei Adrian und seinem Vater angelangt, fügte er hinzu: „Herr, blickt hinter euch.“ Adrian sah erst jetzt, wie bleich der Sänger war. Auf seinem Gesicht glänzte der Schweiß und seine Stimme zitterte.

Heored blieb endlich stehen und drehte sich zu ihren Verfolgern um. Nur noch brodelnder Nebel war zu sehen, aus dem verwirrtes Geschrei und Waffengeklirr drangen.

Der König schwieg einen Augenblick, dann pfiff er gellend. Alle drehten sich zu ihm um. „Wir marschieren flussabwärts!", brüllte er.

Anderthalb Meilen weiter östlich wateten sie durch den Fluss und stiegen das gegenüberliegende Ufer hinauf. Hinter ihnen hing immer noch der Nebel über dem Land wie ein Vorhang. Ihre Feinde versuchten ihm zu entkommen, doch er folgte ihnen auf Schritt und Tritt. Einige Männer des Königs brachen in Freudengeschrei aus, als sie sahen, wie ihre Verfolger feststeckten, doch die meisten waren zu müde. Die Füße taten ihnen weh und sie froren. Heored stellte Wachen auf und befahl seinen Leuten, sich so gut wie möglich auszuruhen. Cluaran legte sich hin und war sofort eingeschlafen. Adrian dagegen fand keine Ruhe. Sein Vater schien ihn zu meiden und brummte nur einmal, als er an ihm vorbeikam: „Schlaf jetzt." Adrian fürchtete das nächste Gespräch, das unweigerlich kommen musste.

Er setzte sich neben Cluaran auf den Boden und starrte in die Nacht. Nach einer Weile kam Elsa und gesellte sich zu ihm.

„Du hast gut gekämpft", sagte sie. Er schwieg. „Glaubst du, sie werden nachts wieder angreifen?"

Sie blickten auf die Nebelbank hinunter und Adrian sah, dass der Nebel dünner wurde. Er konnte bereits undeutlich Gestalten erkennen, die ziellos in allen Richtungen durcheinanderliefen.

„Ich glaube, wir sind vorerst noch sicher", sagte er. „Dank Cluaran." Dass auch er seinen Vater gewarnt hatte, verschwieg er.

Der Morgenstern war bereits aufgegangen, als der Nebel sich vollends lichtete. Doch ihre Gegner waren verschwunden. Nur noch der völlig zertrampelte Boden zeugte von ihrer Anwesenheit.

Heored war offenbar die ganze Nacht aufgeblieben. Unablässig wanderte er zwischen seinen Männern auf und ab und überprüfte Waffen und Ausrüstung. Er besprach sich noch einmal mit seinen Unterfuhrern und ließ die Wachen ablösen. Elsa schlief nach einer Weile ein. Adrian wartete die ganze Zeit darauf, dass sein Vater ihn zu sich befahl.

Doch schließlich ging die Sonne auf und Heored hatte immer noch nicht mit ihm gesprochen.

Beim Aufwachen spürte Elsa den kalten Boden und ihr Ranzen drückte ihr gegen den Hals. Sie öffnete die Augen und schloss sie von der Morgensonne geblendet gleich wieder.

Irgendwo hinter ihr hörte sie tiefe Stimmen. Heored hielt offenbar Rat. Sie stützte sich auf die Ellbogen. Neben ihr lag Eolande und schlief noch fest, auf Eolandes anderer Seite lagen Cluaran und Cathbar. Adrian war nicht zu sehen. Er war vermutlich bei seinem Vater.

Wulf! Sie sah sich in plötzlicher Verzweiflung um. Der Junge hatte ganz sicher zwischen ihr und Eolande gelegen, doch jetzt war er verschwunden. „Warum kann er nie bei uns bleiben?“, murmelte sie und stand auf.

Der flache Kamm des Hügels war keine zehn Meter breit. Vorsichtig ging sie zwischen den Männern hindurch, die mit angezogenen Beinen auf dem Boden sitzend oder aneinandergelehnt schliefen. Sie umrundete das hastig aufgestellte Zelt, in dem Heored sich immer noch mit seinen Leuten besprach, und trat an den Rand der kleinen Fläche. Doch Wulf blieb verschwunden. Wie weit war er diesmal marschiert? Sie blickte vom Rand des provisorischen Lagers zum Fluss und zur Wiese am anderen Ufer hinunter, auf der ihre Gegner in der vergangenen Nacht aufmarschiert waren. Jetzt lag sie verlassen da. In dem aus Osten kommenden schwachen gelben Licht war nur der zertrampelte Boden zu sehen. Der Nebel hatte sich aufgelöst, lediglich einige Fetzen hingen noch über dem Boden. Wulf sah sie nicht.

Etwas weiter unterhalb am Hang stand ein Wachposten, der gegen den kalten Morgenwind seine Kapuze aufgesetzt hatte. *Wenn er den Jungen gesehen hätte, hätte er ihn bestimmt angehalten,* dachte Elsa. Trotzdem ging sie zu ihm hinunter. Er drehte sich um, als sie näher kam, und sie erkannte Adrian.

„Ich konnte nicht schlafen“, murmelte er. „Also sagte ich dem Posten, dass ich seinen Platz übernehmen würde.“

„Ich dachte, du seist bei deinem Vater“, sagte Elsa und brach beunruhigt ab. Adrians Gesicht war kreideweiß und er sah unglücklich aus.

„Er hat mich nicht gerufen.“ Er wandte sich ab und blickte den Hang hinunter. „Ich habe ihm gestern Abend gesagt, dass ich ein Ripente bin. Ich weiß nicht, ob er mir das je verzeiht.“

„Verzeiht!“, wiederholte sie. „Was soll er dir denn verzeihen?“ Und als er schwieg, fuhr sie fort: „Das ist doch Unsinn. Denn ich habe gesehen, wie stolz er auf dich ist! Er braucht nur ein wenig Zeit, um sich daran zu gewöhnen.“

„Vielleicht“, sagte Adrian, ohne sie anzusehen.

Elsa folgte seinem Blick zu der Wiese hinunter. „Hast du Wulf gesehen?“, fragte sie. „Er ist wieder mal weggelaufen.“

„Schon wieder!“ Adrian drehte sich mit einem Ruck zu ihr um. „Wie dumm ist er eigentlich?“

Aber dann fanden sie Wulf auf der anderen Seite des Hügels. Er las am Hang hinter Heoreds Zelt Steine auf. Er winkte Elsa zu und schien überrascht, als sie zu ihm hinunterstieg und ihn unsanft am Arm packte und schimpfte.

„Mir war langweilig“, sagte er nur unschuldig.

Sie kehrte mit ihm nach oben zurück. „Es gibt hier

böse Menschen, Wulf", sagte sie. „Deshalb musst du in unserer Nähe bleiben." Doch der Junge starrte sie nur ausdruckslos an.

Sie näherten sich dem Zelt. Von drinnen waren erregte Stimmen zu hören.

„Wir müssen gegen sie kämpfen!", sagte Heored gerade. „Sie haben zwei Kundschafter getötet und unser Lager angegriffen. Sie müssen lernen, dass wir aus Sussex uns das nicht gefallen lassen. Außerdem muss ich mich für den Schaden rächen, den sie meinem Cousin zugefügt haben."

„Aber mit Verlaub", protestierte ein Unterführer – Elsa meinte Theobalds Stimme zu erkennen –, „wir haben keine Beweise, dass es sich um dieselben Leute handelt. Die Leute, die Northumbria geplündert haben, sind inzwischen vielleicht nach Hause zurückgekehrt, und wir haben es jetzt mit gewöhnlichen Straßenräubern zu tun – oder mit Barbaren aus Friesland oder Sachsen."

„Es sind dieselben Männer." Heored klang ungeduldig. „Sie greifen wehrlose Dörfer an und töten Frauen und Kinder. Mich wurmt, dass sie ihrem Treiben schon so lange ungestraft nachgehen." Ein anderer Unterführer erhob neue Einwände und etwas fiel laut um und die Wände des Zelts erzitterten, als sei Heored aufgesprungen.

„Schluss mit dem Gerede!", rief der König barsch. „Wir greifen heute noch an!"

Adrian nahm Elsa am Arm und führte sie rasch vom Zelt weg. „Vergangene Nacht habe ich meinem Vater gesagt, wir müssten die Dörfer schützen“, sagte er.

„Siehst du!“, rief Elsa. „Er vertraut dir – er hört auf dich.“

Doch Adrian schüttelte nur den Kopf. „Nein, nicht mehr.“

„Weckt alle auf!“

Heored kam auf sie zu. „Wir gehen noch heute gegen das Gesindel vor! Packt eure Sachen und schärft eure Waffen!“ Er sah Adrian an. „Da bist du ja.“

Elsa bemerkte, wie auf dem Gesicht ihres Freundes ein Hoffnungsschimmer erschien: Vielleicht hatte Heored ja schon Vernunft angenommen und erkannt, dass ein Ripente ihnen bei dem bevorstehenden Angriff nützen konnte. Doch Heored sagte nur: „Du befehligst eine Abteilung Bogenschützen. Heute müssen wir all unsere Fähigkeiten nützen. Halte also deinen Bogen bereit.“ Er zeigte zum Rand des Lagers, wo sich in diesem Augenblick einige Bogenschützen versammelten, nickte kurz und wandte sich ab.

Adrian starrte ihm traurig nach. Dann straffte er die Schultern und ging, noch bevor Elsa etwas sagen konnte, in Richtung Bogenschützen.

Elsa wurde von niemandem beachtet. Sie suchte Eolande auf und bat sie, auf Wulf aufzupassen. Die Fay-Frau wirkte im Umgang mit dem Jungen zwar immer ein wenig ungeschickt und er hatte deutlich gesagt, dass er lieber mit Elsa und Adrian zusammen war. Doch diesmal blieb der erwartete Protest aus. Elsa vermutete, dass er böse auf sie war, weil sie ihn von seinem Spiel weggeholt hatte.

Das Lager war plötzlich zum Leben erwacht. Männer eilten hin und her, Befehle wurden gebrüllt. Elsa suchte sich einen Platz am Rand der flachen Kuppe und übte ein wenig mit ihrem Schwert. Es lag ihr inzwischen leichter in der Hand, und sie spürte, wie sie sogar links immer geschickter wurde. Am Abend zuvor hatte sie neben Cathbar gekämpft. Sie war zwar schwächer als er, aber genauso schnell. Nachdem sie ihre Gegner in die Flucht geschlagen hatten, hatte er seiner Schülerin auf die Schulter geklopft und sie gelobt. Auch beim nächsten Mal wollte sie wieder mitkämpfen, auch wenn Heored sie nicht dazu aufforderte. Sie dachte an Wyn und ihren Sohn und an ihr verwüstetes Dorf: Es gab mehr Gründe zu kämpfen als nur die Ehre von Heoreds Königreich.

Der König hatte bereits einen kleinen Trupp ausgeschickt, um Waffen und Proviant aus dem Lager zu holen. Zwei weitere Trupps folgten den Spuren der Kundschafter vom Vortag, um das Lager ihrer Gegner zu finden.

„Seid vorsichtig“, sagte der König warnend zu den Männern. „Wir dürfen nicht noch mehr tüchtige Leute verlieren.“

Du könntest Adrians Gabe als Ripente einsetzen und

würdest nichts riskieren!, dachte Elsa bitter. Doch Heored würdigte seinen Sohn keines Blickes.

In der Zeit bis zur Rückkehr der Vorhut erlaubte Heored den Männern zu frühstücken. Doch sie hatten kaum begonnen zu essen, da hörten sie einen Schrei vom Fuß des Hügels: Die Kundschafter waren zurückgekehrt.

„Feind im Anmarsch, Herr!", rief einer.

Zusammen mit den anderen eilte Elsa zum Rand des Lagers. Eine kleine Gruppe von Männern näherte sich über die zertrampelte Wiese. Anschließend wateten sie durch den Fluss, der sie von dem Hügel trennte. Elsa legte die Hand ans Schwert und sah, dass die anderen dasselbe taten. Adrian und die meisten seiner Bogenschützen hatten bereits Pfeil und Bogen angelegt, doch der König gebot ihnen mit erhobener Hand, noch zu warten. Einer der näher kommenden Männer hielt einen Speer, an dem ein weißer Stofffetzen flatterte.

Insgesamt waren es fünf Männer. Sie waren in die gleichen Felle gekleidet wie die Angreifer vom Vortag, marschierten aber in einer geordneten Reihe. Elsa hörte einen Unterführer scharf einatmen.

„Der König hatte Recht", sagte er. „Das sind die Männer, denen wir von Northumbria gefolgt sind – seht euch die Schildbuckel an!"

Die Männer waren mit Schwert und Rundschild bewaffnet und die Schilde waren mit Buckeln in Gestalt eines springenden Wolfes verziert.

Die Männer stiegen den Hang hinauf, und Heored trat zum Rand des kleinen Gipfelplateaus, sodass die Ankömmlinge unterhalb von ihm stehen bleiben und zu ihm aufblicken mussten. Der Träger des Speers, ein hochgewachsener Mann mit einem ebenmäßigen, hochmütigen Gesicht, schien davon unbeeindruckt. Er stieß den Speer, dessen Wimpel wie eine Apfelblüte auf und nieder hüpfte, in den Boden und wartete, bis Stille eingekehrt war.

„Ich überbringe eine Botschaft von Olav Haaksen, Graf der Länder südlich des Flusses!“, rief er weithin vernehmbar. Seine Stimme passte zu seinem Gesicht.

Heored neigte den Kopf. „Sprecht.“

„Graf Olav bietet Euch Verhandlungen an“, fuhr der Mann fort. „Zwar habt Ihr uns angegriffen, doch wünscht er keinen Streit mit Euch.“

„Eine seltsame Botschaft für einen Anführer, der gestern erst zwei meiner Leute getötet hat und mein Lager überfallen ließ“, erwiderte Heored kalt.

„Die Hitzköpfe, die Euer Lager überfallen haben, haben ohne Befehl gehandelt“, erwiderte der Bote. „Und Ihr könnt nicht bestreiten, dass Eure Anwesenheit eine Bedrohung für unser Land darstellt.“

„Unsere Anwesenheit!“, wiederholte Heored. „Euer friedliebender Graf massakriert die Bewohner seiner eigenen Dörfer!“

„Das ist nicht wahr.“ Die Stimme des Boten blieb ruhig. „Einige unserer Dörfer wurden von Banditen geplündert. Wir leben in gefährlichen Zeiten. Es ist Graf Olavs Aufgabe, mit diesem Gesindel in seinem Land fertig zu werden, aber nicht Eure." Heored starrte den Boten wütend an, doch der erwiderte den Blick unbewegt. „Welche Antwort soll ich dem Grafen nun überbringen?"

„Woher weiß ich, dass ich deinem Herrn trauen kann?", fragte Heored.

„Im Osten von hier befindet sich ein heiliger Berg mit einem Tempel, der der Göttin Freya geweiht ist", sagte der Bote. „Es ist seit alters her Brauch, dass dort niemand eine Waffe trägt. Wenn Euch dies zusagt, könnt Ihr Euch dort mit meinem Herrn treffen."

Elsa hörte die Männer neben sich zustimmend murmeln. Eine am Schrein welchen Gottes auch immer beschworene Waffenruhe war für alle verpflichtend.

„Also gut", sagte Heored. „Wann will Graf Olav mich treffen?"

„Sofort", kam die Antwort.

13. Kapitel

Heoreds gesamtes Heer folgte dem Boten am Fluss entlang nach Osten. Der König fürchtete immer noch Verrat und wollte seine Leute nicht aufspalten. Die Männer hielten beim Marschieren Schwerter und Bögen griffbereit und sahen sich immer wieder misstrauisch um. Adrian, der die lebendige Hecke vom Abend zuvor noch nicht vergessen hatte, war froh, dass die Sonne schien. Nach allen Richtungen erstreckte sich Grasland.

Er ging neben seinem Vater an der Spitze der Kolonne. Heored schwieg und Adrian hätte seinem Vater viel zu sagen gehabt, fand aber keine Worte dafür.

Da wandte sich Heored ihm zu.

„Deine Gefährtin, die Schifferstochter, hat gestern gut gekämpft“, sagte er. „Und der Sänger hat uns mit seinen Künsten gerettet. Aber die beiden sind seltsame Gefährten für einen Königssohn! Ein Mädchen, das zusammen mit den Soldaten kämpft. Ein Mann, der Nebel herbeizaubert. Und jetzt sagst du auch noch, du seist ein Ripente.“ Er seufzte. „Ich verstehe den Weg nicht, den du gehst, Adrian. Ich fürchte, ich habe deine

Erziehung vernachlässigt. Ich hätte dich früher mitnehmen sollen."

„Wie hätte deine Erziehung verhindern können, dass ich bin, was ich bin?", platzte Adrian heraus. „Vater, ich bin ein Ripente. Ich möchte dir nicht wehtun, aber ich bin kein Verräter und meine Freunde sind es auch nicht. Ich würde Cluaran oder Elsa mein Leben anvertrauen und habe das auch schon getan." Seine Kehle war wie zugeschnürt, er konnte nicht weiterreden.

„Wir sprechen später noch darüber", sagte Heored. „Das da vorn ist bestimmt unser Treffpunkt."

Sie näherten sich einem niedrigen runden Hügel, auf dem keine Bäume wuchsen und der mit seiner ebenmäßigen Form an einen großen Grabhügel erinnerte. Auf der Kuppe stand ein schlichtes viereckiges Holzgebäude mit einem Giebeldach. Am Fuß des Hügels lagerte ein Haufen Soldaten, die alle die gleichen ledernen Beinschienen und Brustplatten trugen.

Die Menge teilte sich und ein Mann trat vor, der größer und breitschultriger war als die anderen und einen langen Fellmantel trug. Sein Gesicht war wettergegerbt und über einem geschwungenen blonden Schnurrbart bog sich eine gewaltige Adlernase.

„Graf Olav", rief der Bote, der auf der anderen Seite von Adrians Vater ging, „ich bringe Euch hier König Heored von Sussex, seinen Sohn und seine Gefolgsleute."

Man kam überein, dass nur zwanzig Männer von

jeder Seite den Verhandlungen im Tempel beiwohnen und die übrigen Männer aus Sussex in respektvoller Entfernung am Fuß des Hügels warten sollten. Adrian hörte zu seiner Erleichterung, dass Cathbar an den Verhandlungen teilnehmen sollte, und nach einigem Überlegen nahm sein Vater auch Cluaran mit. Beide trugen dieselbe Rüstung wie die Soldaten aus Sussex, auch wenn der Waffenmeister sich mit Cluarans Ausstattung weniger Mühe gemacht hatte als mit der Adrians: Der Brustpanzer war dem Sänger zu groß, der Mantel zu lang.

Auch Adrian wollte mitkommen, doch sein Vater schüttelte zunächst den Kopf. „Du wartest lieber hier unten“, sagte er, und für einen kurzen Moment meinte Adrian eine ganz ungewohnte Angst in seinen Augen zu erkennen. „Ich traue diesem Grafen immer noch nicht ganz.“

„Das ist mir egal“, beharrte Adrian. „Mein Platz ist an deiner Seite.“

Heored nickte und legte ihm einen Moment lang den Arm um die Schultern. „Dann sei wachsam.“

Sie marschierten zum Fuß des Hügels. Adrian sah, dass Elsa ganz hinten auch mitkam. Sie wurde von Cathbar und Cluaran halb verdeckt. Er lächelte. Sein Vater hätte es nicht gebilligt, aber ihn machte es froh zu wissen, dass die Freundin nicht allein zurückbleiben musste.

Sie schnallten ihre Schwertgürtel ab und legten die

Waffen auf den Boden. Die Dänen taten es ihnen in einiger Entfernung gleich. Dann machten sie sich auf Befehl des Grafen an den Aufstieg.

Der Pfad war schmal und ausgetreten und hin und wieder mussten sie im Gänsemarsch gehen. Adrian schickte seinen Blick zur Kuppe des Hügels voraus und sah sich nach einem Hinterhalt um, doch fand er keine menschlichen Augen. Durch die Augen eines über dem Hügel kreisenden Vogels sah er nur den leeren Tempel und das niedergetretene Gras darum herum.

Sie erreichten die Kuppe. Olav Haaksen und seine Männer warteten vor dem Tempel auf sie. Der schlichte Tempel bestand lediglich aus einer schulterhohen Plattform, auf der drei Wände mit einem Giebeldach standen. Die vierte Wand wurde zum größten Teil von einem Portal eingenommen, dessen beide Flügel offen standen. Eine hölzerne Treppe führte zum Portal hinauf. Drinnen hingen an den beiden Pfeilern zwei Fackeln. Sie verbreiteten ein grelles gelbes Licht, hinter dem das Ende des Raums verschwand. Trotzdem konnte Adrian einen Altar erkennen. Auf ihm stand in der Mitte eine große Figur, rechts und links flankiert von zwei kleineren Figuren.

„Das ist bestimmt ihre Göttin Freya mit ihren Kindern“, flüsterte Cathbar ihm ins Ohr.

Heored und Adrian waren am Eingang stehen geblieben, und Elsa und Cluaran warteten hinter ihnen. Haaksen trat vor, bedeutete Heored, dasselbe zu tun, und die beiden Männer stiegen gemeinsam die Treppe hinauf und traten durch das Portal.

Heored sprach als Erster. Er hob die Hände, um zu zeigen, dass sie leer waren. „Ich bin unbewaffnet in Euren Tempel gekommen, wie Ihr es verlangt habt. Hört Euch jetzt meine Forderungen an."

„Nur zu, König Heored." Die Stimme des Grafen klang ruhig und kaum hörbar belustigt.

„Bestreitet Ihr, dass Ihr und Eure Männer nach Northumbria gefahren seid und dort den Hafen geplündert habt?"

„Nein", sagte Haaksen. „Ich könnte es, denn ich bin nicht selbst gefahren und Ihr habt keine Beweise. Aber wir stehen in meinem Tempel. Es haben tatsächlich einige meiner Leute den Hafen Eures Cousins geplündert – einige niedere Adelige und jüngere Söhne ohne eigenes Land und Vermögen. Ich wusste von ihrem Vorhaben und ermutigte sie dazu, da ich selbst weder Land noch Vermögen habe, das ich ihnen hätte geben können."

Unter den Männern aus Sussex wurde erstauntes Gemurmel laut. Waren sie so schnell ans Ziel gelangt? Der Graf hatte sich zu seiner Verantwortung bekannt und damit wohl auch verpflichtet, Wiedergutmachung zu leisten. Doch Haaksen hatte noch nicht zu Ende gesprochen.

„Ihr habt mein Wort", sagte er und hob die Hand zum Schwur. „In Gegenwart meiner Göttin gelobe ich –

auch im Namen all derer, die mir einst nachfolgen werden –, dass ich nicht mehr plündernd in Euer Land oder das Eures Cousins einfallen werde." Er ließ die Hand sinken. „So viel zu Euren Forderungen. Doch jetzt hört, was ich von Euch verlange."

„Ich bin noch nicht mit unseren Forderungen fertig", sagte Heored kalt. „Eure Männer haben einige Gefolgsleute meines Cousins getötet und andere in bittere Armut gestürzt. Welche Wiedergutmachung wollt Ihr ihnen leisten?"

In Haaksens Augen trat ein Funkeln. „Das werdet Ihr gleich sehen!", rief er, hob die Hand wieder und schlug sie heftig nach unten.

Sofort sprangen ein halbes Dutzend seiner Leute die Treppe zum Tempel hinauf und die anderen drängten sich vor die Plattform und riegelten sie ab. Heored brüllte wütend und packte Haaksen an der Kehle, doch die Gefolgsleute des Grafen hatten ihn schon umringt. Einer langte hinter die Figuren auf dem Altar und Adrian sah etwas stählern aufblitzen. Im nächsten Augenblick reichten die Männer Schwerter von Hand zu Hand weiter.

„Verrat!", schrie Cathbar.

Die Männer aus Sussex stürmten zum Tempel und stürzten sich auf die Dänen, die ihnen den Weg versperrten.

Adrian war vor Schreck wie gelähmt. Er sah, wie Elsa neben ihm die rechte Hand öffnete und schloss und „Ioneth!" flüsterte, sah die Verzweiflung in ihrem Gesicht, als kein Schwert erschien. Cluaran hatte einen Stein vom Boden aufgehoben und schlug damit auf einen Mann ein, der einen Kopf größer war als er. Cathbar hatte einen anderen Mann niedergeschlagen, wollte auf die Plattform hinaufklettern und wehrte sich gegen zwei Männer, die ihn nun an den Füßen zurückzuziehen versuchten.

Über sich hörte Adrian seinen Vater brüllen – da erwachte er aus seiner Betäubung.

Er zwängte sich an den Kämpfenden vorbei, duckte sich unter die ausgestreckten Arme eines Dänen und schlüpfte zwischen den Beinen eines anderen hindurch. Er erreichte die Treppe, rannte hinauf – und stand im Tempel. An seinem Gürtel hing noch sein kleines Jagdmesser.

Im ersten Moment sah er nur den Ring von Männern, die ihr Opfer umzingelt hatten und deren Schwerter matt im gelben Licht glänzten. Dann sah er seinen Vater.

Heored blutete aus verschiedenen Wunden, hielt sich aber noch aufrecht. Er stand neben dem großen mittleren Götterbild mit dem Rücken zur hinteren Wand des Tempels und hatte eine der beiden seitlichen Statuen gepackt, einen dicken, halb mannshohen Holzpfosten, in dessen oberes Ende ein Gesicht geschnitzt war. Heored hielt die Statue mit beiden Händen und schwang sie wie eine Keule.

Mit gezücktem Messer stürzte Adrian sich auf die Männer, die seinen Vater umzingelt hatten, aber immer noch vorsichtig Abstand hielten. Mit einem Aufschrei stach er auf den Mann vor ihm ein. Er traf ihn in den Schwertarm. Der Mann stöhnte und schwankte. Heored drehte den Kopf in seine Richtung und entdeckte seinen Sohn.

„Nicht, Adrian!", schrie er, und Adrian sah zum ersten Mal in seinem Leben Angst in den Augen seines Vaters. „Geh weg!"

Doch Adrian konnte ihm nicht gehorchen. Ein Mann hatte den Moment genutzt, in dem Heored abgelenkt gewesen war, und sich auf ihn gestürzt. Ohne Nachdenken stieß Adrian ihm sein Messer bis zum Heft in den Rücken. Der Mann brach lautlos mit dem Messer im Rücken zusammen und ließ sein Schwert los. Heored packte es.

Doch dann packte jemand Adrian von hinten um die Hüften, drückte ihm die Arme an den Leib und zog ihn von seinem Vater weg. Adrian strampelte und schrie und wand sich in dem eisernen Griff.

Olav Haaksens Gesicht tauchte hämisch grinsend vor ihm auf. „Du kannst ihn nicht retten, du Narr!", rief Haaksen und stieß Adrian von der Plattform.

Er prallte unsanft gegen einen unten stehenden Mann und der Mann geriet ins Taumeln. Adrian schlug mit Händen und Knien auf dem Boden auf. Keuchend blieb er einen Augenblick liegen. Vor seinen Augen tanzten

Sterne. Dann klärte sich die Sicht und er hob den Kopf. Über sich hörte er etwas Schweres knirschen.

Das große Portal des Tempels hatte sich geschlossen. Adrian schrie, konnte in dem Gedränge aber nicht nach oben gelangen. Hinter der dicken Tür waren Schreie und das Klirren von Metall zu hören. Haaksen stand mit einem blutigen Schwert vor der Tür und schlug nach jedem, der ihm nahe kam. Dann endlich erstarb der Lärm drinnen.

„Es ist vorbei!“, rief der Graf frohlockend.

Die Männer neben Adrian hörten auf zu kämpfen. Haaksen befahl zwei Gefolgsleuten, die Tempeltür wieder zu öffnen. Drinnen rührte sich nichts. Eine Fackel war zu Boden gefallen und ausgegangen. Im dämmrigen Licht der anderen war nur ein undeutlicher Haufen von Leibern zu sehen.

„Männer aus Sussex!“, brüllte Haaksen. „Es sollen nicht noch mehr tapfere Krieger sterben! Kehrt nach Hause zurück und ich werde halten, was ich versprochen habe!“

„Von wegen!“, rief Theobald mit versagender Stimme. „Ihr habt unsere Abmachung gebrochen – und unseren König ermordet!“

„Er hatte sein Leben bereits verwirkt, als er mit seinem Heer in unser Land einfiel“, erwiderte Haaksen. „Unser Gott verlangte sein Leben als Opfer.“ Er warf einen Blick auf seine toten Männer, die neben Heored lagen, und fügte mit leisem Bedauern hinzu: „Er hat tapfer gekämpft, aber das steigert nur den Wert seines Opfers." Er winkte einige Männer zu sich. „Bringt die Leichen weg!", befahl er. „Aber den König lasst seinen eigenen Leuten."

Cathbar starrte ihn an. „Ihr habt den Tempel Eurer Göttin entweiht!", sagte er verächtlich.

„Unserer Göttin?" Haaksen lachte. „Freya und ihresgleichen sind tot! Wir beten zu einem neuen Gott. Dieser mit Blut und Feuer geweihte Tempel gehört ab jetzt ihm. Seht!" Er sprang auf die Plattform, riss die letzte Fackel aus ihrer Halterung und zündete damit die große Statue an. Adrian sah zum ersten Mal, dass jemand das Gesicht der Göttin mit Schwertstreichen entstellt und ein neues Gesicht darübergemalt hatte: ein Gesicht mit eng stehenden Augen, einem wilden Grinsen und Haaren, die einem Flammenkranz glichen.

„Der Feuergott", sagte Haaksen ehrfürchtig. „Er heilt, wann er will, und tötet, wann er will, und sein Blick ist jetzt und in alle Ewigkeit auf uns gerichtet. Er kommt mit dem Blitz und durch seine Adern strömt Feuer."

„Und er heißt Loki", sagte Cluaran leise.

Adrian, für den eine Welt zusammengebrochen war, hatte das Gefühl, als habe er es schon die ganze Zeit gewusst. *Loki ... der Elsas Vater und Cluarans Vater getötet hat und jetzt meinen. Der Drachen auf die Menschen hetzt und Dörfer anzündet. So einer muss ein Gott sein.*

„Dein Vater ist tot, kleiner König", sagte Haaksen. „Geh nach Hause. Ich werde keinen deiner Leute mehr töten. Der Feuergott wird viele Krieger brauchen, wenn er kommt, um seine Herrschaft über dein Land zu errichten. Aber nicht meine Männer werden ihn an die Küsten deines Landes bringen. Du wirst ihn schon bald selbst willkommen heißen." Er lächelte. „So wie alle Bewohner dieses Landes es tun, besonders die, die sein Wort mit Blut und Feuer verbreiten – indem sie nämlich die Häuser all derer verbrennen, die seinen Namen nicht preisen wollen."

Die Leichen wurden aus dem Tempel getragen und nur eine blieb zurück. Olav Haaksen wandte sich um, schritt inmitten seiner Männer den Hang hinunter und verschwand.

Adrian rannte zu seinem Vater, der mit ausgebreiteten Armen auf dem Altar unter dem höhnisch grinsenden Gesicht lag.

Er hob seinen Oberkörper an und Heored schlug die Augen auf und sah seinen Sohn mit einem kaum wahrnehmbaren Lächeln an. „Du bist mir gerade rechtzeitig zu Hilfe gekommen", flüsterte er. „Du hast mich davor bewahrt, wie ein gefangenes Tier zu sterben. So sterbe ich mit dem Schwert in der Hand."

„Verlass mich nicht, Vater, bitte ..."

„Nein, nicht das!", fiel Heored ihm ins Wort und in seiner Stimme klang etwas von seiner alten Ungeduld auf. „Du bist jetzt ein Mann ... ein König. Hör zu, Adrian – führe die Männer nach Hause, verstanden? Geh nach Hause und tröste deine Mutter." Er bekam einen rasselnden Hustenanfall und rang nach Luft und Adrian klammerte sich an ihn wie an ein Blatt, das der Wind jeden Augenblick wegwehen konnte.

„Ich werde alles tun, was du sagst", versprach er, bemüht, das Zittern in seiner Stimme zu unterdrücken. Heored nickte. Dann sprach er wieder. Seine Stimme war nur noch ein leises Flüstern und Adrian musste das Ohr dicht an den Mund seines Vaters halten.

„Ganz gleich was für Gaben ... die Götter dir gegeben haben ... Du bist doch mein Sohn, Adrian. Sei ein König."

„Das will ich sein, Vater! Ich werde dir Ehre machen, das gelobe ich." Die Stimme versagte ihm. „Und ich räche dich an dem Feind, der das ganze Unglück angerichtet hat. Ich werde den Feuergott vernichten."

Er wusste nicht, ob sein Vater ihn hörte. Heored starrte ihn blicklos an und sein Kopf fiel nach hinten. Adrian legte ihn sanft ab und hob den Kopf. Männer standen um ihn herum und warteten darauf, dass er etwas sagte. Cathbar betrachtete ihn ernst, hinter ihm stand stumm Cluaran.

Elsa weinte.

Adrian spürte, wie ihm Tränen über die Wangen liefen, aber er wischte sie nicht weg. Er beugte sich noch einmal über seinen Vater und schloss ihm die Augen, dann stand er auf.

„König Heored ist tot“, sagte er und staunte selbst, wie fest seine Stimme klang.

Theobald nickte und kniete neben Heoreds Leiche. Als er wieder aufstand, hielt er den Siegelring des Königs in der Hand, einen großen Rubin, den Heored nie abgelegt hatte. Theobald nahm Adrians rechte Hand und streifte ihm den Ring über den Mittelfinger. Dann kniete er erneut nieder.

„Seid gepriesen!“, rief er. Die neben ihm stehenden Männer nahmen den Ruf auf und wiederholten ihn in einem machtvollen Chor.

„Seid gepriesen, Adrian, König von Sussex!“

14. Kapitel

Mit Adrian konnte Elsa an diesem Nachmittag nicht sprechen. *Man lässt ihm keine Zeit zum Trauern,* dachte sie mitfühlend. Die Unterführer hatten sich um ihn geschart, gelobten ihm Treue und baten um seine Anweisungen zur Auflösung des Lagers und zur Beerdigung seines Vaters.

Mehrere Männer waren von Heoreds Leuten verwundet worden. Zwei waren tot, einige andere brauchten alle Hilfe, die der Heiler des Lagers und Eolande ihnen geben konnten. Die Fay-Frau beauftragte Elsa, improvisierte Schienen herzustellen und Verbände zurechtzuschneiden. Später, nachdem man Verwundete und Tote den Hügel hinuntergebracht hatte, ließ sie Elsa und Wulf Wasser holen.

Elsa war froh über jede Beschäftigung. Sobald sie nichts zu tun hatte, musste sie wieder an Haaksens Worte denken: *Der Feuergott … Sein Blick ist jetzt und in alle Ewigkeit auf uns gerichtet.* Sie sah das grinsende Gesicht vor sich, das sie unterwegs so oft auf entweihten Bildstöcken gesehen hatten. Die Fratze des Dämons war ihr durch das ganze Land gefolgt, doch erst jetzt erkannte sie, wen sie darstellte. Vielleicht war Loki tatsächlich allgegenwärtig.

Sie blickte sich fröstelnd um, aber sie sah nur das lebhafte Treiben des Lagers – Männer machten Feuer, reinigten Waffen oder schichteten in einiger Entfernung vom Fuß des Hügels einen Scheiterhaufen auf.

Die Beerdigung fand kurz vor Sonnenuntergang statt. Theobald und die anderen beiden Unterführer betteten Heoreds Leiche auf die Bahre und rechts und links von ihm legten sie die beiden getöteten Soldaten hin. Anschließend bekamen die drei Toten noch ihre Schwerter an die Seite. Adrian stieß eine brennende Fackel in den Scheiterhaufen. Die Männer traten einen Schritt zurück. Flammen schlugen aus dem aufgeschichteten Holz, dicker Rauch stieg in den Himmel und leuchtete in der Abendsonne grellrot auf.

Adrian wirkte zwischen den Männern klein und schmächtig und sein Gesicht erschien im Schein der Flammen wächsern, doch er hielt sich aufrecht wie ein Speer.

„Ich fühle mich dem Andenken meines Vaters verpflichtet“, erklärte er.

Einige „Heored!“-Rufe ertönten.

„Ich musste ihm vor seinem Tod versprechen, kein Menschenleben sinnloser Rache zu opfern. Morgen treten wir die Rückreise nach Sussex an.“

Zustimmendes Gemurmel wurde laut. Wäre der Anlass nicht so traurig gewesen, die Männer wären wahrscheinlich in Hochrufe ausgebrochen, dachte Elsa. Sie sah ihren Freund an. Er schien ihr auf einmal so weit entfernt – als Anführer eines Heeres. Würde er ebenfalls heimkehren? Und wenn ja, wie sollte sie ohne ihn zurechtkommen?

Es war eine dunkle mondlose Nacht. Elsa wanderte durch das Lager, in dem alle schliefen. Die Männer hatten einen Grabhügel aufgeschüttet: nackt und kahl stand er da und vollkommen verlassen. Adrian hielt in dieser Nacht allein die Totenwache für seinen Vater.

Er hob den Kopf, als Elsa näher kam, und blickte ihr bekümmert entgegen. Auf einmal hatte sie vergessen, dass er König war, rannte zu ihm und umarmte ihn.

„Ach Adrian, es tut mir ja so leid …"

Adrian lehnte sich von Schluchzen geschüttelt an sie. So hielten sie einander einige Augenblicke fest umschlungen. Dann machte Adrian sich los, wischte sich die Tränen ab und versuchte sich zu beruhigen.

„Morgen geht es mir bestimmt schon wieder besser", sagte er heiser. Er sprach langsam, als bereite ihm das Reden Schmerzen. „Ich weiß, was ich zu tun habe und die Unterführer meines … meines Vaters werden mir helfen."

„*Musst* du denn zurück?" Es war heraus, obwohl Elsa es gar nicht hatte sagen wollen. „Wenn Loki siegt, sind wir alle verloren. Dann gibt es auch kein Königreich mehr, in dem du regieren kannst!"

Adrian sah sie an. Seine Augen funkelten zornig und Elsa wich unwillkürlich vor ihm zurück. „Ich bin schon verloren", sagte er. „Denn nicht Haaksen, sondern Loki hat meinen Vater getötet – Haaksen war nur das Werkzeug. Da droben im Tempel habe ich geschworen, Loki zu vernichten – aber ich weiß nicht, wie. Wir können ihn nicht einmal finden!"

„Vielleicht doch", widersprach Elsa. „Wir wissen jetzt, dass er Anhänger ... Verehrer um sich sammelt. Sie morden in seinem Namen, dem Namen des Feuergottes. Er hat sie irgendwie für sich gewonnen – vielleicht haben ihre Anführer ihn selbst gesehen. Wenn wir mit solchen Anhängern reden könnten ..." Sie erschauerte. „Wir könnten so tun, als glaubten wir auch an ihn. Dann erfahren wir, wo er sich aufhält und was für eine Gestalt er angenommen hat."

Adrian starrte sie an. „Du meinst, wie in dem Fischerdorf in Schneeland? Wo er sich als Wundertäter ausgegeben hat?"

„Ja, oder auch als Heiler in Alebu. Wenn wir uns als einfache Reisende ausgeben und dann mit den Leuten sprechen ..."

Doch Adrian hatte den Blick schon wieder abgewandt, die Hoffnung auf seinem Gesicht war erloschen. „Es hat keinen Zweck", sagte er. „Ich stehe bei meinen Männern in der Pflicht. Was würden sie von mir denken, wenn ich sie verlasse? Ich bin jetzt ein König."

Aber wie er dasitzt und die mageren Arme um die

Knie geschlungen hat, sieht er nicht wie ein König aus, dachte Elsa, *sondern mehr wie der schüchterne Junge, den ich auf der Spearwa traf.* Und zusätzlich zu seinem Kummer lasteten noch die Erwartungen der anderen auf ihm. Sie durfte ihm nicht noch mehr aufbürden.

„Mein Vater hat mir befohlen, sie nach Hause zu bringen“, sagte Adrian kaum hörbar.

„Aber erst morgen“, sagte Elsa. Sie legte ihm den Arm um die Schulter und er sank an ihre Brust. „Jetzt musst du ausruhen.“

Er nickte schläfrig. Wenig später fiel sein Kopf nach vorn und er begann tief und regelmäßig zu atmen. Elsa bettete ihn vorsichtig auf den Boden und deckte ihn mit seinem Mantel zu. Dann ging sie leise fort.

Sie träumte in dieser Nacht, dass sie bis zu den Knöcheln im Schnee auf einem Berg stand. Vor ihren Füßen klaffte ein Abgrund, in dessen Tiefen ein unsichtbares Feuer toste. Und von der anderen Seite rief sie jemand. In der Ferne konnte sie eine winzige, weiß gekleidete Gestalt mit schwarzen Haaren erkennen.

Ioneth!, rief sie über den Abgrund. Die kleine Gestalt antwortete und zeigte nach unten. Doch sosehr Elsa sich auch anstrengte, sie konnte die Worte nicht verstehen. Sie hörte nur ganz schwach den melodischen Klang von Ioneths Stimme. Sie wagte sich noch einige Schritte weiter vor, doch das Tosen in der Tiefe wurde lauter und übertönte alle anderen Geräusche. Ioneth schien noch weiter weggerückt zu sein und ihre verzweifelten Warnrufe verklangen in der Ferne. Im Abgrund aber bewegte sich etwas, ein feuriges, tosendes Etwas, das so riesig war, dass es sich nicht bändigen ließ. Ein feuriger Stoß lief durch Elsas Arm und brach schmerzhaft aus ihrer Hand.

Mit einem Ruck fuhr sie aus dem Schlaf. Ihre Hand kribbelte, aber sie hätte nicht sagen können, ob der Stoß wirklich gewesen war oder nur eingebildet. Der blaue Himmel über ihr blendete sie. Im Lager herrschte geschäftiges Treiben und die Männer aus Sussex rollten ihre Decken zusammen. Beruhigt durch das helle Licht und die geordneten Vorbereitungen richtete Elsa sich auf. Ihr Blick fiel auf den frischen Grabhügel und sie erinnerte sich. König Heored war tot – und Adrian würde mit seinen Männern heute noch nach Hause aufbrechen.

Theobald und die anderen Unterführer ließen die Männer in Marschordnung antreten. Elsa sah sich nach Adrian um, entdeckte ihn aber nicht. *Wahrscheinlich ist es besser so,* dachte sie. *Wir haben uns gestern Abend alles gesagt, was gesagt werden musste.* Sie versuchte die Last abzuschütteln, die sie niederdrückte, und machte sich auf die Suche nach Cathbar und Cluaran. Sie wollte mit ihnen über ihre Idee sprechen, Loki über seine Anhänger auf die Spur zu kommen.

Wie sie dann gegen ihn kämpfen sollte, wusste sie allerdings noch nicht. Ihr Traum fiel ihr ein: Ioneths schwächer werdende Stimme und die unüberbrückbare Entfernung zwischen ihnen, während das Feuer immer lauter wurde. *Ich lasse nicht zu, dass du verschwindest!,* gelobte sie sich und ballte die rechte Hand zur Faust.

Cluaran kam auf sie zu. Wulf schob er an den Schultern vor sich her. „Der Bengel hat am Grab des Königs gespielt“, sagte er. „Wir sind reisefertig, wenn du es auch bist.“

Elsa nickte. „Wir müssen uns noch verabschieden.“

Cluaran sah sie seltsam an. „Da kommt Adrian“, sagte er.

Adrian lief auf sie zu. Sein Gesicht hatte eine frischere Farbe, und er trug nicht mehr die feinen Kleider, die er von seinem Vater bekommen hatte, sondern seinen alten Fellmantel und die schweren Stiefel.

Er sah besser aus, dachte Elsa, nicht mehr so verloren wie in der vergangenen Nacht.

„Ich wusste nicht, ob wir uns noch verabschieden können“, sagte sie zur Begrüßung.

„Ich will mich nicht verabschieden“, erwiderte er. „Ich komme mit dir.“

Elsa starrte ihn an.

„Du hattest Recht“, fuhr er fort. „Solange Loki lebt, ist mein Volk, sind alle Menschen in Gefahr. Wir müssen gegen ihn kämpfen.“

„Und das Versprechen, das du deinem Vater gegeben hast?“, fragte Cathbar.

„Ich habe ihm versprochen, dass ich unsere Leute nach Hause bringe, und das tue ich. Theobald führt sie nach Sussex zurück und nimmt auch einen Brief an meine Mutter mit. Vater hat gesagt, ich dürfe keine weiteren Menschenleben aufs Spiel setzen, aber er hat mir nicht verboten, selbst gegen Loki zu kämpfen. Vielleicht haltet ihr mich für einen Narren, aber ich muss es versuchen."

Cathbar sah ihn ernst an. „Ich weiß zwar nicht, wie du es schaffen willst", sagte er, „aber für einen Narren halte ich dich deshalb noch lange nicht, Adrian Heoredson." Er wandte sich an Elsa. „Tja, damit wären wir wieder vollzählig. Und jetzt ist es unsere Aufgabe, den Wind einzufangen und dem Blitz Fesseln anzulegen." Er warf sich seinen Ranzen auf den Rücken. „Brechen wir also auf."

15. Kapitel

Sie kehrten zur Straße zurück.

Cluaran und Cathbar waren damit einverstanden, nach Anhängern des Gottes zu suchen. „Ich habe selbst schon an etwas Ähnliches gedacht“, sagte Cathbar. „Aber wir müssen aufpassen, was wir sagen, und gut lügen.“

„Kein Problem“, meinte Cluaran.

Die Bäume am Straßenrand waren dicht belaubt und die Vögel zwitscherten laut. Die Gegend, die sie durchquerten, schien verlassen, und Elsa begann zu fürchten, dass sie noch lange suchen mussten, bis sie jemandem begegneten, den sie fragen konnten. Andererseits war die Straße von tiefen Spuren übersät. Cluaran untersuchte sie genauer und meinte, zumindest einige davon seien noch nicht alt.

Etwas später am Vormittag ergab sich die erste Gelegenheit. Cathbar, der vorausging, blieb stehen und drehte sich zu ihnen um. „Da drüben!“, rief er und streckte den Arm aus.

In einiger Entfernung vor sich sahen sie eine kaum sichtbare Rauchfahne. Sie kam von einem kleinen, ärmlichen und offenbar verlassenen Dorf ein wenig abseits der Straße. Dagegen hatten sich auf einer Wiese neben der Straße rund zwei Dutzend ärmlich gekleidete Menschen versammelt. Am Straßenrand fraß ein dürrer Esel Gras. Sein Karren lag umgedreht in der Mitte der Wiese, davor brannte ein kleines Feuer. Auf dem Karren stand ein Mann, der zu einer Versammlung sprach. Die Zuhörer lauschten hingerissen.

„Und er wird in Flammen gehüllt zu ihnen kommen!“, rief er, „und sie werden ihn in seiner Herrlichkeit erkennen! Über die ganze Welt wird er regieren, und von Osten bis Westen wird es keinen anderen Herrscher geben als den Feuergott!“

„Gepriesen sei er!“, antworteten die Zuhörer, hauptsächlich junge Männer, in der letzten Reihe einige Frauen und Kinder. Die meisten kamen vermutlich aus dem Dorf, dachte Elsa. Einige Männer und zwei Frauen standen für sich neben dem Karren. Sie führten die anderen bei den Antworten an und ihre Kleider waren noch zerlumpter. Elsa hätte sie für Bettler gehalten, wäre nicht der glühende Stolz in ihren Gesichtern gewesen.

„Wer folgt uns?“, rief der Sprecher. Er hatte die Stimme erhoben und schrie fast. „Wer hilft mit, das Wort des Feuergottes zu verbreiten?“

Die Gruppe neben dem Karren bekundete lautstark ihre Zustimmung und einige junge Männer folgten ihrem Beispiel, doch nicht alle.

„Wer bestellt dann unsere Felder?“, rief eine Frau, und ein alter Mann weiter hinten spuckte verächtlich aus.

„Das ist doch alles Quatsch, wenn ihr mich fragt“, schimpfte er. „Ich soll meine Felder aufgeben und durch die Gegend laufen? Verschwindet!“

„Ihr redet von Feldern?“, erwiderte der Prediger und seine Stimme triefte vor Spott. „Was sind Kohl und Getreide im Vergleich zur Herrlichkeit des Geistes? Unser Gott kann uns mit einem Wort satt machen.“

„Habt Ihr schon mal versucht, Eure Worte zu essen?“, höhnte der Alte. Einige Zuhörer lachten nervös. Drei Männer verließen die Gruppe neben dem Karren und gingen auf die hintere Reihe der Zuhörer zu.

„Der Feuergott wird uns zu sich erheben!“, versprach der Redner. „Und wir werden Armut, Hunger und Krankheit zurücklassen. Der Feuergott wird jene, die wahrhaft an ihn glauben, von allen Leiden heilen. Wir haben es selbst erlebt!“

„Das haben wir!“, wiederholten seine Anhänger neben dem Karren. Die drei Männer, die die Gruppe verlassen hatten, waren bei dem Alten angekommen. Elsa sah in ihren Händen Messer blitzen. Sie schrie leise auf, doch Cathbar war schon unterwegs.

„Die Spötter aber“, die Stimme des Mannes klang auf einmal tiefer, „jene, die ihn nicht in ihre Herzen aufnehmen, werden verstoßen werden.“ Wie auf ein Stichwort hoben die drei Männer ihre Messer, doch

Cathbar trat dazwischen. Er fasste den verwirrten Alten am Ellbogen und schob ihn von der Menge weg. Einer der Männer schrie wütend auf, und alle drei wollten Cathbar nachgehen, aber Cluaran verstellte ihnen in den Weg.

„Er ist es nicht wert, Euer Wort zu hören“, sagte der Sänger. „Sprecht stattdessen zu uns.“

Die Männer blieben verwundert stehen. Eolande trat neben ihren Sohn, gefolgt von Elsa und Adrian. Elsa hielt Wulf fest an der Hand.

„Wer seid ihr?“, fragte einer der drei misstrauisch. Der Redner auf dem Karren war verstummt und aller Augen waren auf die Neuankömmlinge gerichtet.

„Wir sind Reisende“, antwortete Cluaran. „Wir sind zufällig hier vorbeigekommen und die schönen Worte eures Anführers haben uns zum Rasten bewogen.“ Er sah den Redner an. „Erzählt uns mehr!“

Doch der Mann auf dem Wagen starrte nur finster zurück. „Nehmt euch vor Fremden in Acht“, warnte er die Menge. „Vor all denen, die in euer Land einfallen und schlimme Bräuche mitbringen. Nehmt sie nicht bei euch auf!“ Die Dorfbewohner begannen aufgebracht zu murmeln und ein oder zwei Männer warfen Cluaran böse Blicke zu.

„Lobt den Feuergott!“, rief Eolande plötzlich laut und durchdringend. „Lobt ihn Tag und Nacht! Sprich zu uns und erlöse uns!“

„Erlöse uns!“, fielen die beiden Frauen neben dem

Karren ein und die Menge wandte sich erneut dem Prediger zu. Der Mann begann zu sprechen. Elsa warf Eolande einen dankbaren Blick zu.

Als der Prediger sich das nächste Mal der Gefolgschaft seiner Hörer versicherte, antworteten ihm die Männer mit einstimmigem Gebrüll, fuchtelten in ihrer Begeisterung mit den Händen und stampften mit den Füßen auf. Elsa stimmte in das Geschrei ein und ging dabei um die Menge herum, bis sie vor einer der zerlumpten Frauen neben dem Karren stand.

„Wo führt der Feuergott uns eigentlich hin, wenn wir ihm folgen?“, fragte sie.

Die junge Frau sah sie an wie in Trance. „Wir folgen dem Wort des Predigers“, sagte sie. „Wir gehen, wohin er geht.“

„Aber wohin?“, beharrte Elsa.

Die Frau schien darüber lange nachdenken zu müssen. „Nach Süden ... vielleicht auch Westen ... Einige werden über das Meer in andere Länder fahren. Wo ist der Unterschied? Der Feuergott ist hier, er ist immer um uns.“ Sie sah Elsa mit glänzenden, leeren Augen an. „Spürst du ihn nicht?“

Elsa musste einen Schauder unterdrücken. Sie dachte sich gerade eine Antwort aus, als sie die junge Frau am Arm packte. „Warum stellst du so viele Fragen?“, wollte sie wissen. „Bist du eine von uns? Dann brauchst du ihn nur zu rufen und er wird deine Suche beenden.“

Das würde er tatsächlich, dachte Elsa in aufkommender Panik. Sie wollte plötzlich nicht mehr in der Nähe dieser Menschen sein. Also bedankte sie sich und kehrte schnell an ihren Platz hinter den Dorfbewohnern zurück.

„Es ist sinnlos“, seufzte Adrian. „Ich habe einen Anhänger gefragt, ob sie diesen Feuergott auch einmal leibhaftig gesehen hätten, und er meinte, der sei überall. Sie wissen nicht, wo er ist, Elsa.“

Elsa nickte. „Die Frau sagte, dass sie vielleicht nach Süden ziehen oder nach Westen – oder in andere Länder. Das hilft uns nicht weiter.“

„Die Männer, die das Dorf angegriffen haben, waren nach Süden unterwegs“, meinte Adrian. „Ich bin dafür, auch in diese Richtung zu gehen – aber nicht mit diesen Verrückten.“ Elsa nickte wieder.

„Dann sollten wir jetzt gehen, solange sie abgelenkt sind“, sagte Cluaran leise.

Er zeigte auf ein Wäldchen auf der anderen Straßenseite. Dort stand Cathbar und winkte ihnen. Die Stimme des Predigers hatte sich wieder in höchste Höhen erhoben und seine Zuhörer antworteten ihm mit Gebrüll.

Elsa packte Wulf an der Hand und sie überquerten die Straße und tauchten in das Wäldchen ein. Hinter ihnen wurde die Stimme des Predigers leiser.

Elsas Gedanken rasten. Sie hatten viel riskiert und nichts Brauchbares erfahren. Wenn sie doch jemanden finden könnten, der Loki persönlich begegnet war – und beschreiben konnte, wie er jetzt aussah!

Cluaran ging hinter ihr und sprach lebhaft mit Eolande – nein, er stritt mit ihr. Seine Stimme klang verärgert und die Stimme seiner Mutter ängstlich.

„Gewiss gibt es unter ihnen welche, die Macht besitzen", sagte Eolande gerade. „Aber du weißt, dass sie diesmal nichts damit zu tun haben wollen."

„Und Ainé? Sie würde doch bestimmt …"

„Sie am allerwenigsten!"

„Aber sie hat schon einmal gegen Loki gekämpft und nicht mehr verloren als du", beharrte Cluaran. „Sie würde auf dich hören, wenn du sie fragst."

„Nein", sagte Eolande mit erstickter Stimme. „Das kannst du nicht von mir verlangen. Ich kann nicht zurückkehren."

Cluaran zuckte die Schultern. „Nun gut, dann gehe ich selbst."

„Was hast du vor, Cluaran?", fragte Elsa bei der nächsten Pause. „Kennst du noch jemanden, den wir fragen könnten?"

Cluaran sah sie mit einer Miene an, aus der sie nicht schlau wurde. „Du hast uns also zugehört", sagte er.

„Kennst du jemanden? Wenn er uns helfen kann, müssen wir ihn unbedingt aufsuchen!"

„So einfach ist das nicht, Elsa", entgegnete Cluaran. „Aber ja, ich habe vielleicht eine Idee, wie wir Loki finden könnten."

Adrian und Cathbar, die mit Feuermachen beschäftigt waren, blickten auf, und selbst Wulf legte den Stock weg, den er gerade in Stücke brach.

Cluaran sah Eolande vielsagend an und Eolande seufzte und nickte. „Mein Mutter und ich haben ... Landsleute, die uns vielleicht helfen können, wenn sie wollen", sagte Cluaran. „Wir werden noch einen Tag im Wald unterwegs sein."

„Leben sie denn im Wald?", fragte Elsa, überrascht, dass er von dieser Verwandtschaft bisher noch nicht gesprochen hatte.

„Sagen wir einfach, ich kann sie vom Wald aus leichter erreichen", sagte der Sänger.

Er ging mit raschen Schritten voraus nach Süden. „Wir suchen nach Wasser", sagte er.

Sie hörten etwas gluckern und gelangten an ein Rinnsal. Cluaran folgte ihm, bis es in einen Bach mündete. Dann hielten sie sich am Bach. Der blaue Himmel über ihnen verblasste und die Sonne verschwand hinter den Wipfeln. Endlich kamen sie zu einem kleinen Fluss, der rasch zwischen hohen Ufern dahinströmte, auch wenn er so schmal war, dass man über ihn springen konnte. Cluaran schlug zufrieden die Hände gegeneinander und ging noch schneller.

Schließlich erreichten sie die Quelle des Flusses. Das Gelände stieg an und die Bäume wurden immer kleiner und standen immer weiter auseinander. Kurz darauf floss das Wasser gluckernd über Schotter und sie mussten einen Steilhang neben einem kleinen Wasserfall hinaufklettern. Dann standen sie endlich oben. Cluaran entfuhr ein triumphierender Schrei.

Sie befanden sich auf einer flachen, felsigen, von Weißdornbüschen gesäumten Anhöhe. Auf ihr standen in einem kleinen Kreis angeordnet glatte abgerundete Steine, und in diesem Kreis befand sich ein größerer flacher Stein. In ihn war eine Art Muster eingeritzt, das allerdings schon fast ganz verwittert war.

„Hier müsste es gehen“, sagte Cluaran.

Eolande war immer noch angespannt und schweigsam, doch sie ging zu dem Stein und fuhr leicht mit der Hand darüber. „Die Wasserjungfrau?“, fragte sie.

Cluaran nickte. „Ich denke ja.“

Sie schlugen auf dem dürren Gras neben dem Steinkreis ihr Lager auf. Während die anderen ihre Decken ausrollten, betrachtete Elsa das Muster auf dem Stein genauer. Die Linien waren so dünn, dass es sich um zufällige Kratzer hätte handeln können, doch dann stellte sie sich an den Platz, an dem Eolande gestanden hatte, und sah ein Bild: eine langhaarige Frau, die Wasser aus einem Krug goss.

Wulf rannte zu ihr und betrachtete interessiert den Stein.

Cluaran sah von seinem Ranzen auf. „Kommt wieder her!“, sagte er scharf. „Wir haben vor Einbruch der Nacht noch viel zu tun.“

Elsa wechselte einen verwunderten Blick mit Adrian.

Sie wollten doch nur eine Nacht bleiben und dazu brauchten sie bloß ihre Decken auszurollen. Doch sie nahm Wulf an der Hand und kehrte mit ihm in das halbfertige Lager zurück. Er folgte ihr nur widerstrebend und blickte über die Schulter zu dem seltsamen Stein zurück.

„Wann trefft Ihr Eure Freunde?", fragte Adrian Cluaran.

Der Sänger sah nicht auf. „Heute Nacht, wenn sie einverstanden sind", sagte er nur.

Es war Abend geworden. Der Himmel über ihnen hatte sich schiefergrau verfärbt und von Westen glühte es rot hinter den Bäumen. Ein kalter Wind war aufgekommen und Cathbar zog brummend seinen Mantel fester um sich.

„Wenn es nachts windet, ist es hier oben kalt", klagte er. „Aber wenigstens sind wir hier vor wilden Tieren sicher. Sind irgendwelche Wölfe unterwegs, Adrian?"

Adrian erstarrte. „Ich benütze meinen Blick nicht mehr", sagte er.

„Nicht mehr?", fragte Elsa. „Warum nicht?"

„Weil ich es versprochen habe. Ich habe meinem Vater versprochen, wie ein König zu handeln."

„Und das heißt, du willst diese Gabe niemals mehr nützen?"

Elsa sah ihn fassungslos an.

„Ja! Die Ripente dienen Königen – sie herrschen nicht selbst."

Dein Vater hat das geglaubt, nicht du. Und er hatte Unrecht! Doch sie sah Adrian nur an und sagte nichts.

„Wir müssen Menschen fürchten, nicht Tiere“, sagte Cluaran. „Aber die Menschen, die am gefährlichsten für uns sind, kommen nicht hierher. Dieser Ort ist ein uraltes Heiligtum. Seit Jahrhunderten wird hier zu bestimmten Göttern gebetet. Selbst Loki könnte diesen Brauch nicht so schnell ändern und sich selbst anbeten lassen.“ Er stand auf. „Ich muss los. Ich werde morgen vor Sonnenuntergang zurückkehren. Wartet hier auf mich, und wenn ihr gehen müsst, während ich noch weg bin, haltet euch in der Nähe des Baches.“

Cathbar stand auch auf. Er wollte in den Wald hinuntersteigen und etwas zum Abendessen jagen.

„Ich komme mit“, sagte Adrian. Elsa wollte mit Wulf zusammen Brennholz sammeln. Während sie sich an den Abstieg machte, hörte sie hinter sich Cluaran mit Eolande sprechen. Sie hatte ihn noch nie so sprechen hören – er klang geradezu flehend.

„Es gibt dort viele, die dich immer noch vermissen. Sie würden dich willkommen heißen.“

„Nein“, sagte Eolande. „Ich gehöre dort nicht mehr hin.“

„Wohin sonst?“

„Ich weiß es nicht.“ Eolandes Stimme wurde immer leiser und klang traurig. „Vielleicht nirgendwohin.“

Wulf wollte unbedingt durch den Wald rennen, aber Elsa hinderte ihn daran. Sie wollte sich nicht zu weit vom Lager entfernen. Bei ihrer Rückkehr lehnte Eolande an einem der runden Steine und starrte blicklos auf das uralte Bild in der Mitte des Kreises.

Cathbar und Adrian kehrten erst spät zurück. Sie hatten nur einen einzigen kleinen Vogel erlegt. „Heute Abend scheinen alle Tiere woanders zu sein", sagte Cathbar beiläufig. Er vermied es, Adrian in die Augen zu sehen. Vielleicht machte er ihm Vorwürfe, weil er seinen Blick nicht für die Jagd hatte einsetzen wollen, dachte Elsa. Adrian sagte überhaupt nichts.

Sie legten sich um das kleine Feuer. Zu Elsas Überraschung bot Eolande an, Wache zu halten. Sie könne nicht schlafen, sagte sie. Aufrecht saß sie neben dem Steinkreis. Als Letztes bemerkte Elsa vor dem Einschlafen noch, wie die Fay-Frau sie mit ihren schwarzen Augen eindringlich musterte. *Als ob etwas an mir ihr Angst machte.* Über der Frage, was das sein mochte, schlief sie ein.

Hungrig und frierend wachten sie auf. Sie hatten nach der erfolglosen Jagd vom Abend zuvor kaum noch Proviant. Nach einem kümmerlichen Frühstück aus einigen Bissen Dörrfleisch brach Cathbar deshalb zu einem weiteren Versuch auf. Er fragte Adrian diesmal nicht, ob er mitkommen wolle.

Elsa saß neben Adrian und starrte auf die Bäume. Sie hatten ihre Bündel gepackt und die Asche des Feuers zerstreut und konnten nur noch warten. Elsa konnte sich nicht erinnern, wann sie zuletzt so untätig gewesen war.

„Ich hätte gern gewusst, wie Cluaran seine Leute findet“, sagte sie.

Adrian überlegte. „Es muss irgendwo einen geheimen Eingang zu ihrem Königreich geben. Aber ich möchte lieber nicht wissen, wo, denn wie man hört, sind sie nicht besonders umgänglich.“

Elsa nickte. „Glaubst du, sie werden uns helfen?“

„Eolande hilft uns ja auch.“ Adrian blickte zu der Fay-Frau hinüber, die immer noch neben dem Steinkreis saß. Sie hob den Kopf, als hätte sie ihren Namen gehört.

„Wo ist der Junge?“, fragte sie. Sie klang beunruhigt. „Wir sollten möglichst zusammenbleiben.“

„Wulf? Am Bach“, erwiderte Elsa und stand auf, um sich zu vergewissern. Am Rand der Anhöhe, direkt über der Quelle, blieb sie stehen. Unter ihren Füßen sprudelte das Wasser glucksend aus dem Boden. Weiter unten verbreiterte es sich zu einem auf beiden Seiten von Büschen und weiter weg von Buchen und Linden gesäumten Bach. Wulf war nirgends zu sehen.

Elsa machte sich auf den Weg, um ihn zu suchen. Adrian begleitete sie. „Ich weiß nicht, warum du ihn immer wieder zurückholst“, brummte er. „Er macht uns nur Ärger, seit er bei uns ist.“

„Er spürt die Gefahr nicht wie wir“, sagte Elsa.

„Ich glaube, er ist es gewohnt, für sich selbst zu sorgen“, sagte Adrian. „Die Leute, bei denen er vorher war, haben sich ganz offensichtlich nicht um ihn gekümmert.“

„Aber waren das nicht seine Eltern?“

„Vielleicht nicht.“ Adrian machte ein nachdenkliches Gesicht. „Er sagte doch, sie seien Händler. Wir wissen, dass sie einen Karren hatten und Waren zum Verkaufen. Hätten sie ihm nicht wenigstens richtige Schuhe besorgt, wenn er ihr Sohn gewesen wäre? Schließlich war es kalt und sie lebten auf der Straße.“

Elsa dachte an Wulf – an sein boshaftes Lächeln und seine unerschöpfliche Energie. Aber Adrian hatte Recht: Bei ihrer ersten Begegnung war er ein mageres, verwahrlostes Kind mit mitleiderregend dünnen Kleidern und Lumpen an den Füßen gewesen. „Glaubst du, er war ein Sklave?“, fragte sie.

Adrian nickte. „Einige Händler halten welche. Das würde erklären, warum Wulf nie von seinen Eltern spricht.“

„Vielleicht hast du Recht.“ *Vielleicht kannte er seine Eltern gar nicht!*, dachte Elsa. Mitleid mit dem verstoßenen Kind stieg in ihr auf.

„Ich glaube, wir haben ihn gefunden“, sagte Adrian. In dem weichen Boden am Ufer des Baches war der Abdruck eines kleinen Fußes zu sehen. Im nächsten Augenblick hörte Elsa ein Rascheln in den Büschen und aus dem Laub lugte das Gesicht des Jungen hervor.

„Wulf!“, rief sie. „Warum läufst du immer weg?“

„Ich habe Beeren gefunden, Elsa! Komm und sieh sie dir an!“

„Die kann man bestimmt nicht essen, Wulf“, sagte Adrian. „Es ist erst Frühjahr.“

„Komm und sieh sie dir an!“, beharrte der Junge. Elsa und Adrian wechselten einen Blick und folgten ihm.

Wulf führte sie vom Bach weg. „Aber wir dürfen nicht weit gehen“, sagte Elsa warnend.

Wulf nickte. Er bewegte seinen Kopf, als ob er einen steifen Hals hätte, dachte Elsa, und als er sich wieder nach vorn umdrehte, meinte sie zu sehen, dass er zusammenzuckte. „Tut dir was weh, Wulf?“, fragte sie. Der Junge antwortete nicht, hob aber die Hand zum Hals.

Elsa blieb stehen. „Lass mich sehen“, befahl sie.

Wulfs Hals war an beiden Seiten aufgeschürft. Das dünne Kettchen, das er trug, hatte sich verknotet und schnitt in die Haut ein.

„Tut mir leid, Wulf“, sagte Elsa. „Ich weiß, wie sehr du an dieser Kette hängst …“

„Nein“, erwiderte der Junge. „Ich hasse sie.“

„Aber ist sie nicht ein Geschenk deines Vaters?“

„Ich habe sie von dem Vater, stimmt“, sagte Wulf. Seine Miene verdüsterte sich. „Er hat mich schlecht behandelt, genauso wie auch sein Sohn. Sein wirklicher Sohn.“

Elsa hatte die Luft angehalten und atmete tief aus.

Also hatte Adrian doch Recht gehabt. Wulf war ein Sklave und er war misshandelt worden.

„Man hat ihn gefesselt!“, rief Adrian hinter ihr.

„Dann machen wir die Kette jetzt ab!“, rief Elsa entschlossen. Die Kette sah nicht besonders stabil aus. Mit einem Messer konnten sie bestimmt eines der Glieder zertrennen.

„Hier.“ Adrian stand bereits neben Wulf und hatte sein Messer gezogen. „Nicht bewegen, Wulf.“

Doch Wulf duckte sich weg und jammerte laut: „Nein! Elsa soll das machen!“

Adrian zuckte die Schultern und gab Elsa das Messer. Sie nahm es und spürte auf einmal wie damals, als Cathbar ihr das Schwert gegeben hatte, dass etwas nicht stimmte. *Obwohl es doch diesmal kein Schwert ist,* dachte sie – da fuhr ihr ein heftiger Stoß von der Schulter durch den Arm bis in die Fingerspitzen. Sie hatte das Gefühl schon fast vergessen.

Ioneth?

Regte sich da eine Antwort? Wenn nun Ioneth zu ihr zurückkehrte, dachte sie aufgeregt ... Aber zuerst musste sie die Kette durchschneiden. *Hilf mir, wenn du da bist!*

Sie setzte die Spitze des Messers an ein Kettenglied, bemüht, die aufgeschürfte Haut nicht zu berühren. Wulf bog den Kopf zur Seite und kniff die Augen zusammen. Wieder fuhr ihr ein Stoß durch den Arm. Diesmal tat er weh, aber sie achtete nicht darauf.

„Sei tapfer, Wulf!“, sagte sie. „Gleich bist du frei.“

„Ja“, flüsterte der Junge.

Sein Hemd war ihr im Weg, also wartete sie, während Adrian das Hemd öffnete und zur Seite schob.

„Ob seine Besitzer daran auch schuld sind?“, murmelte Adrian.

Elsa sah auf die Brust des Jungen hinunter. Eine Narbe verlief von der Schulter bis zum Bauchnabel. Sie hob sich tiefrot von der weißen Haut ab und kam ihr irgendwie bekannt vor ... Dann fuhren ihr wieder die Schmerzen durch den Arm, diesmal so heftig, dass sie fast das Messer hätte fallen lassen. Plötzlich stand ihr ein Bild vor Augen: Sie sah Feuer und Stein, eine gefesselte Gestalt und das grelle Aufblitzen des Kristallschwerts, mit dem sie zuschlug. Und dann sah sie Loki. Die Kette hing ihm noch um den Hals, über seine Brust zog sich ein roter Striemen.

„Nein“, flüsterte sie. „Nein, das war ich.“

Sie zog die Hand mit dem Messer erschrocken zurück und hielt es nach hinten, so weit wie möglich weg von der Kette. Die kleine Gestalt vor ihr stand bewegungslos wie eine Statue da – und einen Moment lang war auch sie selbst unfähig, sich zu bewegen.

„Adrian“, sagte Elsa, so eindringlich sie konnte. „Nimm dieses Messer und lauf. Lauf zum Steinkreis zurück.“

„Aber ...“

„Lauf!“, schrie sie, die Augen immer noch unverwandt auf das Gesicht des Jungen geheftet. Es sah sie vollkommen ausdruckslos an, doch die zusammengekniffenen Augen leuchteten gelb wie Kerzenflammen.

Elsa drehte sich um und rannte hinter Adrian her durch den Wald. Sie wagte es nicht, zurückzuschauen, nur Adrian riskierte einen Blick über die Schulter.

„Elsa …“, schrie er. „Wulf verwandelt sich. Er wird immer größer!“

„Lauf zum Fluss!“, rief Elsa. Sie schluchzte fast. Wenn sie doch schneller laufen könnte.

Doch keine donnernden Schritte folgten ihnen. Stattdessen spürten sie einen Windstoß und hörten ein immer lauter werdendes Knistern und Prasseln. Sie waren schon fast am Fluss angelangt, als der Rauch sie einholte und sengende Hitze sie zu Boden drückte.

16. Kapitel

Eolande hatte es geahnt.

Als sie die fernen Schreie hörte und die dicken Rauchwolken über dem Wald in Richtung Fluss sah, fühlte sie sich gleich schuldig. Sie hatte die Kinder gehen lassen. Jetzt waren sie in Lebensgefahr – der seltsam seelenlose kleine Junge, der vielversprechende junge König … und Elsa.

Sie besann sich auf ihre magischen Fähigkeiten und schickte ihren Blick zum Fluss aus. Die beiden, Elsa und Adrian, standen im Wasser. Erleichtert atmete sie auf. Das Feuer kroch auf sie zu, würde sie aber nicht verschlingen – noch nicht.

Sie konnte ihnen also helfen. Jetzt musste sie wohl doch zurückkehren.

Sie betrat den Steinkreis, orientierte sich kurz und zeichnete die Tür in die Luft. Sie erinnerte sich an das Gefühl, als hätte sie die Reise erst gestern gemacht. Drei Linien standen vor ihr in der Luft und die Fläche dazwischen schimmerte wie eine Haut auf Wasser.

Sie machte einen Schritt darauf zu und blieb stehen. Die anderen mussten wissen, dass sie ging.

„Elsa!“, rief sie in die Richtung des Baches hinunter, ohne zu wissen, ob Elsa sie hörte. „Lauf flussaufwärts! Ich hole Hilfe!“

Dann trat sie durch die Öffnung.

Sie hatten sich Hals über Kopf ins Wasser gestürzt. Adrian stand schon wieder, Elsa kniete einige Meter flussaufwärts mit aufgestützten Händen im Fluss. Adrian watete spritzend zu ihr und zog sie an den Armen hoch. Das Gesicht, das sie ihm zuwandte, war aschfahl.

„Wulf ist Loki!“, keuchte sie. „Wir sind die ganze Zeit nebeneinanderher gegangen …“

„Wir müssen hier fort“, sagte Adrian und zog sie an der Hand.

„Er hat neben mir geschlafen …“ Elsa stöhnte, folgte ihm aber.

Das Tosen der Flammen folgte ihnen. Adrian sah aus den Augenwinkeln die züngelnden Flammen und hörte, wie sich das Feuer knisternd zu den Büschen am Ufer ausbreitete. Rauch wälzte sich über ihre Köpfe. Sie bückten sich beim Laufen, doch trotzdem kratzte Adrian schon bald der Hals und seine Brust zog sich schmerzhaft zusammen. Neben sich hörte er Elsa keuchen. Er konzentrierte sich darauf, einen Fuß vor den anderen zu setzen. Trübes Wasser spritzte um seine Knie. Er hatte immer noch das Bild vor Augen, das er beim Umdrehen gesehen hatte: Der Junge hatte unter den Bäumen gestanden und sein Körper hatte sich aufgebläht wie Rauch und war plötzlich in die Höhe gewachsen. Seine Haare hatten sich in Flammen verwandelt, seine Augen geleuchtet und sein ganzes Gesicht geflackert, als bestehe sein Körper aus Feuer. Die Äste, die sein Kopf streifte, hatten auf der Stelle angefangen zu rauchen.

Die Flammen kamen näher und loderten über den Büschen auf, die sie verschlangen. Adrian hörte hinter sich ein Krachen, als nähere sich von dort ein durch die Bäume brechender Koloss. „Schneller!“, murmelte er, doch das Wasser zog an seinen Beinen und seine Füße rutschten auf unsichtbaren Steinen aus.

Elsa lief jetzt vor ihm. Als er wieder strauchelte, packte sie ihn am Arm. „Hörst du das?“, keuchte sie.

Meinte sie ihren Verfolger? Adrian wagte es nicht, sich noch einmal umzusehen. Doch seine Freundin sah stromaufwärts und auf ihrem Gesicht malte sich plötzlich Hoffnung. „Ich glaube, da ist Eolande“, sagte sie.

Adrian spähte angestrengt durch den rauchgetränkten Nebel. Der Fluss verschwand zwischen den Bäumen vor ihnen, doch in einiger Entfernung sah er weiß den schäumenden Wasserfall und darüber eine kleine graue Gestalt. Ein heißer Windstoß hüllte sie in Rauch und die Gestalt verschwand.

„Runter!“, schrie Elsa und gab ihm einen Schubs. Er stolperte nach vorn und landete auf allen vieren im Wasser. Fast wäre er auch mit dem Gesicht eingetaucht.

Doch hier unten war der Rauch weniger dick und er bekam wieder Luft.

Nebeneinander krochen sie auf Händen und Füßen weiter, der Strömung entgegen. Das Wasser war hier klarer und Adrian empfand die eisige Kälte auf der Haut zunächst als erfrischend. Er hob den Kopf und sah den Wasserfall vor sich, diesmal näher ... Doch auch die Flammen waren näher gekommen. Das Feuer reichte inzwischen bis zum Rand des Wassers.

Das Flussbett wurde tiefer und schmaler. Adrian streifte mit der linken Schulter das Ufer und als er mit dem Kittel an einem Stein hängen blieb, wurden sie beide eingeklemmt. Er ließ Elsa vor und riss sich los.

Das Wasser fühlte sich nicht mehr kalt an, und als er das nächste Mal aufblickte, brannte es auf beiden Seiten des Flusses.

Vor sich hörte er Elsa triumphierend rufen – und da stand sie auch schon vor dem Wasserfall und badete in seiner Gischt, während die Flammen rechts und links von ihr aufloderten. Das Donnern des Wassers mischte sich mit dem Tosen des Feuers und übertönte, was Elsa sagte, doch dann zeigte sie nach oben. Direkt über ihr waren die grauen Steine des Heiligtums zu sehen. Das Feuer hatte den Steinkreis nicht berührt – aber da war niemand, der ihnen hätte helfen können.

Hastig eilte Adrian Elsa hinterher. „Lass uns hinaufsteigen!“, hörte er sie rufen. „Komm und hilf mir!“ Jetzt sah er, wohin sie zeigte. Das Wasser stürzte nicht senkrecht nach unten, sondern über einen steilen Hang. Am Fuß des Wasserfalls lagen einige größere Felsblöcke aufgeschichtet. Auf etwa halbem Weg nach oben kamen einige Felsvorsprünge, um die das Wasser in Kaskaden niederstürzte.

Wenn Elsa sich aufrecht auf die unteren Felsblöcke stellte, konnte sie vielleicht auf den niedrigsten Vorsprung klettern, und wenn sie sich dort gegen die Wucht des Wassers behaupten konnte …

Hinter ihnen ertönte hell und klar wie eine Glocke ein leises Lachen, das mühelos durch den Lärm des Feuers und des Wasserfalls drang. Adrian drehte sich unwillkürlich um. Elsa ebenso.

Sie blickten über eine in Flammen stehende Landschaft. Beide Ufer brannten, so weit Adrian sehen konnte. In einiger Entfernung verschmolzen die beiden brennenden Linien – offenbar war dort das Wasser verdunstet. Das Feuer hatte jetzt auch den Wald links von ihnen erfasst. Die unmittelbar benachbarten Bäume brannten wie Fackeln. Rechts erstreckte sich ein endloses, von ölig schwarzem Rauch bedecktes Flammenmeer. Einige höhere, standhaftere Bäume ragten noch brennend aus den Rauchwolken heraus.

Wulf, den sie so oft gesucht hatten, gab es nicht mehr – es hatte ihn nie gegeben.

Eine in schwarzen Rauch gehüllte Gestalt trat aus einer Gruppe brennender Bäume. Sie war so groß wie diese. Funken stoben rings um ihren Kopf wie ein Heiligenschein. Sie kam näher. Das Feuer teilte sich vor ihr und eine verkohlte Schneise öffnete sich.

Sie machte zwei Schritte – und änderte ihre Größe. Von einem Riesen in der Ferne schrumpfte sie zu einem hochgewachsenen Mann. Schwarz gewandet und von schrecklicher Schönheit, stand er vor ihnen, und sein Gesicht und seine Hände leuchteten feurig.

Loki.

„Elsa?“ Der singende Akzent Wulfs war der Stimme noch anzuhören, und als er lachte, fühlte Adrian sich an das Gesicht des Jungen erinnert. „Befreist du mich jetzt?“

Elsa bedeckte stöhnend das Gesicht mit den Händen. Der Körper des Dämons verschwamm und sein rauchiger Mantel zerstob. Als die Sicht wieder klar war, stand Wulf mit ausgestreckten Armen vor ihnen.

„Der Sänger und sein Vater haben mich furchtbar misshandelt!“, wimmerte er. „Sie haben mich mit Ketten an einen Felsen gefesselt. Du kannst das Unrecht wiedergutmachen, Elsa!“

„Lass mich in Ruhe!“, schrie Elsa.

Adrian stellte sich vor sie und zog sein Messer. „Noch ein Schritt und du hast eine zweite Narbe!“, brüllte er. Er hörte, wie Elsa hinter ihm schnell die Steine hinaufkletterte.

Wulf starrte ihn an – und verwandelte sich wieder in die feurige, hämisch grinsende Gestalt Lokis. „Sie wird mich noch befreien!“, rief er und seine schöne Stimme hatte nichts Kindliches mehr. Er machte kehrt und ging. Die Flammen schlossen sich hinter ihm.

Adrian drehte sich zu Elsa um. Sie war zu den Felsen am Fuß des Wasserfalls gewatet, dann aber stehen geblieben und sah sich entsetzt um. Die Flammen schlugen auf beiden Seiten des Teichs, in dem sie standen, bis zum oberen Ende des Wasserfalls hinauf. Zwar sprudelte immer noch Wasser aus der Felsspalte, aber darüber toste das Feuer und versperrte die Sicht auf den Steinkreis.

Der Fluss hinter ihnen war verschwunden. Die Ufer waren eingestürzt und die beiden Feuersbrünste hatten sich vereint. Sie waren von brennenden Wänden eingeschlossen.

„Das ist nur eine Sinnestäuschung!", schrie Elsa plötzlich. Sie stand inzwischen auf Zehenspitzen auf dem höchsten Felsbrocken und streckte die Hand nach einem Felsvorsprung über sich aus. „Hilf mir rauf!"

Adrian zögerte. Das Wasser um seine Knie fühlte sich heiß an und von seiner Oberfläche stieg Dampf auf. „Und wenn es keine ist?"

„Es ist kein wirkliches Feuer!", beharrte Elsa. „Loki hat uns schon einmal getäuscht, Adrian, weißt du noch, in der Höhle im Innern des Berges? Wir glaubten, wir würden verbrennen, aber dann war da gar kein Feuer. Damit kriegt er uns nicht!" Und ohne auf seine Hilfe zu warten, sprang sie hoch, bekam den unteren Vorsprung zu fassen, zog sich hinauf und streckte die Arme durch die Flammen, um sich auf den nächsten Vorsprung hinaufzuziehen.

Und schrie auf.

Einen furchtbaren Augenblick lang hing sie dort und schrie, dann fiel sie in den Teich hinunter. Ihre Arme und Hände brannten. Adrian versuchte sie aufzufangen und wich zugleich vor der Hitze zurück – als Nächstes lagen sie beide im dampfenden Wasser, das die Flammen auf Elsas Haut gnädig gelöscht hatte.

Elsa kniete sich hin, schluchzte vor Schmerzen und streckte beide Arme aus dem Wasser. Die Haut war dunkelrot verbrannt, die rechte Hand wie eine Klaue gebogen. Feuerwände hüllten sie von allen Seiten ein und kamen immer näher, während das Wasser immer weniger wurde. Die Luft war bereits so heiß, dass jeder Atemzug brannte.

Ein Donnerschlag ertönte und Adrian hob verwirrt den Kopf. Wolken hatten das kleine Fleckchen Himmel verdeckt, das zwischen den lodernden Flammen noch zu sehen war. Wieder donnerte es – und plötzlich spürte Adrian herrlich kalte Wassertropfen auf der Haut. Die Tropfen verdichteten sich zu Regen und dann zu einem Wolkenbruch ähnlich einem Wasserfall. Es prasselte nur so auf ihre Köpfe. Mit aufgerissenen Augen sahen Adrian und Elsa einander an. Adrian kniete sich neben Elsa in das aufgewühlte Wasser und atmete die kühle feuchte Luft tief ein. Er zitterte vor Erleichterung.

Zischend und dampfend erlosch das Feuer. Der Regen ließ nach und Adrian hörte vertraute Stimmen. Cluaran beugte sich über die Felskante über dem Wasserfall, hinter ihm wurde Eolande sichtbar. Cathbar rannte vom anderen Ufer her auf sie zu. Um seine Füße stoben Funken. Beim Anblick von Elsas Armen schrie er erschrocken auf. Er watete in den Teich und hob sie behutsam aus dem Wasser. Sie stöhnte laut und ihr Atem ging stoßweise. Rasch trug er sie den mit Asche bedeckten Hang hinauf.

Cluaran beugte sich nach unten und zog Adrian über den Wasserfall. Der felsige Boden vor dem Heiligtum war verrußt, und auch der Boden um den Steinkreis war schwarz und verkohlt – doch der Kreis innerhalb der Steine war unversehrt.

„Ihr hättet hierbleiben müssen", sagte Cluaran zu Adrian. Gemeinsam betteten sie Elsa an den Stein in der Mitte des Kreises.

Sie stöhnte und der Sänger betrachtete bestürzt ihre Arme. „Seid ihr ihm begegnet?"

Adrian nickte benommen. Cluaran war blass geworden und in seinem Gesicht arbeitete es wie vor Wut oder Angst. Doch er sagte nichts mehr, sondern schüttelte nur den Kopf und wandte sich ab.

„Versteht Ihr denn nicht?", rief Adrian ihm nach. „Loki, den wir gesucht haben, war die ganze Zeit bei uns. Und er hat angekündigt, dass er wiederkommt." Er blickte auf Elsa nieder, die beste Freundin der Welt. Sie hatte die Augen geschlossen und ihre Wimpern hoben sich rußigschwarz von der weißen Haut ab. Adrian wusste, dass der Dämon seine Ankündigung wahr machen würde. Denn zu seiner endgültigen Befreiung brauchte er etwas, das nur sie hatten.

Elsa.

17. Kapitel

Rasende Schmerzen breiteten sich in Elsas Händen und Armen und dann in ihrem ganzen Körper aus, stiegen wie eine Springflut immer höher und schlugen über ihr zusammen, bis sie Atemnot bekam. Ihr eigenes Geschrei klang ihr in den Ohren. Sie hörte, wie Cathbar versuchte sie zu beruhigen, aber er klang weit entfernt und schien nicht zu begreifen, dass nicht sie schrie, sondern Ioneth.

Pst!, wollte sie sagen. *Wir sind in Sicherheit, er ist weg.*

„Was können wir denn tun?" Das war Adrians Stimme und sie klang so ratlos, wie sie ihn nur selten gehört hatte. „Sie hat solche Schmerzen ..."

„Dieses Stärkungsmittel müsste ihr helfen." Das war Eolande. „Sie muss sich nur so weit beruhigen, dass sie es einnehmen kann."

Wovon sprachen sie? Elsa wollte ihnen sagen, dass sie schon ganz ruhig war und die Medizin einnehmen konnte – dass sie Ioneth helfen mussten. Aber obwohl ihre Lippen sich bewegten, kam kein Wort heraus. Schließlich war es ja ihr Mund, der schrie. Sie nahm ihre ganze Kraft zusammen und zwang sich, tief durchzuatmen und die schrecklichen Schmerzensschreie zu unterdrücken. Irgendwo tief in ihr verstummte auch Ioneth.

„So“, sagte Eolande. „Hebt sie ein wenig an.“

Sie spürte, wie ihr Oberkörper angehoben wurde. Jemand hielt ihr einen Becher an die Lippen und eine warme, bitter schmeckende Flüssigkeit breitete sich in ihrem Mund aus. Ihre Kehle war ausgedörrt und wund, aber sie konnte die Flüssigkeit schlucken.

Nach einigen Schlucken ließen die Schmerzen ein bisschen nach und Elsa schöpfte Hoffnung. Vielleicht konnte sie jetzt wieder atmen, ohne gleich loszuschreien. Sie öffnete die Augen. Adrian hatte ihren Kopf an seine Schulter gebettet und blickte besorgt auf sie hinunter. Neben ihm kniete Eolande und hielt ihr den Becher mit dem Rest der Medizin hin.

„Wo ist Loki?“, wollte sie fragen, doch es kam kein Wort heraus, noch nicht.

Adrian bettete sie wieder auf den Boden und sie lauschte angestrengt auf die Stimmen der anderen, die sie abwechselnd hörte und nicht hörte.

„Sie kann nicht reisen!“, sagte Eolande entschieden. „Es wird noch Tage dauern, bis sie eine nennenswerte Strecke gehen kann.“

„Dann bleiben wir hier“, sagte Adrian. „Das Heiligtum schützt uns doch.“

„Aber nicht ausreichend“, erwiderte Cluaran. „Loki

könnte es mit Flammen einschließen und wir könnten ihn nicht daran hindern. Es hat Eolande und mich schon unsere ganze Kraft gekostet, das Unwetter zu entfesseln, und wir konnten das Feuer nur mit Mühe zurückdrängen. Früher oder später fände er einen Weg herein." Er blickte mit dunklen, traurigen Augen auf Elsa hinunter. „Loki hat mit ihr gespielt wie eine Katze mit einer Maus, aber er ist gescheitert. Das nächste Mal wird er es nicht mehr auf die sanfte Art versuchen. Wenn Elsa ihn nicht von seiner letzten Fessel befreit, wird er sie töten. Elsa ist seine einzige Hoffnung und zugleich sein stärkster Gegner. Loki braucht dieses Schwert – koste es, was es wolle."

„Aber ich könnte zusammen mit ihr hierbleiben", meinte Eolande. „Ich könnte eine schützende Hülle um uns weben, in der sie bis zur Genesung sicher ist."

„Auch wenn das tagelang dauert?", fragte Cluaran. „Und wie würdet ihr dann zu uns stoßen? Nein, ich habe einen besseren Vorschlag." Er senkte die Stimme und Elsa hörte leises Murmeln und dann einen Protestschrei von Eolande. Doch so angestrengt sie lauschte, das Murmeln wurde immer schwächer. Sie spürte, dass sie erneut das Bewusstsein verlor.

„Elsa!", flüsterte jemand an ihrem Ohr. Verschwommen sah sie Cluarans Gesicht über sich. „Loki wird wieder versuchen, dich zu holen, und zwar bald, solange du noch geschwächt bist. Hörst du mich?"

Elsa nickte.

„Ich kenne einen sicheren Ort, an dem er dir nichts tun kann“, fuhr Cluaran fort. „Aber ich kann nicht uns alle dorthin bringen, sondern nur dich. Wirst du mit mir kommen?“

Elsa öffnete die Augen weit. Sie wollte sich ihre Bestürzung nicht anmerken lassen. „Und wer beschützt Adrian?“

Cluarans Gesicht ließ keine Regung erkennen. „Er ist nicht mehr in Gefahr, sobald du weg bist“, sagte er. „Loki interessiert sich nicht für ihn.“

„Sobald du wieder gesund bist, kehrst du zu uns zurück.“ Auch Eolande hatte sich über sie gebeugt. „Wir warten an der Küste auf dich und fahren dann mit dem Schiff nach Wessex. Dort gibt es einen Ort, an dem ... an dem wir vielleicht alle sicher sind.“

Die Gesichter verschwammen wieder. Elsa bewegte sich und spürte am Rande ihres Bewusstseins, wie die Schmerzen sie wieder zu überwältigen drohten. Ioneth schluchzte, deshalb fiel es ihr schwer, die anderen zu verstehen.

„Ja“, krächzte sie.

„Dann wäre das beschlossen.“ Eolandes Stimme wurde leiser. „Schlaf jetzt ...“

„Wohin bringt Ihr sie?“, wollte Adrian wissen. Er war nicht bei Elsa geblieben, um sie an einen unbekannten Ort ziehen zu lassen – erst recht nicht jetzt, da Loki seine wahre Macht gezeigt hatte.

„In das Land unseres Volkes“, antwortete Cluaran. „Aus dem ich und Eolande stammen. Wir werden Elsa bis zu ihrer Genesung dort verstecken.“

„Aber wie wird man sie aufnehmen?“ Eolandes Stimme klang besorgt. „Du weißt, wie wenig Fremde dort willkommen sind.“

„Wir haben keine andere Wahl“, sagte Cluaran. „Wir müssen das Schwert retten, wenn irgend möglich.“

„Ihr meint, wir müssen Elsa retten!“, fiel Adrian ihm ins Wort und sah ihn böse an.

Der Sänger erwiderte seinen Blick unbewegt. „Elsa natürlich auch“, sagte er.

Die wenigen Vorbereitungen waren schnell abgeschlossen. Sie füllten ihre Wasserflaschen und Cluaran teilte seinen Proviant unter den anderen auf. Die Fay würden ihn mit Essen versorgen, sagte er.

„Geht auf dem kürzesten Weg zur Küste und nehmt ein Schiff nach Wessex“, sagte er. „Wir brauchen Loki ab jetzt nicht mehr zu suchen. Er wird zu uns kommen. Wir können lediglich den Ort des Kampfes bestimmen. Eolande wird euch führen, ich komme mit Elsa nach.“

Cathbar und Eolande warteten am Rand des Steinkreises, während Adrian sich über Elsa beugte, um sich zu verabschieden.

Elsa schien in einen Dämmerzustand gefallen zu sein. Ihre Augen waren halb geschlossen, ihr Atem ging langsam. Als Adrian sprach, murmelte sie etwas, ließ die Augen aber zu.

„Wir sehen uns wieder, Elsa", versprach er. „Geh mit Cluaran und werde gesund."

Hinter Eolande und Cathbar stieg er in den verbrannten Wald hinab. Einmal sah er sich noch um: Cluaran stand mit zum Abschied erhobener Hand im Steinkreis, Elsa lag bewegungslos zu seinen Füßen.

Sie gingen nach Westen, ließen den Fluss hinter sich und kehrten zur Straße zurück. Adrian atmete unbeschwerter, als sie wieder unter grünem Laub waren, doch der Brandgeruch folgte ihnen noch lange.

Sie zwängten sich durch das dichte Unterholz. „Ich bin froh, wenn wir erst aus diesem Wald draußen sind", brummte Cathbar. „Auf einer anständigen Straße kommen wir wieder besser voran."

Adrian nickte, doch war es ihm egal, wie schnell sie vorankamen und wohin sie gingen. Er hatte Elsa zurücklassen müssen – und entfernte sich mit jedem Schritt weiter von ihr, ohne das Gefühl zu haben, dass er das Richtige tat.

Nach einer halben Ewigkeit erreichten sie die Straße. Die tief stehende Sonne beschien die von Wagenrädern zerfurchte und von Stiefeln zertrampelte Spur. Anderen Reisenden begegneten sie nicht, Dörfer waren nicht zu sehen. Cathbar lief voraus. Sie kamen gut voran, wie er angekündigt hatte. Bei Einbruch der Nacht hatten sie nach Adrians Schätzung bereits über drei Meilen zurückgelegt und den Wald weit hinter sich gelassen.

„Vermutlich befinden wir uns am südlichen Rand des

Königreichs", sagte Cathbar. „In höchstens einem Tag werden wir das Land der Sachsen erreichen und danach das fränkische Königreich – und von dort können wir ein Schiff nach Hause nehmen."

Sie schliefen im Schutz einer Hecke am Straßenrand. Als sie aufwachten, dämmerte ein milder grauer Morgen herauf – und auf der Straße herrschte lebhafter Verkehr. Alte Männer und Frauen mit schweren Bündeln auf den Schultern und Familien mit Handkarren und kleinen Kindern marschierten an ihnen vorbei. Sie rollten ihre Decken zusammen, frühstückten hastig und brachen auf. Cathbar ging voraus. Sie waren schneller als die meisten anderen Reisenden. Am späteren Vormittag überholten sie eine größere Gruppe, die Ziegen und einen mit Kisten, Hockern und Decken beladenen Eselskarren mit sich führte. Die Männer und Frauen hielten wie alle anderen Reisenden den Blick gesenkt und antworteten nicht, als Cathbar sie ansprach.

Am Straßenrand tauchten immer wieder zerstörte Bildstöcke auf, die verschiedenen Gottheiten geweiht waren, doch niemand blieb vor ihnen stehen, um zu beten. Die Bildstöcke waren umgestürzt worden, die kleinen Standbilder herausgefallen und zerbrochen oder mit der Grimasse des Feuergottes übermalt. Adrian meinte einige Götterbilder von den Schreinen seiner Mutter zu Hause wiederzukennen. Nach einer Weile mied er den Anblick der Zerstörung.

Kurz vor Mittag kamen sie an einen mannshoch aus

Erde aufgeschütteten Wall quer über das offene Gelände auf beiden Seiten der Straße.

„Diesen Wall hier kenne ich“, sagte Cathbar. „König Harald hat ihn zum Schutz gegen die Sachsen erbaut. In jüngerer Zeit dient er jedoch als Bollwerk gegen die Franken.“

Der Durchgang war nicht bewacht. Das schwere Holztor stand offen.

„Seltsame Zeiten“, sagte Cathbar beklommen.

Die Sonne tauchte aus den Wolken auf und sie passierten einen Karren am Straßenrand. Der Esel fraß Gras, der Fahrer saß an ein Rad des Karrens gelehnt vollkommen bewegungslos daneben. Adrian musste an den auf der Straße ermordeten Händler Menobert denken und bekam es schon mit der Angst zu tun, da bewegte der Fuhrmann sich und nickte ihnen zu. *Er ruht sich nur in der Sonne aus.*

Einen Augenblick lang beneidete Adrian ihn fast, obwohl er mager und in Lumpen gekleidet war. Wie schön musste es sein, an nichts denken zu müssen außer an die nächste Mahlzeit.

Die Straße wurde jetzt von Hecken gesäumt und auf den Wiesen dahinter standen vereinzelte Bäume. Adrian hörte Eolande erschrocken Luft holen und folgte ihrem Blick zu einem weiteren Bildstock am Straßenrand, der fast von Dornengestrüpp zugewuchert war. Wunderbarerweise war er der Zerstörungswut der Feueranbeter entgangen, vielleicht dank der dornigen

Wehr. Adrian betrachtete die kleine Göttin näher, die ihn aus den Dornen anlächelte – und blieb stehen.

Das ist doch Branwen!, dachte er verblüfft. *Oder eine Göttin, die genauso aussieht wie sie.* Seine Mutter war nach ihr benannt worden. Die Göttin herrschte über das Wasser und beschirmte jene, die als Boten unterwegs waren. Die Statue hatte jedenfalls die gleichen langen Haare und über ihr schwebte mit ausgebreiteten Flügeln derselbe Vogel.

„Wartet einen Moment", sagte er.

Er hatte keinen Wein für ein Trankopfer, nicht einmal Bier, aber er holte das letzte Weizenbrot seines Vaters aus seinem Ranzen und zerkrümelte es vor dem kleinen Bildstock. Heored hatte nie viel auf die Götter gegeben – er hatte lieber auf seine eigene Kraft und die Treue seiner Männer vertraut. Adrian sprach trotzdem ein kurzes stummes Gebet für die Seele seines Vaters und für die sichere Rückkehr seiner Soldaten nach Sussex. Vielleicht hörte ihm ja jemand zu.

Und beschütze meine Mutter, schloss er und berührte die Füße der Statue. *Mach, dass es ihr gut geht, bis ich zu ihr zurückkehre.*

„Was treibt ihr da?"

Es war die Stimme eines Mannes. Sie klang scharf und befehlsgewohnt. Adrian drehte sich hastig um. Eine Gruppe von neun oder zehn Männern näherte sich. Sie sahen kräftig aus, waren in dicke Felle gekleidet und mit Knüppeln und Äxten bewaffnet.

„Offenbar haben wir einen übersehen“, fuhr der Anführer fort und sein Blick wanderte von Adrian zu dem Bildstock. „Macht Platz, ihr Götzendiener! Wir zeigen euch, was der eine, wahre Gott kann.“ Er schob sich an Adrian vorbei und holte mit der Axt aus.

„Lasst das!“ Adrian packte den Griff der Axt und lenkte den Schlag ab. Die Axt fuhr durch das Gebüsch und blieb in einem dicken Ast stecken. Der Mann zerrte vergeblich daran und sah Adrian mordlustig an. Dann wandte er sich an seine Männer.

„Nehmt sie fest!“, befahl er.

Adrian zog das Schwert. Cathbar stand bereits mit der Waffe in der Hand neben ihm, Eolande hatte die Arme erhoben und murmelte einen Zauberspruch. Doch ihre Angreifer hatten sie von drei Seiten umzingelt und in ihrem Rücken befand sich das Gebüsch. Die Männer schwangen ihre langstieligen Äxte und kamen hämisch grinsend näher.

Da ertönte hinter ihnen ein panisches Wiehern. Sie sprangen zur Seite und ein Esel preschte mit aufgerissenen Augen mitten durch die Gruppe, gefolgt von einem gefährlich schwankenden Karren. Vor Adrian machte das Tier einen Sprung zur Seite und blieb dann abrupt stehen. Der Karren hinter ihm scherte zur Seite aus, einige Männer wurden zur Seite geschleudert. Auf dem Rücken des Esels saß eine Gestalt – der magere Fuhrmann, an dem sie vor einer Weile vorbeigekommen waren.

„Steigt in den Karren, schnell!“, schrie er.

Die Hufe des sich in Panik aufbäumenden Esels hielten die Männer in Schach, während Adrian und seine Gefährten in den Karren kletterten. Cathbar hob Eolande hoch und beförderte sie unsanft hinein, doch die Fay-Frau sagte nichts. Sie hielten aneinander fest und hieben auf die Banditen ein, die ihnen zu nahe kamen. Der Fuhrmann trieb unterdessen den Esel zu einem weiteren rasanten Schwenk zurück zur Straße an. Wieder auf der Straße, verfiel der Esel in Galopp.

Adrian klammerte sich an der Rückwand des Karrens fest. Jeder Stoß warf ihn gegen die Bretterwand. Die Männer rannten ihnen brüllend nach. Einer ließ seinen Knüppel fallen und begann mit Steinen zu werfen. Adrian duckte sich und zwei Steine flogen an seinem Ohr vorbei. Er drehte sich zur Straße vor ihnen um und wünschte, der Karren möge noch schneller fahren. Doch der Esel galoppierte schon mit angelegten Ohren, was das Zeug hielt.

Der Fuhrmann duckte sich über seinen Hals. Als Adrian wieder zurückblickte, waren die meisten Verfolger zurückgefallen. Bald war nur noch ihr Anführer zu sehen, der wütend die Fäuste ballte. Sein Geschrei verfolgte sie.

„Dich erkenne ich wieder, Fuhrmann! Dann bist du ein toter Mann!“

Der Fuhrmann ließ nicht erkennen, ob er es gehört hatte. Einige Meilen weiter ließ er den Esel langsamer gehen, dann hielt er ihn an. Steifbeinig stieg er ab und tätschelte die dampfende Flanke des Tieres.

„Für solche Geschwindigkeiten sind wir nicht geschaffen, was, Langohr?“, sagte er trocken. Er hatte eine tiefe Stimme mit einem leichten Akzent, der Adrian vertraut vorkam.

Cathbar sprang vom Wagen hinunter und schüttelte ihm die Hand.

„Wir stehen in Eurer Schuld“, sagte Cathbar. „Und zwar doppelt, wenn diese Männer Euch Schwierigkeiten machen.“

Der Fuhrmann zuckte mit den Schultern. „Die haben mich längst vergessen, wenn ich wieder hier vorbeikomme. Jeder anständige Mensch hätte gehandelt wie ich.“

„Wir danken Euch jedenfalls für Eure Hilfe“, sagte Cathbar. „Und sofern Ihr unserer Gesellschaft nicht schon überdrüssig seid, würdet Ihr uns wohl noch ein Stück mitnehmen? Wir bezahlen Euch gut.“ Er hatte beim Sprechen seine Börse mit den Silbermünzen hervorgezogen.

„Behaltet Euer Geld“, erwiderte der Fuhrmann. „Ich freue mich über Eure Gesellschaft. Ich halte gleich noch einmal an, damit dieser Bursche etwas trinken kann“, er klopfte dem Esel wieder auf die Flanke, „und dann fahren wir nach Südosten, zur Küste.“

Adrian fühlte auf einmal neue Hoffnung in sich aufsteigen.

Vielleicht hatte ihn die Göttin Branwen doch erhört. Der Fuhrmann würde sie geradewegs an ihr Ziel bringen. Dort konnten sie auf Elsa warten, sich ein Schiff suchen und nach Hause fahren.

18. Kapitel

Als Elsa erwachte, war alles still. Sie starrte zum blassgrauen, von Blättern umrahmten Himmel. Neben ihr saß jemand vollkommen bewegungslos. Sie wollte sich aufstützen und sank stöhnend zurück. Ein stechender Schmerz fuhr ihr durch die Hände; es war nicht das schmerzhafte Ziehen, das vom Schwert kam, sondern die reinste Höllenqual, die ihr den Atem nahm.

Cluaran beugte sich über sie. „Wie geht es deiner Hand?"

Er sagt nicht „Hände", dachte Elsa. Ihn interessiert nur Ioneth. Sie sah an sich hinunter. Ihre Hände waren unterhalb der Handgelenke rot entzündet und mit Blasen übersät. Die Finger der rechten Hand hatten sich zusammengezogen wie die Beine einer versengten Spinne. Beim Versuch die Hand zu öffnen, schrie sie vor Schmerzen auf.

Im selben Augenblick ertönte auch in ihrem Kopf ein Schrei.

Cluaran sah sie bittend an.

„Sie lebt noch", sagte Elsa. „Das Feuer hat sie verletzt, aber sie ist noch da, ich höre sie."

Cluaran wandte das Gesicht ab. „Wir müssen so bald wie möglich aufbrechen“, sagte er. „Meinst du, dass du laufen kannst?“

Elsa war todmüde. Sie hätte einen ganzen Mond lang schlafen können. Doch dann fiel ihr ein, dass Cluaran gesagt hatte, Loki würde kommen, um sie zu töten. Also war jetzt noch keine Zeit zum Ausruhen. „Wohin gehen wir?“, fragte sie.

Cluaran blickte auf sie hinab. Sein Gesicht war wieder vollkommen ausdruckslos. „Zum Volk meiner Mutter“, sagte er. „Ins Land der Fay.“

Elsa sah ihn erschrocken an. „Nein! Ich muss hierbleiben. Für den Fall, dass Loki kommt, muss ich vorbereitet sein.“

Cluaran schüttelte den Kopf. „Wir haben keine andere Wahl, Elsa. Nur so können deine Verletzungen heilen.“

„Ihr tut das für Ioneth, nicht wahr? Nicht für mich! Dabei will Loki mich töten. Ioneth ist doch schon tot!“ Bestürzt über die Seelennot, die ihr aus Cluarans Blick entgegenschlug, brach Elsa ab.

„Für uns ja“, sagte er ruhig. „Aber im Schwert lebt sie weiter. Und nur mit ihm können wir den Dämon besiegen.“

Er half Elsa hoch, und als sie taumelte und fast wieder hingefallen wäre, hielt er sie fest. Das Feuer in ihren Händen hatte sich bis in ihren Kopf verbreitet, und sie musste warten, bis es wieder erloschen war, erst dann konnte sie ihren Aufenthaltsort bestimmen. Sie standen im Steinkreis, der sich grau von dem verkohlten Wald abhob.

Der Himmel über ihnen war hell, es musste um die Mittagszeit sein, obwohl die Sonne hinter einem Gespinst wie Wolken oder Rauch verborgen war.

Cluaran ließ Elsa los und entfernte sich einige Schritte von ihr. Er hob die Arme über den Kopf und zupfte mit den Fingern in der Luft, als ziehe er etwas zu sich her. Anschließend hielt er kurz inne, dann beschrieb er mit den Händen einen großen Bogen um seinen Körper. Er bückte sich, bis er mit den Händen den Boden berührte. Seine Hände zeichneten eine dünne helle Linie an den Himmel und die Luft dazwischen schimmerte wie eine Haut auf stillem Wasser. Die Bäume rechts und links davon schienen plötzlich in die Ferne gerückt.

Die Luft innerhalb des Bogens verdichtete sich, und die Waffe füllte sich mit Dunst, der perlmuttfarben schimmerte wie das Innere einer Auster.

Cluaran richtete sich auf, kehrte zu Elsa zurück und nahm sie am Arm. „Geh neben mir. Bleibe auf dem Weg und sprich zu niemandem, solange auch ich schweige. Bereit?“

Elsa nickte und sie traten durch den Bogen.

Dunst hüllte sie ein. Elsa verlor den Boden unter den Füßen und für einen Moment überkam sie Panik. Doch Cluaran hielt weiter ihren Arm fest. „Bleib auf dem Weg“, sagte er leise und sie setzte vorsichtig einen Fuß vor den anderen. Perlmuttfarbenes Licht umfloss sie. Einige Schritte weiter meinte sie, einen grasbewachsenen Weg zu erkennen, gesäumt von Büschen, die sich im Nebel verloren. Der Weg war kaum zu erkennen und farblos, als sähe sie ihn bei Mondlicht oder durch einen Nebelschleier, und sie spürte noch immer keinen Boden unter den Füßen. Doch Cluaran zog sie stetig weiter, bis sie das Gefühl hatte, schon eine Ewigkeit zu laufen. Sie hörte ein Brausen wie von Wind, doch als der Sänger sprach, schienen seine Worte in eine unendliche Stille zu fallen.

„Wir sind da."

Farben und Geräusche kehrten zurück, als seien sie aus dem Wasser aufgetaucht, und Elsa zwinkerte mit den Augen und schüttelte den Kopf, um ihre Gedanken zu ordnen. Sie hörte auf einmal wieder die Vögel singen und das Geräusch ihrer eigenen Schritte. Sie gingen einen Waldweg zwischen Bäumen entlang, die kleiner waren und weiter auseinanderstanden als in dem Wald, aus dem sie gekommen waren. Alles war von einem weichen, goldfarbenen Dämmerlicht erfüllt. Die Sonne war durch die Bäume nicht zu sehen, es gab keine langen Schatten. Elsa sah überhaupt keine Schatten. Sie wusste nicht, wie lange sie schon so marschierten – im nächsten Augenblick gaben auch schon ihre Beine unter ihr nach und die Schmerzen kehrten in ihre Arme zurück. Auf einmal schwankte sie und stieß mit Cluaran zusammen.

„Vorsicht“, sagte Cluaran. „Du darfst bald ausruhen, versprochen.“

Sie traten aus dem Wald auf eine Wiese voller Sommerblumen und hörten Wasser gluckern. Ein Bach floss durch die Wiese und mündete in einen Teich am anderen Ende.

Eine hochgewachsene, schlanke junge Frau in einem grünen Gewand kam über das Gras auf sie zu.

„Cluaran!“, rief sie, eilte zu ihm und umarmte ihn. Zugleich sprach sie rasch in einer Sprache, die wie Vogelgezwitscher, plätscherndes Wasser und Blätterrauschen zugleich klang.

Cluaran antwortete ihr und zeigte auf Elsa. Die junge Frau wandte sich ihr zu, doch ohne sie anzusehen oder sie zu begrüßen. Stattdessen nahm sie Elsas Hände in ihre eigenen und beugte sich über sie. Elsa zuckte zusammen, doch die Frau berührte nur ganz sacht mit ihren kühlen Fingern die blasenübersäte Haut.

Dann ließ sie Elsas Hände wieder los und sagte etwas zu Cluaran. Sie zeigte auf den Bach. Elsa fühlte sich angesprochen und sah Cluaran fragend an.

„Sprich mit ihr, Roslyn“, sagte er. „In ihrer eigenen Sprache.“

Das Gesicht der Frau erstarrte, aber sie schaute Elsa zum ersten Mal an. Sie hatte ein schmales längliches Gesicht ähnlich dem Eolandes und helle Augen von der Farbe klaren Wassers, durch das Kiesel schimmern, und ihre Haut leuchtete grünlich, als reflektiere sie das

Gras. „Folge mir“, sagte sie und ging ihnen voran über die Wiese zum Teich. „Kühle deine Hände im Wasser, Kind.“ Noch immer hörte Elsa in ihrer Stimme das Rauschen der Blätter.

Am Rand des Teiches kniete sie sich hin. Das Wasser war so klar, dass man die Steine auf dem Grund sah. Auf seiner glatten Oberfläche spiegelten sich die Wolken. Cluaran schien die Fay-Frau gut zu kennen und ihr zu vertrauen. Elsa beugte sich übers Wasser und tauchte ihre verbrannten Hände hinein. Sofort spürte sie, wie kalte Finger an ihren Händen entlangstrichen und die verbrannte Haut festhielten, bis sie die Hände nicht mehr herausziehen konnte. Die Wassergeister im zugefrorenen See, hoch oben in Schneeland, fielen ihr ein, doch im Unterschied zu damals wollte sie die Hände gar nicht herausziehen. Sie wollte nur noch hier knien und die Hände ins Wasser strecken.

Sie spürte eine Hand auf der Schulter und hob den Kopf. Cluaran stand vor dem goldenen Licht des Himmels. „Das reicht“, sagte er. Seine Stimme klang sanft – er schien zu wissen, dass Elsa am liebsten geblieben wäre.

Widerstrebend richtete sie sich auf und zog die Hände heraus. Ein Tröpfchenschauer regnete herunter. In jedem Tropfen schien ein kleiner Regenbogen gefangen. Die Schmerzen waren verschwunden. Elsa war, als trage sie Handschuhe aus kühlender Seide oder aus Gras, das sich weich an die Haut schmiegte.

Sie hörte, wie Cluaran hinter ihr lebhaft mit Roslyn sprach.

„Verwende nur Worte, die sie hören kann“, sagte er. „Ich habe keine Geheimnisse vor ihr.“

„Aber sie ist keine …“ Roslyn klang schockiert und verfiel wieder in die Sprache ihres Volkes. Cluaran unterbrach sie.

„Mein Vater war das auch nicht! Trotzdem hast du mit ihm gespielt, als er noch ein Kind war. Jedenfalls hat man es mir so erzählt.“

Elsa blickte verwirrt auf. Roslyn mit ihren braunen Locken und den klaren Augen schien kaum älter als sie selbst und bei Weitem jünger als Cluaran. Die Fay-Frau nickte und sah plötzlich unglücklich aus. „Auch ich vermisse Brokk“, murmelte sie. „Deine Mutter weiß gar nicht, wie viele Frauen ihren Kummer teilen.“

„Ich stehe bereits in Elsas Schuld, Roslyn“, sagte Cluaran. Er klang weicher. „Wenn ihr Vorhaben gelingt, schuldet unser Volk ihr noch mehr. Zumindest meine Verwandten sollten ihr Respekt und Dankbarkeit erweisen, selbst wenn es sonst niemand tut.“

Ein langes Schweigen folgte. Dann hörte Elsa hinter sich leise Schritte. Roslyn kniete sich neben sie. Sie hielt eine mit Wasser und Moosstücken gefüllte Holzschüssel und lächelte Elsa befangen an.

„Gib mir deine Hände, ich will sie damit behandeln.“ Sie wickelte Elsas Hände in das feuchte Moos und band es mit Fäden so dünn wie Spinnweben fest.

Dabei unterhielt sie sich mit Cluaran, diesmal in Elsas Sprache. „Und so habe ich Eolande wiedergetroffen“, sagte sie und lächelte ein wenig traurig, wie Elsa fand. „Kannst du sie nicht überreden, zu uns zurückzukehren, Cluaran?“

Der Sänger sah sie ernst an. „Es wäre das Beste für sie“, sagte er. „Aber es ist so viel geschehen.“

Roslyn seufzte. „Wenn du sie wiedersiehst, sag ihr, ihre Schwester vermisst sie.“

Elsa war, als seien ihre Hände in zahllose kühle, weiche Schichten gewickelt, und sie wurde schläfrig. Die Augen fielen ihr zu und sie glaubte wieder Ioneths Stimme zu hören – die Stimme klang diesmal allerdings ruhiger und murmelte Worte, die Elsa nicht verstand.

Beim Aufwachen stellte sie fest, dass jemand sie vom Teich weggetragen und mit dem Kopf auf einen zusammengefalteten Mantel gebettet hatte. Alles um sie her war wie vor dem Einschlafen von goldenem Licht erfüllt und der Himmel war immer noch blau. Sie hob den Kopf und sah sich vergeblich nach der Sonne um.

Die Fay-Frau beugte sich lächelnd über sie. „Du hast lange geschlafen“, sagte sie. „Sieh, wie schön deine Hände verheilt sind.“

Das Moos war verschwunden, stattdessen waren die Hände mit einer grünlichen Salbe bedeckt. Die Haut der Handflächen darunter war zwar noch rot und entzündet, aber die Blasen waren verschwunden und ihre rechte Hand hatte nichts mehr von einer Kralle. Elsa bog die Finger und spürte nur noch ein dumpfes Pochen. Der stechende Schmerz war vergangen.

Hörte sie Ioneths Stimme in ihrem Kopf eine Begrüßung flüstern?

Cluaran kniete neben ihr. Er lächelte wie Roslyn, schien aber über etwas anderes beunruhigt.

„Wie lange habe ich geschlafen?“, fragte Elsa.

„Nach unserer Zeitrechnung zwei Tage“, antwortete Cluaran. „Nach der Zeitrechnung der Welt da draußen viel länger.“

„Wie viel länger?“ Elsa wollte sich aufrichten, doch ihre steifen Glieder versagten den Dienst. Unbeholfen kniete sie sich hin. „Wir müssen gehen, Cluaran! Adrian und die anderen warten sicher schon an der Küste auf uns.“

Cluaran schüttelte den Kopf. „Ich habe Eolande gesagt, sie sollten nicht länger als drei Tage warten. Bestimmt sind sie inzwischen abgefahren.“

Elsa starrte ihn entsetzt an. „Du hast ihnen gesagt, sie sollen ohne uns fahren?“

„Ich musste es.“ Cluarans Gesicht war so ernst, dass Elsa verstummte. „Das Allerwichtigste war zunächst, dass du wieder ganz gesund wirst, Elsa. Hier kann Loki dich nicht finden. Aber sobald du die Grenze überschreitest, wird er sich wieder auf deine Spur heften. Willst du ihm wirklich gegenübertreten, bevor du deine Hände wieder gebrauchen kannst?“

„Aber wie finden wir die anderen?“ Elsa kämpfte mit den Tränen.

„Ich habe mit Eolande einen Treffpunkt in Wessex vereinbart“, sagte Cluaran.

„Wie kommen wir da hin?“

„Du sagtest, du hättest keine Geheimnisse vor ihr, Cluaran.“ Roslyn klang tadelnd. Sie legte Elsa die Hand auf die Schulter. „Wenn das Mädchen für dich gegen den Feuergott kämpfen soll, sollte sie dann nicht zuerst deinen Plan kennen?“

„Sie kämpft nicht für mich!“, erwiderte Cluaran unwirsch. „Und ihr kennt beide nicht die Gefahren, die uns drohen. Außerhalb unserer Grenzen hätte Loki alles hören können, was ich zu ihr sage. Er kann jede beliebige Gestalt annehmen und jedes Lebewesen zu seinem Spion machen. Außerhalb dieses Ortes kann er uns überall belauschen. Und nicht einmal die Grenzen dieses Landes würden ihn dauerhaft abhalten.“

„Was soll das heißen?“, rief Roslyn. „Hier könnte er nicht eindringen – kein Tor würde sie ihm öffnen!“

„Glaubst du, das könnte ihn aufhalten, wenn er im Besitz all seiner Macht wäre?“, erwiderte Cluaran verächtlich. „Wenn er sich von seiner letzten Fessel befreit hat, Roslyn, hält ihn nichts mehr auf. Dann durchbricht er die Mauer, die unser Land umgibt, wie eine Seifenblase.“

Roslyn erbleichte. „Aber wie soll Elsa gegen ihn kämpfen?“, flüsterte sie.

„In Wessex gibt es einen Steinkreis, der so alt ist, dass die Menschen längst vergessen haben, wann er errichtet wurde." Cluaran sah Elsa an. „Deine Landsleute nennen ihn den ‚Ort der hängenden Steine'. Dort wurden nacheinander schon ein Dutzend Götter verehrt – nie aber Loki. Wenn seine Macht irgendwo versagt, dann dort."

„Aber wie können wir die anderen rechtzeitig erreichen?", fragte Elsa. „Wenn sie schon abgefahren und wir noch hier sind? Sie können ja nicht tagelang auf uns warten."

„Du bist hier nicht in einem Königreich der Menschen", sagte Roslyn sanft. „Von hier führen viele Tore nach Wessex."

Cluaran musterte Elsa. „Du sagtest ... Ioneth sei noch bei dir. Wird sie bereit sein?"

Elsa erwiderte seinen und Roslyns Blick. Ihre Augen brannten. Sie schüttelte den Kopf. „Sie hat seit unserer Abreise aus Schneeland nicht mehr zu mir gesprochen. Ich spüre sie noch, aber ich weiß nicht, wie ich sie rufen soll."

Cluaran nahm Elsas rechte Hand in seine beiden Hände. Elsa spürte, wie ein Energiestrahl durch ihren Arm in die verbrannte Handfläche schoss. Sie schrie leise auf, doch Cluaran schien es nicht zu bemerken.

„Ioneth!", flüsterte er. Seine Stimme hallte durch ihren Kopf und ein Flüstern antwortete. „Ioneth", sagte Cluaran noch einmal, „komm zu uns – hilf uns! Dafür hast du dich doch geopfert." Und so leise, dass Elsa ihn kaum verstehen konnte, fügte er hinzu: „Deshalb bist du doch von mir fortgegangen."

Und zum ersten Mal, seit sie Lokis Höhle verlassen hatten, hörte Elsa die Stimme in ihrem Kopf nun ganz deutlich.

Ich bin hier, Cluaran!

Cluaran ließ Elsas Hand erschrocken fallen. Im ersten Moment dachte sie, er habe die Stimme auch gehört – dann erst sah sie, worauf er und Roslyn mit offenen Mündern starrten.

Ihre Hand leuchtete. Gleißendes Licht fuhr aus ihren Fingern auf Cluaran zu. Es zog sich in die Länge, bekam hell leuchtende Kanten und nahm die Form einer Schwertklinge an. Einen kurzen Augenblick lang hielt Elsa das durchscheinende, beinahe fest gewordene Kristallschwert wieder in der Hand. Dann verblasste das Licht zu einem schwachen Schimmer und erlosch.

19. Kapitel

Wahrscheinlich haben wir jetzt die Hälfte der Strecke zur Küste geschafft, dachte Adrian.

Mit einem Fuhrwerk reiste es sich anders. Der Esel hatte sich, nach einer Pause und nachdem sein Herr ihn gründlich abgerieben hatte, von dem Galopp erholt und setzte die Reise willig fort. Die zusätzliche Last im Karren schien ihn nicht zu stören.

„Auf dem Herweg musste er volle Kisten und Fässer ziehen“, erklärte der Fuhrmann. „Da fallt ihr drei kaum ins Gewicht.“

Er war nicht so alt, wie Adrian zunächst geglaubt hatte. Bart und Haare waren schwarz, wenngleich grau meliert, und seine Bewegungen energisch und zupackend. Doch war er mager und ausgemergelt, ungepflegt und in Lumpen gekleidet, was in einem seltsamen Kontrast zu seinem gepflegten Fuhrwerk mit dem gut genährten Esel stand.

Sie hatten ihm gesagt, sie seien Reisende und zur Küste unterwegs, um dort ein Schiff nach Wessex zu besteigen. Der Fuhrmann hatte sich ihnen als Fardi vorgestellt.

„Dann seid Ihr Franke?“, fragte Cathbar. „Der Name bedeutet ‚Wanderer‘, nicht wahr?“

Das Gesicht des Mannes verdüsterte sich. „Mein Herr nennt mich so“, sagte er. „Aber inzwischen bin ich nur noch auf dieser Straße unterwegs und verkaufe seine Waren.“

Am späten Nachmittag kamen sie in eine dichter besiedelte Gegend. Die Straße führte über eine Anhöhe und sie sahen Felder und in der Ferne Hausdächer. Um die nächste Kurve kam wieder ein zerstörter Bildstock in Sicht.

Das hölzerne Götterbild war zerbrochen, und auf den leeren Kasten hatte jemand das Gesicht des Feuergottes geschmiert.

„Jede Art von Glauben ist heutzutage gefährlich“, sagte Fardi ruhig.

„Glaubt Ihr denn an etwas, Meister Fardi?“, fragte Adrian.

„Nicht mehr“, erwiderte Fardi kurz. Er ließ den Esel langsamer gehen und fuhr von der Straße herunter auf einen mit struppigem Gras bewachsenen Platz, der an eine Schafweide und weiter hinten an den Wald grenzte.

„Es ist zu gefährlich, nach Einbruch der Dunkelheit noch zu fahren“, sagte er. „Wir übernachten hier.“

Fardi verschwand zusammen mit Cathbar im Wald, um etwas für das Abendessen zu jagen. Adrian und Eolande sammelten unterdessen Äste. Anschließend machte Adrian Feuer, während die Fay-Frau eine Hecke nach ersten Beeren absuchte.

„Seltsamer Mensch, unser Retter“, bemerkte sie und legte ihre bescheidene Ausbeute auf ein Tuch. Adrian schlug mit seinem Feuerstein Funken.

Er stimmte ihr insgeheim zu, sagte aber: „Er hat uns das Leben gerettet und sich sehr großzügig gezeigt. Er hätte uns schließlich nicht die ganze Strecke mitzunehmen brauchen.“

Eolande nickte. „Er scheint ein braver Mann zu sein. Doch er hat eine dunkle Seite.“

Die Männer kehrten mit einem Hasen zurück. Adrian verdrängte seine zwiespältigen Gefühle, häutete das Tier und baute aus Stöcken provisorische Halterungen für den Bratspieß. Doch als sie später unter den kalten Sternen um das Feuer herumsaßen, kehrte sein Blick immer wieder zu Fardi zurück. Der Fuhrmann aß wenig, sprach noch weniger und reagierte auf Fragen nach seiner Person mit Unbehagen. Er arbeite für einen Fischer in der Küstenstadt Harofluet, sagte er. Er verkaufe die Fische seines Herrn und das Bier, das seine Herrin braue. Er sei ein Leibeigener, seinem Herrn zu lebenslangem Dienst verpflichtet. Cathbar entfuhr ein Ausruf.

„Ein ganzes Leben als Sklave ist lang!“, sagte er. „Und Ihr habt das Auftreten eines Freigeborenen, Meister Fardi. Lässt Euer Herr nicht zu, dass Ihr Euch die Freiheit wieder verdient?“

„Ich habe sie freiwillig geopfert", erwiderte der Fuhrmann. „Ich verdanke ihm nämlich mein Leben." Er beugte sich über das Stück Fleisch in seiner Hand und das Gespräch wandte sich anderen Themen zu.

Kurz vor dem Schlafengehen nahm Adrian Cathbar zur Seite und erzählte ihm von Eolandes Verdacht, dass Fardi womöglich etwas vor ihnen geheim halte. Cathbar schien darüber nicht beunruhigt.

„Und wenn schon", sagte er. „Jeder hat das Recht auf seine Geheimnisse. Misstraust du ihm, nachdem er uns das Leben gerettet und sein Essen mit uns geteilt hat?"

„Wulf hat uns auch Proviant beschafft", gab Adrian zu bedenken.

Cathbar runzelte die Stirn. „Wir müssen also jeden Fremden, dem wir begegnen, verdächtigen, denn er könnte ja ... der eine sein, der sich nur verkleidet hat? Aber genau das will Loki ja – Zwietracht unter den Menschen säen. Wenn wir uns gegenseitig verdächtigen, können wir uns nicht gegen ihn verbünden."

„Sprich wenigstens nicht von Elsa oder Cluaran, solange wir mit ihm zusammen sind", sagte Adrian. „Selbst wenn Fardi uns wirklich helfen will, weiß man nie, wer noch mithört."

Cathbar nickte. „Das leuchtet mir ein. Von Wessex haben wir schon gesprochen, aber noch nicht davon, wen wir dort treffen und warum." Er wandte sich ab, um seine Decke auszurollen.

Fardi war auch am folgenden Tag nicht gesprächiger. Adrian bemerkte allerdings, dass der Fuhrmann ihm hin und wieder verstohlene Blicke zuwarf, die er nicht deuten konnte. Sie saßen auf dem Karren und der Esel trabte munter dahin. Die vielen Spuren im Dreck am Rand der Straße und der Brandgeruch, der ihnen in die Nase stieg, wenn der Wind umschlug, zeigten an, dass auch in dieser Gegend plündernde Banden unterwegs waren. Einmal, als sie sich einer Flussbrücke näherten, mussten sie sich auf Geheiß Fardis auf den nach Fisch stinkenden Boden des Karrens legen, während er sie mit Säcken zudeckte. Doch die Brückenwächter schienen aus der näheren Umgebung zu kommen und den Fuhrmann zu kennen. Adrian hörte in seinem stinkenden Versteck freundlich klingende Stimmen und Gelächter. Der Wagen fuhr über die Brücke.

Ein Stück weiter holte Fardi sie wieder heraus. „Wir sind jetzt im Frankenreich“, sagte er. „Die Grenzwächter sagten, einige Plünderer seien über die Brücke gezogen, doch würden die Soldaten des Kaisers leicht mit ihnen fertig werden.“

„Da wäre ich mir aber nicht so sicher“, brummte Cathbar.

Adrian hockte im hinteren Teil des Fuhrwerks und blickte auf die Straße. In Fahrtrichtung verbreiterte sie sich und die Reisenden begegneten zum ersten Mal anderen Fuhrwerken. Einige Fuhrleute grüßten Fardi. Die

Straße machte eine Kurve nach Westen und plötzlich sah Adrian das in perlmuttfarbenen Dunst gehüllte Meer.

„Wir sind noch vor Einbruch der Nacht da“, sagte Cathbar und Adrians Herz tat einen Freudensprung.

Harofluet war seit Alebu der größte Ort, in den sie kamen, und wie dort konzentrierte sich das Leben der Stadt auf den Hafen. Viele Häuser waren zum Schutz vor den schneidenden Seewinden mit Teer abgedichtet, dessen stechender Geruch sich mit dem Fischgestank mischte. Fardi hielt vor einem Haus an, das größer war als die meisten anderen Gebäude, und stellte sie seinem Herrn vor, einem älteren Mann mit rotem Gesicht, der nur Fränkisch sprach. Cathbar schien ihn einigermaßen zu verstehen, Adrian dagegen verstand nur wenige Brocken.

Sowohl der Fischer als auch seine Frau schienen über die unerwarteten Gäste beunruhigt, und der Mann nahm Fardi beiseite und fragte ihn hastig auf Fränkisch aus.

Offenbar legte der Fuhrmann bei seinem Herrn und dessen Frau ein gutes Wort für sie ein, denn am Ende des Gesprächs wandte die Frau sich ihnen lächelnd zu und lud sie zu einer Mahlzeit aus Fischsuppe und Bier in ihr Haus ein. Dankbar setzten sie sich auf die hölzernen Stühle am Feuer, und Eolande bat Fardi, sich in ihrem Namen bei dem Fischer zu bedanken.

„Ihr sagtet, Euer Herr besitze ein Schiff“, fügte sie

hinzu. „Glaubt Ihr, wir drei könnten gegen Bezahlung auf seiner nächsten Fahrt als Passagiere mitkommen? Wir müssen dringend in unsere Heimat Wessex zurückkehren."

„Nein ...", begann Adrian zu protestieren, doch Eolande sah ihn warnend an.

Fardi übersetzte die Bitte. Das Lächeln auf dem Gesicht des Fischers erlosch und er setzte zu einer wütenden Antwort an. Erschrocken überlegte Adrian, womit sie ihn gekränkt haben konnten. Doch auch Fardi machte beim Übersetzen ein grimmiges Gesicht.

„Mein Herr sagt, er würde euch gern helfen", antwortete er. „Leider hat er dafür keine Leute. Vor einer Woche kam ein Haufen Aufrührer in die Stadt, um für eine neue Religion zu werben. Viele junge Männer haben sich ihnen angeschlossen. Sie haben Schiffe gestohlen und sind mit ihren neuen Gefährten verschwunden. Das Fischerboot meines Herrn ist zwar noch da, aber die Hälfte seiner Mannschaft ist den Verrückten gefolgt."

Der Alte schlug Fardi auf die Schulter. Wahrscheinlich lobte er ihn für seine Treue, dachte Adrian, und jammerte dann wieder über die Treulosigkeit der anderen. Er konnte nicht annähernd verstehen, was die beiden sagten. Fardi zufolge hatten die Aufrührer Boote gestohlen – ob sie inzwischen schon in Sussex waren und dort Unruhe stifteten? Er wäre am liebsten aufgesprungen, um mit dem Namen und dem Geld seines

Vaters sofort ein Schiff zu mieten. Andererseits, wie konnten sie nach Hause weiterfahren, wenn er Elsa doch versprochen hatte zu warten?

Im Haus des Fischers gab es keine Gelegenheit, ungestört mit Cathbar oder Eolande zu sprechen. Adrian konnte seine Ungeduld bis zu ihrem Aufbruch am folgenden Tag kaum bezähmen und Eolande schien es ähnlich zu ergehen. Sobald der Morgen graute, dankte sie den beiden Alten für die gastliche Aufnahme. „Aber wir wollen Euch nicht weiter zur Last fallen“, sagte sie und schob Cathbar und Adrian zur Tür.

Draußen ging sie den beiden voran zum Wasser. Fardi, der vor dem Haus Holz hackte, hob den Kopf und sah ihnen nach. Eolande führte sie am Hafen vorbei zu einem verlassenen Sandstrand, an dem keine Boote lagen. Als die letzte Hütte außer Sichtweite war, blieb sie stehen. „Adrian“, sagte sie, „schicke deinen Blick aus. Vergewissere dich, dass niemand uns hört – auch kein Vogel oder Käfer.“

Ihr Ton ließ keinen Widerspruch zu, also gehorchte Adrian verdattert. Er versicherte sich nach allen Richtungen, dass sie allein waren, und nickte schließlich.

„Cluaran sagte, wir sollten nur drei Tage auf ihn und Elsa warten“, fuhr Eolande fort. „Drei Tage, nachdem sich unsere Wege getrennt haben. Wenn sie heute nicht eintreffen, fahren wir morgen.“

„Aber sie können uns in dieser Zeit doch gar nicht einholen“, rief Adrian empört.

„Sie folgen uns nicht zu Fuß“, erwiderte Eolande. „Wenn wir bei ihrer Ankunft nicht mehr hier sind, ist geplant, dass wir uns in Wessex treffen.“

„Wo in Wessex?“, fragte Cathbar, doch die Fay-Frau schüttelte den Kopf.

„Ich möchte den Namen lieber nicht nennen. Wir glauben, dass der Gefesselte Elsas Aufenthaltsort herausfindet, sobald sie sich wieder in der Welt der Menschen befindet. Er wird sie so früh wie möglich angreifen, wir wollen ihn deshalb an einen Ort locken, an dem seine Macht eingeschränkt ist. Er darf unseren Zielort erst erfahren, wenn wir dort sind.“

Die Fay-Frau wandte sich um und ging in Richtung Hafen zurück.

„Komm“, sagte Cathbar zu Adrian. „Es geht mir zwar gegen den Strich, mich blind führen zu lassen, aber wenn ich bedenke, mit welchen Listen uns Loki aufhalten könnte, wenn er unser Ziel kennte ...“

Adrian dachte an die bevorstehende Überfahrt. Loki hatte ihn schon einmal fast ertränkt. Würde er es wieder versuchen? Andererseits war dies seine beste – seine einzige – Chance, Elsa und die Heimat wiederzusehen. Er nickte und folgte Cathbar den Strand entlang.

Fardi erwartete sie zusammen mit Eolande im Hafen. „Mein Herr hat ein kleineres Boot, das die Überfahrt mit nur sechs Ruderern schaffen könnte!“, rief er Cathbar entgegen. „Drei seiner Leute sind noch da und brauchen Arbeit. Wenn Ihr und der Junge jeweils ein

Ruder übernehmt, würde er Euch Boot und Besatzung zu einem guten Preis überlassen."

„Ein großzügiges Angebot", sagte Cathbar. „Aber wir wären erst fünf Ruderer."

„Ich diene meinem Herrn seit einem halben Jahr unentgeltlich und gern", erwiderte der Fuhrmann steif. „Nachdem er mich vor dem Ertrinken gerettet hat, habe ich mir geschworen, nie wieder zur See zu fahren. Doch er wollte mich in Wirklichkeit nie als Leibeigenen. Er sagt, wenn ich gehen wolle, würde er mich freilassen. Und ich verstehe mich aufs Rudern."

Cathbar sah ihn erstaunt an. „Ihr wollt wieder zur See fahren? Natürlich wären wir Euch dankbar – aber wir sind für Euch Fremde."

„Er hätte für mich wahrscheinlich sowieso erst wieder Arbeit, wenn sich die Lage beruhigt hat", sagte der Fuhrmann. „Doch in Wirklichkeit tue ich es für den Jungen hier." Er zeigte auf Adrian, der ihn verwirrt ansah. „Er erinnert mich an jemanden ... Wie dem auch sei, mir wäre viel daran gelegen, ihn sicher nach Hause zu bringen." Cathbar schwieg. Fardi runzelte die Stirn. „Wenn Ihr meiner Seemannskunst nicht traut ..."

„Nein", sagte Cathbar hastig. „Es wäre uns eine Ehre, wenn Ihr uns helft, Meister Fardi."

„Dann wäre das abgemacht", sagte Fardi. „Ich hole die anderen und mein Herr zeigt Euch das Boot. Wann wollt Ihr aufbrechen?"

„Morgen in aller Frühe", sagte Eolande.

Im Innern des *Eigg Loki* wand und krümmte sich der Feuerdrache.

Rauch hüllte den Berg ein und bedeckte den Boden meilenweit im Umkreis und unaufhörlich brachen die Flammen aus dem Gestein.

Wütend und erbittert spuckte der Drache Feuer, sein Gefängnis wollte jedoch nicht verbrennen.

Aber etwas änderte sich draußen, in der Welt jenseits der dicken Rauchwolken. Seinen Herrn nahm er wie immer nur als feurigen Punkt am Rand seines Bewusstseins wahr. Doch darüber hinaus spürte er ein Ziehen – eine Stimme, die ihn zu jenem fernen Punkt rief. Zum ersten Mal, seit er erwacht war, spürte er die Freiheit, die ihn droben erwartete, den grenzenlosen Raum, in den die Flammen sich ausbreiten würden.

Über seinem Kopf wölbte sich weiter der verhasste harte Fels. Doch es würde eine Zeit kommen, in der er schmelzen würde. Der Drache würde sich in die Lüfte schwingen und die Welt mit seinem Feuer erfüllen.

Noch nicht, flüsterte die Stimme. *Aber bald.*

20. Kapitel

Elsa starrte auf ihre rechte Hand und spürte die Enttäuschung bleiern im Magen. Das Kristallschwert hatte sich nach seinem ersten blitzartigen Erscheinen nicht mehr gezeigt und Ioneth hatte auf all ihr Rufen nicht geantwortet.

„Wir sind schon zu lange hier“, sagte Cluaran. „Unsere Gefährten sind bestimmt schon nach Wessex unterwegs und wir müssen sie treffen.“ Er stand auf. „Bevor wir gehen, besuchen wir noch Ainé. Sie gehört zu den drei Frauen, die die Fay verlassen und zusammen mit den anderen gegen Loki gekämpft haben, als er das letzte Mal seine Fesseln gesprengt hatte. Sie weiß, was uns bevorsteht, und hat vielleicht einen Rat für uns.“

Er umarmte Roslyn zum Abschied.

Elsa bekam zu ihrer Überraschung einen Kuss von der Fay-Frau.

„Grüße meine Schwester Eolande von mir, Kind“, sagte Roslyn. „Sag ihr, ich sehne mich nach ihr.“

„Das werde ich“, versprach Elsa. „Und danke dafür, dass Ihr mich geheilt habt.“

Ihre Hände schmerzten nicht mehr, nur als das

Schwert zurückgekehrt war, hatte sie in der rechten Hand ein seltsames Prickeln gespürt.

Cluaran kehrte mit ihr in den Wald zurück. In das sommerlich grüne Laub mischten sich silberne, gelbe und rote Töne. Der Wald schien sich endlos in alle Richtungen zu erstrecken, doch schon nach einigen Hundert Schritten betraten sie wieder offenes Gelände. In der Ferne waren sanft geschwungene Hügel zu sehen. Am Fuß eines Hügels spiegelte sich der blaue Himmel in einem kleinen See. Eine Gruppe junger Männer und Frauen schwamm in dem See oder ruhte an seinem Ufer. Sie waren abgesehen von Roslyn die ersten Einwohner dieses Landes, denen Elsa begegnete. Elsa erwartete deshalb, dass sie Cluaran grüßen würden, doch sie schenkten ihm keine Beachtung und er eilte stumm mit Elsa an ihnen vorüber.

„Mach sie nicht auf dich aufmerksam", sagte er leise. Elsa blickte sich nervös um, doch die Badenden waren bereits weit hinter ihnen und außer Hörweite. Auch das Hügelland lag plötzlich hinter ihnen. Es hatte wie der Wald auf der Durchquerung viel größer gewirkt. *Hier ist alles kleiner, als es scheint. Wie weit wir wohl in Wirklichkeit schon gegangen sind?*

Seit dem Aufwachen musste mindestens ein halber Tag vergangen sein, doch es gab hier kein Tag-und-Nacht, keine Sonne und keinen Schatten, nichts außer dem stets gleichbleibenden goldenen Dämmerlicht. Nur kleine weiße Wölkchen trieben über den Himmel, und ein kaum spürbarer Wind kräuselte das Wasser der Teiche und Seen, an denen sie vorbeikamen.

„Kann Euer Volk dem Wetter Befehle geben?“, fragte Elsa.

Cluaran nickte. „Zum Teil ja. Viele können Regen oder Wind heraufbeschwören. Auch Eolande konnte das und hat es mir beigebracht. Aber man darf es nicht zu oft tun, das wäre ... störend und unhöflich.“

„Es ist so schön hier“, sagte Elsa. Sie gingen zwischen grünen Hügeln, die mit leuchtend roten und weißen Blumen übersät waren.

Sie wollte wissen, wie Cluaran es ertragen konnte, das alles zu verlassen?

„Eine gute Frage“, sagte er. „Aber wir haben kein Meer, Elsa, keinen Schnee und keine Wüste ... und niemand reist.“

Vor ihnen erstreckte sich eine gewellte Ebene, an deren fernem Horizont plötzlich Gestalten auftauchten, die unnatürlich schnell näher kamen.

Es handelte sich um eine Gruppe von vier jungen Männern, die redeten und lachten. Cluaran zog Elsa näher zu sich. „Sieh nicht auf“, murmelte er.

Die Männer hatten sie gesehen und einer hob die Hand zu einer Art Gruß. Dann fiel sein Blick auf Elsa und er ließ die Hand wieder sinken. Einer seiner Begleiter sagte leise etwas zu ihm. Auf seinem Gesicht malte sich Abscheu. Alle vier starrten Cluaran feindselig an, drehten sich um und gingen in eine andere Richtung.

Elsa sah ihnen finster nach. „Was haben wir ihnen denn getan?“, wollte sie wissen.

Cluaran legte einen Finger auf die Lippen. „Leute von draußen dürfen sich hier nicht aufhalten“, sagte er. „Es sei denn, sie sind schon als kleine Kinder hergekommen wie mein Vater – und selbst dann werden sie von vielen nicht geduldet. An dem Ort, zu dem ich dich bringe, wirst du genauso ablehnend empfangen werden. Man wird dir nichts tun, aber viele werden wütend sein. Blicke ihnen nicht in die Augen, rede nur, wenn du angesprochen wirst, und sei höflich, selbst wenn man dir unhöflich begegnet. Verstanden?“

Elsa starrte jetzt Cluaran finster an, doch sein ernstes Gesicht beruhigte sie und sie nickte.

Weitere Formen waren am Horizont aufgetaucht. Elsa hielt sie zunächst für Schiffsmasten, doch dann sah sie, dass es sich um Gebäude handelte, um schlanke, gerade oder seltsam schiefe Türme. Beim Näherkommen sah sie, dass die Türme aus hellem gold oder silber glänzendem Holz erbaut waren und große Fenster ohne Fensterläden hatten, durch die nachts ein kalter Wind blasen musste. Ganz oben in einem Turm saß jemand auf einem Fenstersims und ließ die Beine baumeln. Er schaute nicht in ihre Richtung, sondern zu den anderen Türmen. Elsa hörte Wasser plätschern und in der Ferne jemanden singen.

Kein Zaun umgab den Ort. Ungehindert betraten sie ihn und liefen über den federnden Torf, der unmittelbar bis zu den Türen der Häuser reichte. Durch eine Tür sah Elsa ein Strohlager und einen Tisch mit dünnen Beinen, auf dem eine Tasse stand.

„Starr nicht so!", sagte Cluaran und zog sie weiter.

Doch Elsa konnte nicht anders als sich umsehen. Sie kamen an Häusern vorbei, an deren Wänden sich Pflanzen mit bunten Blüten und Blättern hinaufrankten. Andere waren mit Schnitzereien geschmückt, die geschwungene Linien oder Tiere, manchmal auch menschliche Gesichter zeigten. Die Bewohner ließen sich dagegen nicht blicken. Sogar der Mann, den Elsa ganz oben im Turm gesehen hatte, war verschwunden und der Gesang war verstummt. Cluaran rannte fast und hatte ihren Arm fest gepackt.

„Denk dran, was ich gesagt habe!", flüsterte er aufgeregt. Sie umrundeten ein von saftig grünen Büschen umgebenes Haus und gelangten auf einen weitläufigen, grasbewachsenen Platz.

Er sah aus wie ein Marktplatz. Hohe Häuser säumten ihn und in der Mitte stand ein von glatten weißen Steinen eingefasster Brunnen. Hier endlich begegneten ihnen einige Bewohner des Ortes: Vor dem Brunnen standen ein halbes Dutzend Männer und Frauen und blickte ihnen böse entgegen.

Cluaran hielt abrupt an und stellte sich vor Elsa. Aufgebrachtes Gemurmel schlug ihnen entgegen und ein Fay, ein hochgewachsener, dunkelhäutiger Mann, trat vor und sprach Cluaran an.

Aus seinem Mund klang die Sprache der Fay härter als bei Roslyn. Elsa verstand kein Wort, aber sein wütender Blick und seine aufgebrachten Handbewegungen machten deutlich, dass sie von hier verschwinden sollten. Er wurde immer lauter und immer mehr Fay kamen auf den Platz, bis eine größere Menge sie umringte. Alle sahen Cluaran an und ihre Gesichter drückten Ärger und Unwillen aus. Keiner beachtete Elsa. Nur einige sahen sie verstohlen an.

Der Mann machte eine Pause und Cluaran begann leise und besänftigend zu sprechen. Er zeigte auf Elsa und auf einen Punkt hinter der Menge und hielt seine Hand mit der Handfläche nach außen in die Höhe.

Der Mann trat auf Cluaran zu, packte ihn an den Schultern und brüllte ihn an. Der Sänger musterte ihn stumm und der Mann brüllte noch lauter. Dann packte er Cluaran an der Kehle.

Elsa schrie auf, doch bevor sie etwas unternehmen konnte, hatte Cluaran schon den Arm ausgestreckt und sie zurückgeschoben. Auf Zehenspitzen stand er vor dem Mann, der ihn in die Höhe zog. Er war im Gesicht rot angelaufen, unternahm aber nichts zu seiner Verteidigung. Die Menge brüllte inzwischen fast so laut wie ihr Anführer.

Grelles Licht blitzte auf und die Menge verstummte abrupt. Der Mann lockerte seinen Griff und Cluaran sackte keuchend zu Boden und hielt sich den Hals.

Die Menge teilte sich und eine Frau trat vor. Sie trug

einen langen Mantel mit Kapuze und war kleiner als die meisten anderen, sogar kleiner als Cluaran. Sie ging zu dem Sänger und half ihm auf. Beim Anblick seines Gesichts entfuhr ihr ein betroffener Laut. Dann schob sie ihre Kapuze zurück, und Elsa sah erstaunt, dass sie sehr alt war. Sie hatte graue Haare, viele Falten und tief liegende Augen. Bisher hatte Elsa in diesem Land nur junge und schöne Menschen gesehen.

Die Menge begann sich zu zerstreuen. Die Frau wies den Mann, der Cluaran angegriffen hatte, mit einigen scharfen Worten zurecht, worauf er sich wortlos und mit gesenktem Kopf entfernte. Sie rief ihm noch etwas nach, das in Elsas Ohren wie eine Warnung klang, dann wandte sie sich wieder Cluaran zu. Sie schüttelte den Kopf.

„Tja, Ainé“, krächzte der Sänger, „du hast dir Zeit gelassen. Noch einen Augenblick länger und ich hätte mich wehren müssen.“

„Das Geschrei hat mich aufschrecken lassen“, erwiderte die Frau. „Du kannst von einer alten Frau nicht erwarten, dass sie rennt wie ein junges Mädchen.“

Cluaran schnaubte. „Du bräuchtest nicht alt zu sein, Ainé!“

„Nein“, erwiderte sie ruhig, „ich weiß. Ich habe mich dafür entschieden, mein Alter zu zeigen.“ Sie wandte sich an Elsa. „Das ist also das Mädchen. Sei willkommen, Kind – zumindest bei mir.“

Sie führte die beiden zu einem Haus am Rand der

Siedlung, das niedriger und einfacher war als die anderen Häuser, ließ sie auf Stühlen in einer Ecke, in der sie von draußen nicht gesehen werden konnten, Platz nehmen und bot ihnen Haferkekse und Beeren an.

„Iss!“, sagte sie, als Elsa zögerte. „Ich weiß, dass manche behaupten, unser Essen bekomme den Menschen von draußen nicht oder verleihe ihnen unheimliche Fähigkeiten, aber ich habe nie Beweise dafür gesehen. Iss! In den nächsten Tagen wirst du deine ganze Kraft brauchen.“

Elsa merkte auf einmal, dass sie großen Hunger hatte, und steckte eine Handvoll Beeren in den Mund. Sie schmeckten scharf. Die Alte sah ihr wohlwollend beim Essen zu.

„Es war nicht klug, sie hierher in die Stadt zu bringen“, sagte sie zu Cluaran. „Ich hätte dir bis zum Durchgang entgegenkommen können. Aber natürlich drängt die Zeit. Der Gefesselte sammelt immer mehr Gläubige um sich und wird immer stärker.“ Sie sah Elsa prüfend an. „Du bist verletzt, Kind, und womöglich noch nicht wieder im Vollbesitz deiner Kräfte. Fühlst du dich einer Begegnung gewachsen?“

„Nein“, sagte Elsa.

Cluaran unterdrückte einen Ausruf.

„Und warum nicht?“, fragte die Alte.

„Ich habe keine Waffe!“, platzte Elsa heraus. „Wie soll ich ohne Schwert gegen ihn kämpfen?“

„Aber Ioneth ist doch zu dir zurückgekehrt!“, rief

Cluaran. „Wir haben sie heute gesehen." Ainé sah ihn fragend an und er berichtete, wie er Ioneth am Teich gerufen und das Schwert sich gezeigt hatte.

„Aber nur für einen kurzen Moment, Cluaran." Sein hoffnungsvolles Gesicht ärgerte Elsa. Glaubte er denn, sie könnte nicht beurteilen, wann das Schwert wirklich zurückgekehrt war – das Schwert, das einst zu ihr gehört hatte wie ihr Arm?

Sie sah Ainé bittend an. Vielleicht konnte die Fay-Frau sie verstehen. „Ich konnte nicht erreichen, dass Ioneth blieb – ich spürte das Schwert nicht einmal, es war gar nicht richtig da."

„Lass mich sehen", sagte die Alte. Sie nahm aber nicht Elsas Hand, sondern blickte ihr weiter in die Augen. „Ioneth", murmelte sie so leise, dass Elsa sie kaum hörte, „bist du wach? Kennst du mich?"

Ein Murmeln in Elsas Kopf antwortete ihr. „Ainé ..." Cluaran neben ihr holte tief Luft, denn Elsas Hand und Arm begannen wieder schwach zu leuchten.

„Wir können dir helfen, Ioneth", fuhr die Alte fort. „Ich werde Elsa nach Kräften schützen und Cluaran wird nicht von ihrer Seite weichen. Aber den entscheidenden Schlag musst du ausführen. Hast du dazu die Kraft?"

Der Schein streckte sich wieder zur Form des Kristallschwerts, blieb aber schwach und unwirklich. Elsa starrte die Klinge an und wünschte mit aller Macht, sie möge eine feste Gestalt annehmen, doch vergeblich.

„Es hat keinen Zweck“, flüsterte sie. „Das ist nicht das Schwert, sondern nur ... ein schwaches Abbild. Damit kann ich nicht gegen Loki kämpfen!“

„Falsch“, sagte Ainé. „Du könntest nicht gegen einen Menschen kämpfen. Aber Loki ist kein Mensch.“ Sie beugte sich vor und sah Elsa eindringlich an. „Verstehst du? Er muss sich erst selbst eine neue Gestalt geben. Unsere Ketten haben ihn an seine menschliche Gestalt gefesselt – trotzdem könnte Eisen allein ihn nie töten.“

Elsa dachte an das Wesen, das sie in der Höhle gesehen hatte und das versucht hatte, sich von seinen Fesseln zu befreien. Sie hatte Loki verwunden können, sie hörte seinen Schmerzensschrei immer noch.

Ainé lächelte und stand auf. „Ioneth ist immer noch bei dir“, sagte sie. Sie streckte die Hand aus und half Elsa auf. „Sie hat ihr Leben einem einzigen Ziel gewidmet: der Vernichtung des Zerstörers. Nur durch diese Willensstärke kann er getötet werden. Doch müssen wir schnell handeln.“

Sie führte die beiden aus dem Haus und zu dem offenen Gelände außerhalb der Siedlung. „Ich habe eine Warnung für dich und ein Geschenk“, sagte sie, während sie über das federnde Gras eilten. „Du bekommst beides jetzt, auf dem Weg zum Durchgang. Sprich nicht davon, wenn du dieses Reich verlassen hast.“

Sie ging mit langen Schritten und schneller, als Elsa für möglich gehalten hätte, und sprach über die Schulter hinweg zu ihr.

„Loki ist noch durch die eine Kette gefesselt, die er nicht sprengen konnte. Er will auch diese Fessel abwerfen, damit er seine körperliche Gestalt ablegen und wieder ein Gott werden kann. Gelingt ihm das und kehrt er in die Welt des reinen Geistes zurück, dann kann ihn nichts mehr töten. Wir haben immer geglaubt, nur das Schwert könnte diese letzte Fessel durchtrennen – oder Elsas Hand, die das Schwert hält."

Elsa dachte mit einem Schauder an Wulf. „Er wollte mich durch eine List dazu bringen, dass ich sie zerschneide."

Ainé nickte. „Aber was er vielleicht nicht weiß – und auch um keinen Preis erfahren darf –, ist, dass er sich womöglich noch auf andere Art befreien kann. Er fing im *Eigg Loki* an, das Leben aus dir herauszusaugen, Elsa, und danach konnte er eine der Fesseln selbst sprengen. Vielleicht braucht er dich gar nicht mehr zu seiner Befreiung und versucht stattdessen, dich zu verschlingen und deine Seele und die von Ioneth zusammen in sich aufzunehmen." Sie wandte den Blick ab und straffte sich. „Ich warne dich deshalb, Elsa: Stich nach seinem Herzen, aber was immer passiert, lass nicht zu, dass er dich berührt. Und Cluaran, sage Eolande, sie soll verhindern, dass Lokis Feuer Elsa erreicht."

„Das werde ich." Cluarans Augen funkelten.

„Elsa muss sich auf euch verlassen können", sagte Ainé, „auf alle ihre Gefährten. Ohne euch kann ihre

Tat nicht gelingen." Sie erwiderte Cluarans Blick einen Moment lang, dann sagte sie: „Wir sind da."

Sie hob die Hände über den Kopf und in der Luft war plötzlich eine schimmernde Linie zu sehen. Sie senkte die Hände ein wenig.

Durch die Öffnung drang ein Geräusch, das Elsa schon seit vielen Wochen nicht mehr gehört hatte, das ihr aber so vertraut war, dass ihr ein kalter Schauer über den Rücken lief: das Donnern der Brandung auf einem Kiesstrand.

„Das ist nicht der richtige Ort!", rief Cluaran. „Wir brauchen die hängenden Steine, Ainé!"

„Der Steinkreis ist keine zehn Meilen entfernt", antwortete die Alte. „Aber jetzt werdet ihr hier erwartet." Sie wandte sich an Elsa. „Ich kann dir wenig mitgeben, Kind, weniger, als du verdienst – aber wenigstens die Begleitung deiner Freunde bis zum Steinkreis und etwas, das du verloren geglaubt hast. Nimm dies zu deinem Schutz." Sie gab Elsa einen Mistelzweig voll weißer Beeren, die aussahen wie Perlen. „Trage ihn bei dir, bis du zum Steinkreis kommst", sagte sie. „Er entzieht dich den Blicken des Gefesselten. Loki wird dich erst finden, wenn er verwelkt ist."

Mit zitternden Fingern nahm Elsa den kleinen Zweig. Ainé lächelte ihr noch einmal zu, dann legte sie Cluaran die Hände auf die Schultern und küsste ihn. „Dir kann ich nichts mitgeben, Eolandes Sohn", sagte sie. „Nur folgendes Wort: Wenn die Zeit kommt, wirst du wissen, was zu tun ist. Und man wird deinen Namen hier in Ehren halten.“

Sie wandte sich wieder der Linie in der Luft zu und zog die Hände rasch nach unten. Vor ihnen öffnete sich ein dunstverhangener Durchgang. Cluaran schien noch etwas fragen zu wollen, doch Ainé trat zurück und hob grüßend zum Abschied den Arm. Cluaran zuckte mit den Schultern und nahm Elsas Hand. Zusammen traten sie durch die Öffnung. Nebel hüllte sie ein und das Donnern der Wellen dröhnte Elsa in den Ohren.

Die Kämpfe hatten auch auf Wessex übergegriffen. Aagard, der oberste Kriegsberater des Königs, zu alt, um selbst das Schwert zu führen, wandte sich vom Feuer ab und kämpfte gegen seine Verzweiflung. Seine magischen Kräfte waren verbraucht. Er hatte keine Spur von Elsa oder dem Schwert gefunden – und auch keinen Hinweis auf den Gefesselten, der Elsas Gegner anführte. Adrian befand sich mit Cathbar und der Fay-Frau auf dem Heimweg, doch was konnten die drei bei aller Tapferkeit und allem Geschick gegen die Horden ausrichten, die gegen die Küsten des Landes anrannten? Außerdem war die traurige Nachricht von König Heoreds Tod eingetroffen. Seine Männer waren gerade noch vor Beginn der Kämpfe zurückgekehrt und hatten entscheidend dazu beigetragen, die erste Angriffswelle zurückzuschlagen. Aber würden sie auch der nächsten widerstehen und der übernächsten? Einige Plünderer waren bereits weiter östlich in Kent und Sussex gelandet und verbreiteten dort die Religion des Feuergottes.

Eine Stichflamme stieg aus der Glut auf, und er wandte sich zurück, um sie zu löschen – und hielt entsetzt inne. In den Tiefen des Feuers regte sich etwas – eine bösartige, weiß glühende Kraft. Vor seinen Augen schlugen Flammen in die Höhe. Ein riesiger Mund öffnete sich brüllend und füllte den Raum mit einem Feuersturm, der Aagard zu Boden warf. Um ihn tobte das Feuer: *Ich komme! Ich komme jetzt!* Dann war es auch schon wieder verschwunden und das Tosen verklang in der Ferne.

Und hoch im Norden riss unter dem *Eigg Loki* die letzte Fessel. Der Drache erhob sich in die Lüfte und aus seinem Rachen drang ein Schrei der Wut und zugleich der Freude. Flammen umzüngelten ihn. Knisternd wie ein Blitz stieg er immer höher auf und wandte sich nach Süden. Dorthin hatte sein Herr ihn gerufen.

21. Kapitel

Nach über zwei Tagen am Ruder war Adrian überzeugt, dass er Elsas Liebe zum Meer nie verstehen würde. Sie waren bei unruhiger See aufgebrochen und hatten vielen anderen Schiffen, vom Frachter mit fünfzig Ruderern bis zum kleinen Fischerboot, ausweichen müssen. Sämtliche Schiffe schienen nach Wessex unterwegs, und es waren so viele, dass Adrian an eine angreifende Flotte denken musste und wieder Angst um seine Mutter und ihre Leute bekam. Ein breites, hoch aufragendes Schiff war ihnen besonders nah gekommen und hatte sie fast gerammt. Die Ruderer hatten ihr ganzes Geschick aufbieten müssen, um nicht mit ihm zusammenzustoßen oder in seinem Kielwasser zu kentern. Verzweifelt hatten sie Wasser geschöpft und Cathbar hatte geflucht. Adrian hatte auf dem Segel des Schiffes ein Bild des Feuergottes entdeckt.

Danach hatte der Kapitän sie nach Süden gesteuert. Hinter ihnen verschwand der Küstenstreifen, und auf dem offenen Meer merkte Adrian auf einmal, wie müde er war. Die anderen Ruderer versuchten ihn zu entlasten – vor allem Fardi, der hinter ihm saß und sich als unerwartet kräftiger und geschickter Ruderer erwies –, doch Adrian wollte sich nicht helfen lassen. Bei Einbruch der Dämmerung waren seine Hände daher mit Blasen übersät und er war so erschöpft, dass er an nichts anderes mehr denken konnte als an Schlaf.

Am nächsten Tag hatte er sich wieder ein wenig erholt, doch jetzt legte sich der Wind und die Sonne brannte auf sie herab. Vor der Hitze gab es kein Entrinnen – genauso wenig wie vor einem Unwetter, dachte er, das wie schon einmal aus heiterem Himmel losbrechen konnte, oder vor einem angreifenden Drachen. Das Gefühl, ausgesetzt zu sein und beobachtet zu werden, bedrückte ihn, und er wagte nicht, den Kopf beim Rudern zu heben.

Am zweiten Abend war das Meer so still, dass sie die Ruder einholten, zwei Mann als Wache aufstellten und schliefen. Am nächsten Morgen war im Norden ein Streifen Land zu sehen. Dem Kapitän zufolge handelte es sich um die Insel Wiht.

„Bringt uns westlich der Insel an Land“, sagte Eolande. „Ich zeige Euch die genaue Stelle.“

Der Anblick der Küste belebte Adrians Lebensgeister. Eolande lotste sie in eine Bucht, in der sie sicher landen konnten. Adrian war so erleichtert, dass seine Hände am Ruder zitterten und er weiche Knie bekam, als sie scharrend den Kiesstrand hinauffuhren.

Sie sprangen ins Wasser und zogen das Boot vollends ans Ufer. Plötzlich schrie Eolande und zeigte den Strand hinauf. Dort standen nur hundert Meter entfernt zwei kleine Gestalten: ein schmächtig wirkender Mann und ein schwarzhaariges Mädchen.

„Elsa!"

Adrian hatte all seine Müdigkeit vergessen und rannte über den Kies. Elsa war beim Klang seiner Stimme zusammengezuckt, dann rannte sie ihm mit einem Freudenschrei entgegen. Sie umarmte ihn stürmisch. Dabei sah er, dass ihre Hände geheilt waren.

„Wie schön, dass du da bist", keuchte sie. Sie hielten einander umschlungen. „Und sind das hinter dir Cathbar und Eolande?"

Adrian nickte. „Wo bist du mit Cluaran gewesen? Und wie bist du so schnell hierhergekommen? Ich hätte nie gedacht ..."

Er brach ab, denn Elsas Gesicht war erstarrt. Sie ließ ihn unvermittelt los, senkte die Hände und starrte wie von Grauen überwältigt auf das Boot.

„Elsa?", fragte Adrian zögernd. „Was ist?"

Sie schien ihn nicht zu hören. Ganz langsam, als traue sie ihren Beinen nicht, ging sie an ihm vorbei auf die Männer zu, die das Boot am Strand vertäuten.

Einer von ihnen hatte sich von den anderen gelöst und blickte ihr entgegen. Es war Fardi. Langsam trat er auf sie zu. Er hatte die Augen aufgerissen und sein hageres Gesicht war plötzlich weiß wie Schaum. Nach einigen Schritten blieb er stehen und streckte tastend die Hand aus, als könnte er nichts sehen.

„Elsa?“, flüsterte er.

Elsa schluchzte auf und rannte zu ihm. „Du bist es also wirklich!“, rief sie. „Diesmal bist du es wirklich, Vater!“

Zeit für Erklärungen blieb kaum. Adrian wartete, während Elsa ihrem Vater unter Tränen einiges von dem berichtete, was ihr seit dem Untergang der *Spearwa* widerfahren war. Dann kam Cluaran und unterbrach sie.

„Hier können wir nicht bleiben“, sagte er kurz angebunden. „Unser Ziel liegt einige Meilen von hier entfernt, und je eher wir dort sind, desto besser.“

Elsa blickte auf die Brosche, die sie trug – einen Mistelzweig, den Adrian noch gar nicht bemerkt hatte. „Cluaran hat Recht“, sagte sie. „Wir müssen gehen.“

Landeinwärts gelangten sie schon bald zu einem Dorf, in dem sie die anderen Seeleute zurückließen, nachdem sie bezahlt und sich bedankt hatten. Die Männer wollten Trymman dazu überreden, noch zu bleiben und mit ihnen auf sein Glück anzustoßen, doch Cluaran wollte nicht warten.

„Wir werden sowieso auch nachts unterwegs sein“, sagte er. „Und morgen müssen wir da sein – länger hält unser Schutzzauber nicht an.“

Elsa ging am Arm ihres Vaters und er sah sie immer wieder an, als könnte er von ihrem Anblick nicht genug bekommen. Er hatte dieselben dicken schwarzen Haare wie sie und wohl auch ein ähnlich geformtes Gesicht, was allerdings schwer zu beurteilen war, so sehr war er abgemagert.

Doch jetzt, da das Geheimnis seiner Identität gelüftet war, erkannte auch Adrian in ihm den Kapitän der *Spearwa* mit den buschigen Brauen.

Trymman musste seine forschenden Blicke gespürt haben, denn er wandte sich ihm mit einem schiefen Lächeln zu. „Du warst mein letzter Passagier", sagte er. „Der Junge, der ins Frankenreich wollte. Du kamst mir gleich bekannt vor. Du bist gewachsen und im Gesicht älter geworden, sonst hätte ich dich früher erkannt. Ich bin froh, dass ich dich ans Ziel bringen konnte – mehr, als ich sagen kann."

Sie marschierten fast den ganzen Tag und machten erst Pause, als die Sonne bereits sehr tief stand. Sie kehrten in einem Bauernhaus an der Straße ein, tranken Milch, aßen Gerstenfladen und ließen sich berichten, was in letzter Zeit passiert war. Adrian, der an sein Reich und seine Mutter dachte, fragte nach der Straße nach Osten, doch der Bauer schüttelte den Kopf. Im Osten sei es zu Überfällen an der Küste gekommen, hatte er gehört, und ein Straßenhändler aus Kent, dem er am Vortag begegnet war, hatte von einer heidnischen Religion erzählt, die sich in den östlichen Königreichen epidemieartig ausbreitete. Menschen würden gewaltsam bekehrt und Dörfer als Opfer für den neuen Gott angezündet.

Bedrückt setzten sie ihren Marsch fort. Adrian war halb krank vor Sorge. *Lass uns Loki bald begegnen!*, betete er. *Wir müssen dieses Grauen beenden – wenigstens versuchen müssen wir es.*

Cluaran war auf der Kuppe eines Hügels angekommen und blieb zusammen mit Eolande stehen. Adrian eilte zu ihnen hinauf.

„Da ist es", murmelte Cluaran.

Sie hatten immer noch eine Strecke von zwei bis drei Meilen zurückzulegen. Auf einer Ebene stand ein nach allen Seiten offener Tempel, ein Gebilde aus aufrecht stehenden Steinen, die durch flache, oben liegende Steine zu einem Kreis verbunden waren. In dem Kreis standen paarweise noch höhere Steine zusammen, jeweils verbunden durch einen dritten Stein, der wie ein Türsturz auf ihnen lag. Schwarz erhoben sich diese Türen vor dem roten Abendhimmel, Türen, die immer offen standen und nur zueinanderführten.

Sie sahen die hängenden Steine.

Elsa hielt sich am Arm ihres Vaters fest. Sie fürchtete immer noch, sie könnte ihn verlieren, wenn sie ihn nun losließ. Hin und wieder schauten sie einander an und lächelten – das Lächeln ihres Vaters war jedoch so in sich gekehrt und sein Gesicht so ausgemergelt und von Kummer gezeichnet, dass ihr ganz weh ums Herz wurde. An seinem Gesicht hatte sie erkannt, dass er unmöglich ein Trugbild sein konnte, das sie quälen sollte.

Als Loki die Gestalt ihres Vaters angenommen hatte, war er schön gewesen und hatte ihr lächelnd starke Arme entgegengestreckt. Was wusste der Gefesselte schon von Kummer und Leid?

„Als Fischer mich aus dem Wasser zogen, wollte ich nur noch sterben“, sagte er. „Ich hatte mein Schiff verloren, meine braven Männer waren ertrunken. Auch dich, mein Liebstes, glaubte ich tot. Ich lag in diesem Fischerboot und betete um den Tod, und als mein Wunsch nicht in Erfüllung ging, machte ich mich selbst zum Leibeigenen. Ich war nichts mehr wert.“

„Das darfst du nicht sagen!“, widersprach Elsa. „Der Untergang der *Spearwa* war nicht deine Schuld!“

Adrian rief sie. Er stand mit den anderen auf der Kuppe eines Hügels. Sie traten zu ihm und sahen ihr Ziel auf der Ebene vor sich: einen großen Steinkreis.

„Wir werden erst nach Einbruch der Dunkelheit dort sein“, sagte Cluaran. „Was macht dein Zweig, Elsa?“

Elsa sah auf die Mistel hinunter. Die Blätter begannen einzutrocknen und die Beeren zu verschrumpeln, aber sie waren noch weiß und die Blätter grün.

„Ich glaube, er hält noch bis morgen“, sagte sie.

„Dann übernachten wir hier, am Fuß des Hügels.“

Zum Feuermachen waren sie zu müde. Trymman legte sich neben Elsa und schlief rasch ein. Schlafend sah er weniger gezeichnet aus und ähnelte mehr dem Mann, den sie in Erinnerung hatte. Sie betrachtete ihn und lauschte auf die leisen Atemzüge der anderen, bis die innere Unruhe sie zum Aufstehen drängte. Leise blickte sie sich um. Vor ihr erstreckte sich gestaltlos die nächtliche Ebene unter dem fahlen Mond. In der Ferne konnte sie die Kolosse des Steinkreises erkennen.

Plötzlich überkam sie das verrückte Verlangen, jetzt gleich dorthin zu gehen, den schützenden Mistelzweig abzunehmen und Loki allein, ohne ihre Gefährten und ihren Vater, gegenüberzutreten. Doch womit sollte sie gegen ihn kämpfen? Sie hatte keine Waffe außer ihrer leuchtenden Hand. Zwar spürte sie Ioneths Anwesenheit, seit Ainé Ioneth gerufen hatte, doch nur als kaum wahrnehmbares Murmeln und schwaches Kribbeln in ihrer Hand. Sie dachte an das Ungeheuer, in das Wulf sich verwandelt hatte, den in Flammen gehüllten, hämisch grinsenden Riesen, der in Gedankenschnelle seine Gestalt ändern und mit einer einzigen Handbewegung ein ganzes Feuer entfachen konnte.

Lass nicht zu, dass er dich berührt, hatte Ainé gesagt. *Auch sein Feuer darf dich nicht berühren.* Genauso gut konnte man einem Seemann sagen, er solle das Wasser meiden.

Adrian war hinter sie getreten. Sein Gesicht war im Dunkel nur ein helles Oval. „Cluaran glaubt, dass Loki morgen kommt“, sagte er.

Elsa nickte und zeigte ihm den verzauberten Mistelzweig, den sie sich ans Hemd gesteckt hatte. „Angeblich kann er mich überall finden. Dieser Zweig entzieht uns seinen Blicken, aber er welkt.“

„Oh.“ Adrian wollte noch etwas sagen, brach aber ab. Schweigend saßen sie nebeneinander. „Und das Schwert?“, sagte Adrian schließlich. „Ist es zurückgekehrt?“

Elsa wusste nicht, was sie antworten sollte. „Es hat sich gezeigt“, sagte sie. „Ich habe es in meiner Hand gesehen und Ioneth auch wieder sprechen gehört. Aber es war nicht wirklich da – nicht fest. Eine Frau, die ich im Land der Fay traf, meinte, es könnte trotzdem reichen.“ Die Angst, die sie die ganze Zeit unterdrückt hatte, wallte plötzlich in ihr auf. „Ich weiß nicht, was ich tun soll, Adrian. Ich kann euch nicht beschützen!“

Er sah sie an, aber nicht ängstlich, sondern erstaunt. „Warum solltest du uns beschützen?“, sagte er. „Wir helfen uns gegenseitig. Deshalb sind wir doch hier.“

Er meinte es ernst. Elsa wusste zwar, dass er ihr immer gegen Loki hatte beistehen wollen, aber jetzt, da sie dem schrecklichen Dämon beide in die Augen geblickt hatten … „Adrian“, sagte sie rasch, bevor sie ihre Meinung ändern konnte, „komm morgen nicht mit zum Steinkreis. Kehre nach Sussex zurück.“

„Wovon sprichst du?“, begann er, doch sie ließ ihn nicht ausreden, obwohl sie die Worte kaum herausbrachte.

„Wenn das Schwert versagt, tötet Loki mich und alle, die mit mir gekommen sind.“

Endlich war es heraus. Sie war fast erleichtert. Adrians Gesicht war so bleich wie der Mond, er hatte die

Augen weit aufgerissen, aber er schüttelte weiter den Kopf.

„Überleg doch, Adrian!“, beharrte sie. „Du bist ein König und dein Land braucht dich. Gegen Loki kannst du doch auch später noch mit deinem ganzen Heer kämpfen.“

„Ich habe darüber nachgedacht“, sagte Adrian. „Ich weiß, dass ich König sein muss. Wenn alles vorbei ist, kehre ich zurück und herrsche, so gut ich es vermag. Aber noch nicht morgen.“ Seine Stimme zitterte ein wenig, aber er klang so entschieden, wie sie ihn noch nie gehört hatte. „Du bist die beste Freundin, die ich je hatte, Elsa, und ich lasse dich nicht allein kämpfen. Das darfst du nicht einmal denken.“

Elsa sah ihn lange an. „Dann also ... danke“, sagte sie schließlich. „Ich bin froh, wenn du mitkommst. Selbst wenn es schiefgeht ...“

„Es geht nicht schief!“, sagte er. „Ich will nicht sterben und dich lasse ich auch nicht sterben. Was auch geschieht, wir werden Mittel und Wege finden, Loki zu vernichten.“

22. Kapitel

Cluaran weckte sie noch vor der Morgendämmerung, und als der erste rote Streifen am Horizont erschien, waren sie schon unterwegs.

Der rote Streifen am Horizont wurde länger und heller und sie sahen durch den Morgennebel im Gegenlicht gewaltige, von Menschenhand behauene Steine aufragen. Sie stapften durch das hohe Gras und die Steine kamen näher und hoben sich immer deutlicher aus dem Nebel, und der Streifen hinter ihnen leuchtete immer stärker. Als die Sonne über dem Horizont erschien, waren sie angekommen.

Rund zwei Dutzend aufrechte, fünfmal mannshohe Steine bildeten den großen äußeren Kreis. Die obenauf liegenden waagrechten Steine bildeten nahtlos aneinandergefügt einen Ring ähnlich der Halskette eines Riesen. Innerhalb des Kreises standen in Hufeisenform fünf weitere, jeweils durch eine Querschwelle verbundene Steinpaare – die Tore, die Adrian in der vergangenen Nacht gesehen hatte.

„Wer hat das wohl geschaffen?“, fragte Trymman leise.

„Kommt!“, rief Cluaran und ging voraus.

Sie mussten in einen Graben hinunterklettern und auf der anderen Seite wieder hinauf und gelangten auf einen runden Grasplatz. Cluaran rannte fast. Und dann standen sie zwischen den Steinen, die in der Morgensonne feuerfarben aufleuchteten.

Graue Wände wuchsen um sie zum Himmel. Unter den gewaltigen Türen in der Mitte sahen sie zahlreiche kleinere Steine. Einige standen aufrecht, andere waren umgestürzt. Der niedrigste war noch doppelt so groß wie Adrian. Von einigen waren hingegen nur Trümmer oder Geröll übrig.

Sonnenstrahlen strömten durch den äußeren Kreis und der Ring aus Stein schien über ihnen gleichsam in der Luft zu schweben. Die fünf Tore waren von Licht erfüllt.

„Das sind die sogenannten hängenden Steine“, sagte Eolande. „Sogar die Fay wissen nicht, wer sie aufgestellt hat. Doch in den Steinen ist ihre ganze Geschichte gespeichert und das verleiht ihnen Kraft. Wenn ein Ort uns schützen kann, dann dieser.“

Trymman schaute sich ehrfürchtig um. „Was tun wir jetzt?“, fragte er.

„Wir warten“, sagte Cluaran.

Elsa ging durch die mittlere Tür in die Mitte des Kreises. Einen Augenblick lang blieb sie in dem rotgoldenen Licht zwischen den beiden schwarzen Pfeilern stehen, dann bückte sie sich und legte etwas auf einen

Stein zu ihren Füßen – den Mistelzweig, der verdorrt war und dessen Blätter bereits bröselten.

„Es wird nicht lange dauern“, sagte sie. „Er weiß jetzt, dass ich hier bin.“

Adrian fand keine Ruhe. Elsa saß neben ihrem Vater, und weil er sie nicht stören wollte, wanderte er allein zwischen den Steinen umher. Eolande stand am äußersten Rand des Kreises und blickte aufmerksam nach Norden. Ein Stück weiter lehnte Cathbar sitzend an einem Steinblock und schärfte sein Schwert. Unweit von ihm saß Cluaran mit angezogenen Knien und beobachtete den Sonnenaufgang.

„Die Kinder sind dafür eigentlich zu klein“, sagte Cluaran gerade.

Cathbar nickte. „Richtig. Aber sie werden beide tun, was sie zu tun haben.“ Er steckte sein Schwert ein und setzte sich bequemer hin. „Der Krieg nimmt auf das Alter keine Rücksicht. Ich musste mit zwölf zum ersten Mal kämpfen.“

„Ich mit neunzehn.“ Nachdenklich starrte Cluaran vor sich hin. „Aber habt Ihr Euch je daran gewöhnt? Wenn Ihr vor dem Angriff Eure Kameraden anseht und überlegt, welcher von ihnen …“

„Ihr denkt zu viel“, unterbrach ihn Cathbar. „Eine solche Frage stellt man nicht.“ Er schlug dem Sänger auf die Schulter. „Nur mithilfe Eurer Kameraden könnt Ihr hoffen, den Kampf lebend zu überstehen, und umgekehrt hoffen Eure Kameraden auf Euch. Dass sie sterben könnten, daran darf ein Krieger nicht einmal denken. Kopf hoch, Junge."

„Junge!", protestierte Cluaran. „Ich bin dreimal so alt wie Ihr." Doch er ließ das Thema fallen.

Adrian ging leise weiter und sah Elsa mit ausgestreckten Armen in dem steinernen Hufeisen stehen. Trotz der tief stehenden Sonne konnte er das Leuchten um ihre Hand erkennen, doch sie senkte den Arm, als sei sie nicht zufrieden.

Vom Rand des Steinkreises kam ein Ruf. Eolande hatte sich zu ihnen umgedreht. Ihr Gesicht lag im Schatten, ihr Arm, mit dem sie zum nördlichen Himmel zeigte, leuchtete rot.

„Er kommt."

Adrian rannte zu ihr und sah hinauf, doch es war vergebens.

„Schicke deinen Blick aus!", rief sie ungeduldig.

Ich bin noch nicht König, dachte er, schloss die Augen und sandte seinen Blick nach Norden. Er konnte nichts erkennen ... und tastete sich weiter vor.

Es traf ihn ohne Vorwarnung. Im einen Moment sah er noch nichts, im nächsten war sein Kopf von Feuer erfüllt und einem so grenzenlosen Zorn, dass er zu bersten drohte. Er flog in schwindelerregenden Höhen und der Zorn entlud sich und fuhr aus reiner Lust an der Zerstörung in einem roten Feuerstrahl zur Erde nieder ...

Mühsam öffnete Adrian die Augen. Er lag auf dem Rücken, die anderen blickten erschrocken auf ihn hinunter.

„Er kommt als Drache“, keuchte er. „Als Drache aus Feuer ...“

Elsa beugte sich über ihn und half ihm aufzustehen. „Er greift uns also von oben an“, sagte sie. Ihre Stimme zitterte nicht. „Eolande, könnt Ihr und Cluaran es regnen lassen?“

Die Fay-Frau nickte. „Eine Zeit lang ja. Als wir Loki das letzte Mal fesselten, haben wir die Kämpfenden mit einem schützenden Zauber umgeben. Wir waren damals allerdings zu viert, aber ich werde euch schützen, so gut ich kann.“ Sie wandte sich an Adrian. „Du musst uns auch helfen.“

„Wie denn?“

„Indem du dem Feuer mit Eis begegnest, wie du es schon einmal getan hast“, sagte sie. „Du hast den Gletscherdrachen geweckt, um mit seiner Hilfe Taragor zu besiegen. Rufe ihn jetzt wieder!“

„Aber das war viele Hundert Meilen von hier entfernt, Eolande. Es wird mir nicht möglich sein, ihn zu erreichen.“

„Doch, das wird es“, beharrte sie und nahm seine beiden Hände. „Versuche es!“

Adrian schickte wieder seinen Blick aus. Diesmal fiel es ihm besonders schwer. Zu sehr saß ihm noch der Schreck des tosenden Feuers in den Knochen, das ihn eben noch erfüllt hatte. Er spürte, wie die Hitze wieder zunahm, und zuckte zusammen.

„Weiter“, flüsterte Eolande, und er schickte den Blick noch weiter aus und blieb nicht stehen, bis er einen Seevogel tief über das graue Meer fliegen sah … Er sah eine felsige Küste … Kiefernwälder, von denen der tauende Schnee tropfte, denn es war Frühling … Zuletzt war sein Blick wie eine straff gespannte Schnur, die entweder gleich reißen oder ihn zurückziehen würde.

„Weiter!“, kam erneut die Stimme.

Ein Windstoß erfasste ihn und blies ihn weiter und immer weiter. Er sah wieder die Schneefelder. Zwischen dem Weiß war bereits Gras zu sehen. Auf einem Falken flog er hoch hinauf und suchte das Gelände unter ihm ab. Er sah Berge mit weißen Gipfeln … und dort … die Umrisse des Eisdrachen *Jokul-dreki,* der sich im Schlaf um den höchsten Gipfel geschlungen hatte.

Das Bewusstsein des Drachen war wie ein Wolkenfeld, so riesig und in ständiger Bewegung, dass es nichts festhalten konnte. Nacht umfing ihn und ein Traum von endlosen Schneefeldern tief unter ihm zog an ihm vorüber. Mit ihm kam die Erinnerung an eine winzlinghafte Gestalt, die ihn beharrlich vor einer Gefahr warnte …

Adrian klammerte sich an diese Erinnerung und fügte ihr seine eigene Stimme hinzu. *Jetzt ist es da – das Feuer, das dein Land verbrennen will! Wir brauchen noch ein letztes Mal deine Hilfe.*

Durch das riesige Bewusstsein lief ein Zucken, als wollte es ihn abwerfen wie ein summendes Insekt. Der Kampf war Vergangenheit, jetzt drohte keine Gefahr mehr, man konnte schlafen ...

Nein!, schrie Adrian und beschwor das Bild, das er gesehen hatte: die blinde Wut und das unerschöpfliche Feuer, das sich ihnen züngelnd näherte und hinter sich nur Asche zurückließ. Die bloße Erinnerung daran versetzte ihn in Panik und ihm wurde schwindlig ... Alles löste sich auf, das Bewusstsein des Drachen entglitt ihm, und er bekam nur noch Luft zu fassen.

Doch im letzten Moment, bevor er weggerissen wurde, sah er einen hellen Spalt – die großen Augen waren aufgegangen – und spürte, wie das Eis über seinen Schultern knackte.

Erschöpft und zitternd kam er zu sich. Er war auf die Knie gefallen. Eolande stand neben ihm und hatte ihm die Hand auf die Schulter gelegt. „Ich glaube, ich habe ihn geweckt“, begann er, doch die Fay-Frau hörte ihn nicht, sondern blickte wie gebannt über ihn hinweg. Adrian richtete sich auf. Etwas weiter weg stand Cluaran. Er hatte den Kopf in den Nacken gelegt, murmelte leise in sich hinein und machte mit den Händen Bewegungen, die Adrian damals, als sie sich im Wald vor Orgrim versteckt hatten, schon einmal gesehen hatte. Am Himmel zogen von Westen Gewitterwolken auf und vereinigten sich über ihnen zu einer undurchdringlichen grauen Decke.

Elsa stand zusammen mit ihrem Vater und Cluaran zwischen den Steintoren in der Mitte des Kreises. Alle drei blickten unverwandt nach Norden.

Dort war der Himmel klar, doch am fernen Horizont sah Adrian für einen Sekundenbruchteil einen gleißenden Blitz aufflammen und darüber einen schwarzen, von einem Feuerkranz umgebenen Fleck.

Taragor blickte aus seiner engen Höhle nach draußen. Das Blitze speiende Wesen, das sich in seinem Horst eingenistet hatte, war weg, nach Süden verschwunden. Feuer spuckend war es aus dem Stumpf seines Berges gebrochen, während er auf einer Wiese im Hochland Schafe gerissen hatte, und er hatte sich halb gesättigt in seine Höhle zurückziehen müssen. Aber jetzt ... Schwerfällig erhob er sich. Er würde sich noch etwas zu fressen suchen und dann zu seinem Berg zurückkehren. Vielleicht war er schon abgekühlt. Vielleicht konnte er trotz allem wieder dort wohnen.

Dann hörte er ohne Vorwarnung wieder die Stimme in seinem Kopf. Machtvoll lockte sie ihn: *Flieg nach Süden, dort kannst du töten!*

Ein Bild war nun vor Taragors schlierenüberzogenem Auge aufgestiegen: wie die Beute vor ihm zurückwich und er die Klauen ausstreckte, um sie zu zerreißen. *Jetzt ist es Zeit,* sagte die Stimme.

Kreischend vor Wonne breitete der blaue Drache die Flügel aus und erhob sich in die Lüfte.

Es ist so weit, dachte Adrian und unterdrückte seine Panik. *Er kommt tatsächlich.* Der Drache näherte sich schneller als die Gewitterwolken. Aus der Ferne hatte er schlank gewirkt, fast wie eine Schlange mit Flügeln. Jetzt schien er fast so groß wie der ganze Steinkreis – und er bestand nur aus Feuer. Seine Konturen flackerten, und der Schatten, den er auf den Boden warf, glühte rot. Er flog tiefer, das Gras unter ihm war im Nu verkohlt und auf beiden Seiten flammten Feuer auf.

„Bleibt beieinander", sagte Eolande. „Ich schütze euch, solange ich kann."

Elsa drückte Adrian die Hand. „Pass auf meinen Vater auf", flüsterte sie.

„Mach ich", flüsterte er zurück. „Viel Glück."

Sie wandte sich ab und streckte den rechten Arm aus. „Ioneth!", schrie sie. „Hilf uns jetzt!"

Plötzlich schoss weißes Licht aus ihrer Hand und es donnerte.

Die Sonne verschwand. Sengender Wind kam auf und über dem Steinkreis züngelten die Flammen. Das Wesen über ihren Köpfen war so riesig, dass sie es nicht mehr in seinen Umrissen sehen konnten – ein gewaltiger feuriger Schatten, aus dem knisternd weiße Funken sprühten.

Der Drache flog über sie hinweg und es wurde wieder hell – doch dann wendete er mit einem Donnerschlag und kam geradewegs auf sie zu. Für einen Augenblick sah Adrian noch den aufgesperrten schwarzen

Rachen, dann gingen Feuerströme auf sie nieder und verschlugen ihnen den Atem. Adrian versuchte seinen Kopf mit den Armen zu schützen – doch da hatte eine unsichtbare Barriere das Feuer schon zurückgeschlagen und der Drache stieg über ihnen wieder auf. Elsa stand aufrecht da und hielt das Kristallschwert in der Hand. Die Klinge leuchtete nur schwach, behielt aber ihre Gestalt, als Elsa sie über den Kopf hob, um einen Schlag gegen das Ungeheuer zu führen.

Feigling!, schimpfte Adrian sich, zog ebenfalls sein Schwert und rannte zu Elsa. Cathbar stand bereits neben ihr, und als der Drache zum dritten Mal über sie hinwegflog, stachen sie alle drei mit ihren Schwertern nach oben zu.

Doch sie konnten den Drachen nicht erreichen. Flammen umhüllten sie – Adrian spürte die sengende Hitze sogar durch Eolandes Schild hindurch –, doch sein Schwert traf keinen Widerstand.

„Ich muss höher stehen!“, rief Elsa. „Helft mir hinaufzuklettern!“

„Nein!“, schrie Trymman, doch Elsa war schon zu einem kleineren, aufrecht stehenden Stein gerannt und versuchte einhändig hinaufzuklettern.

„Lasst sie!“, rief Eolande mit ausgebreiteten Armen. „Ich schütze sie!“

Cathbar nahm Elsa auf die Schultern und half ihr auf den Stein hinauf. Schwankend richtete sie sich auf. Wieder donnerte es und der Himmel verdunkelte sich.

Der aufgesperrte Rachen raste auf sie zu – und Elsa hielt das Schwert hoch, ohne zuzustechen.

Ein spitzer Schrei gellte durch den Nachhall des Donners und das Ungeheuer stieg senkrecht in die Höhe. Sein feuriger Schwanz, der so breit war wie die größten Steine des Steinkreises, peitschte den Boden. Adrian rannte zu ihm und schlug mit seinem Schwert darauf ein. Wieder spürte er keinen Widerstand und dann war das Ungeheuer nach oben verschwunden – doch im nächsten Moment schrie er auf und ließ das Schwert fallen. Die Klinge glühte rot vor Hitze, und seine Hand war dort, wo er es gehalten hatte, mit Blasen übersät. Dicke Regentropfen begannen zu fallen und verdampften zischend auf dem Stahl.

Jemand packte ihn und riss ihn zurück. Es war Cluaran. Sein Gesicht war zu einer Maske erstarrt. „Bleib innerhalb des Schutzschildes, du Narr!“, zischte er und wandte sich wieder der Beschwörung des Regens zu. Adrian tat das Gesicht weh, als sei es von der Sonne verbrannt. Er hob die Hand und befühlte seine Wange. Der ganze Ärmel seines Hemds war versengt und schwarz.

Elsa balancierte immer noch auf dem Stein und hielt das Schwert in die Höhe. Die Klinge leuchtete jetzt heller und seine Konturen waren deutlicher zu sehen, als hätte der Erfolg sie gestärkt. Doch der Drache kam nicht wieder herunter. Er schwebte über ihnen und verdunkelte die Sonne. Schwarz hing sein gewaltiger Leib zwischen den ausgestreckten Flügeln aus Feuer. Er hatte den Kopf schräg gelegt und blickte mit einem Auge direkt auf Elsa hinunter.

Die Tücke in diesem länglichen, feuergelben Auge rief Adrian eine Erinnerung ins Gedächtnis. Er musste an Loki denken, wie er sich im brennenden Wald lächelnd von ihnen entfernt hatte. *Sie wird mich noch befreien.* Er wollte zu Elsa laufen, da spuckte der Drache einen weiß glühenden Feuerstrahl direkt auf seine Freundin.

Einen Moment lang hüllte das Feuer Elsa vollkommen ein. Sie verlor das Gleichgewicht, stürzte und blieb mit ausgebreiteten Armen auf dem Stein liegen. Adrian schrie auf und rannte zu ihr – doch sie schrie nicht und brannte auch nicht. Als er bei ihr war, richtete sie sich stöhnend wieder auf. Eolande stand blass vor Erschöpfung am Fuß des Steins. Ihr Zauber war stark genug gewesen. Bis jetzt.

Der Drache holte schon zu einem zweiten Angriff aus. Trymman und Cathbar halfen Elsa eilig vom Stein herunter und rannten mit ihr zu den Steintoren. Der nächste Feuerstoß hüllte sie ein.

„Wie lange kannst du die schützende Barriere noch aufrechterhalten?“, fragte Cluaran Eolande.

Eolande war weiß im Gesicht und zitterte. „Eine Weile noch“, murmelte sie. „Elsa hat den Drachen verwundet ... Ich kann sie schützen, dann kann sie es noch einmal versuchen.“

„Dazu gibt er ihr bestimmt keine Gelegenheit!“, rief Cathbar grimmig.

Der Drache kreiste jetzt über den höchsten Steinen. Er kam nicht näher und bewegte sich nur, um besser mit dem Feuer auf sie zielen zu können. Regen prasselte nieder, verdampfte zischend auf dem Boden und hüllte sie in eine Wolke ein. Innerhalb des Steinkreises brannte es nicht, doch der Drache schien nicht geschwächt und das Feuer aus seinem Rachen unerschöpflich.

„Er meidet die Steine“, sagte Elsa plötzlich. Wieder hüllte ein Flammenstoß sie ein. „Habt ihr es bemerkt? Er will sie möglichst nicht berühren.“

Das Ungeheuer stieg wieder über ihnen auf und wendete außerhalb des Steinkreises, um erneut anzugreifen. Es mied die Steine tatsächlich, fiel Adrian auf. Nicht einmal sein peitschender Schwanz berührte den äußeren Ring. Der Steinkreis schützte sie, wie Eolande versprochen hatte. Allerdings wie lange noch?

Der Drache flog mit einigen Flügelschlägen über sie, neigte den riesigen Kopf zuerst in die eine, dann in die andere Richtung und betrachtete sie mit seinen brennenden Augen. *Was für eine Tücke und Verschlagenheit aus diesen Augen spricht*, dachte Adrian – und er musste seine ganze Kraft aufbieten, um nicht zurückzuweichen, als der Drache zum Angriff überging. Er dachte an das Versprechen, das er Elsa gegeben hatte, und stellte sich vor ihren Vater.

Der schlangenähnliche Kopf schnellte hervor und

spuckte einen Feuerstrahl direkt auf Elsa. Schreiend stürzten Adrian und Trymman zu ihr. Der Feuerstrahl hatte Eolandes Schutzschild durchstoßen, wühlte den Boden auf und verkohlte den Stein, auf dem Elsa eben noch gestanden hatte.

Jetzt stand sie nicht mehr dort. Beim Angriff des Drachen hatte sie sich gestreckt und um seinen Kopf herum einen Schlag gegen seinen Hals geführt. Wieder brüllte der Drache gellend und schoss nach oben.

Elsa schwankte und fiel herunter. Ihre Kleider waren verkohlt und ihre Haare brannten. Der sengende Wind der Drachenflügel warf Adrian fast um und er stolperte. Trymman war bereits bei Elsa. Er erstickte die Flammen in ihren Haaren mit seinem Mantel und sie wankten zu dritt in den Schutz der steinernen Tore zurück.

Dort kniete Eolande. Cluaran hatte die Arme um sie geschlungen und stützte sie. Ihre Lippen waren weiß, schon schien die Lücke im Schild wieder geschlossen: Die Hitze war hier geringer und um sie brannte kein Feuer.

„Sie hält nicht mehr lange durch!“ Panik hallte in Cluarans Stimme wider.

„Nur noch ein wenig“, sagte Eolande schwach. „Sie kommen.“ Zu schwach, den Kopf zu heben, blickte sie zum nördlichen Himmel auf.

Von dort näherte sich eine lang gestreckte Wolke, eine Schlangenlinie, die sich weiß vom letzten Rest des blauen Himmels abhob. Die Linie pulsierte in einem gleichmäßigen Rhythmus, der an den Flügelschlag eines Vogels erinnerte oder …

„Der Eisdrache!“, flüsterte Adrian. „*Jokul-dreki.*“

Und jetzt konnte er die Gestalt auch schon deutlicher erkennen: den Kopf mit dem Dornenkamm und die mächtigen, unablässig schlagenden Schwingen. Daneben flog in aufgeregtem Zickzack noch etwas anderes, Blauschwarzes – verglichen mit dem Eisdrachen ein kleiner Fleck, obwohl es riesig sein musste, da man es trotz der großen Entfernung sah.

„Und Taragor“, fügte Eolande leise hinzu. „Ich habe ihn auch gerufen – diesmal um uns zu helfen.“

Elsa starrte sie an. Sie war nicht weniger erschrocken als Adrian. „Taragor – uns helfen? Aber er ist Lokis Geschöpf!“

„Nein“, flüsterte Eolande. „Jetzt dient er mir.“

Sie schrie plötzlich auf wie vor Schmerzen. Der Feuerdrache hatte wieder Feuer gespuckt: Knisternd hüllte es sie ein und tausend kleine Funken durchschlugen Eolandes Schutzschild und erloschen eine Handbreit von ihren Köpfen entfernt. Sengende Hitze raubte Adrian den Atem. Eolande sackte keuchend gegen Cluaran, Cluaran fuchtelte mit himmelwärts gewandtem Gesicht hektisch mit den Händen. Regen prasselte nieder – und verdampfte im Umkreis des Feuerdrachen sofort wieder. Erneut sperrte er seinen gewaltigen Rachen auf.

Hinter ihnen ertönte ein gellender Schrei und das

fliegende Ungeheuer bäumte sich auf. Trymman hielt eine Schleuder in der Hand und beugte sich über die Trümmer einer zerborstenen Steinplatte. „Dir werde ich es zeigen, du Scheusal!“, schrie er, hob wieder einen Steinbrocken auf und ließ ihn fliegen.

Der Drache krümmte sich brüllend, schlug mit den Flügeln und stieg einige Meter höher. Cathbar schrie etwas, das im Donnern des Drachen unterging, rannte zu dem Trümmerhaufen und schleuderte einen faustgroßen Brocken zum Drachen hinauf. Das Ungeheuer bog den Kopf zur Seite und schlug wieder mit den Flügeln – und starrte mit einem gelben Auge listig zum Steinkreis hinunter. Adrian spähte verzweifelt nach Norden, doch die beiden Drachen waren immer noch mehrere Meilen entfernt. *Beeilt euch! Wir können Loki nicht mit Steinen aufhalten!*

Brausend flog der Gletscherdrache durch die Luft. Adrian spürte sein Unbehagen und blickte durch seine Augen auf die verschwommene schwarze Schneise der Verwüstung, der er folgte. Vor ihm ragte der in Feuer gehüllte Steinkreis auf, und darüber schwebte die Kreatur, die sein Land verbrennen wollte. Einen weiteren Ansporn brauchte er nicht, den kleineren Drachen hatte er schon weit hinter sich gelassen. Ein Wind aus Norden erfasste ihn und trieb ihn noch schneller auf sein Ziel zu. Adrian kehrte in sich selbst zurück. Cluaran stand neben ihm und lenkte den Wind mit den Händen.

„Komm!", flüsterte er, „komm schnell!" Wie zur Antwort donnerte es, diesmal tiefer und länger als zuvor, und sie spürten zum ersten Mal den Luftzug der gewaltigen Schwingen – er roch nach Schnee und schnitt kalt durch die sengende Hitze.

Auch der Feuerdrache hatte den Neuankömmling gesehen. Er wendete und schoss einen Flammenstrahl über den Himmel. *Jokul-dreki* schnaubte und vor seinen Nüstern erschien eine Atemwolke aus Eis. Als Feuer und Wolke aufeinandertrafen, zischte und knisterte es lauter, als der Donner und das Feuer erlosch. Zurück blieb nur schwarzer Rauch, den der fliegende Gletscherdrache mit den Flügeln zur Seite schlug. Er war näher gekommen und stand nun wie eine weiße Wolkenbank vor dem nördlichen Horizont. Der Feuerdrache brüllte wütend und spuckte wieder Flammen. Diesmal brannte der ganze Himmel über ihnen, und *Jokul-dreki,* der genauso groß war wie der Feuerdrache, flog mitten in die Feuersbrunst hinein.

Flammen umzüngelten ihn und einen langen Moment war er überhaupt nicht mehr zu sehen. Dann tauchte er wieder auf und schüttelte die Flügel. Ein eisiger Windstoß blies seinem Gegner einen Schauer kleiner Wasser- und Eistropfen ins Gesicht.

Die im Steinkreis eingeschlossenen Gefährten empfanden die kalte Luft als Segen. Elsa trat unter dem schützenden Steintor hervor und sah beklommen zu den beiden Ungeheuern hinauf, die sich am Himmel umkreisten und nach einem Vorteil suchend immer höher stiegen. In das Donnern ihrer Flügel mischte sich ihr Gebrüll. Schwarze Wolken, aus denen Blitze zuckten, hüllten sie ein und machten sie unsichtbar.

„Ist der Feuerdrache schon geschwächt?“, fragte Adrian, der neben Elsa stand und ebenfalls nach oben blickte.

Elsa schüttelte zweifelnd den Kopf. „Ich glaube ... er hat den Eisdrachen verwundet ...“

Adrian hatte Mühe, sie zu verstehen, aber er folgte ihrem Blick durch den Rauch und sah den eingerissenen, gezackten Rand eines gewaltigen weißen Flügels.

Der Feuerdrache nützte seinen Vorteil aus und überschüttete *Jokul-dreki* mit Flammen, deren Hitze bis zu den Zuschauern am Boden ausstrahlte. Adrian spürte ein Kribbeln in den Haaren. Der weiße Drache geriet ins Taumeln.

Da tauchte aus dem Nichts Taragor neben ihm auf.

Wie ein Speer flog er auf die Flanke des Feuerdrachen zu. Im Vergleich zu ihm wirkte er winzig, aber scharfkantig wie ein Feuerstein. Ein Auge war zerstört und erloschen, ein Bein hing nach unten, doch eine blinde, bedingungslose Wut trieb ihn weiter an. Adrian schmeckte sie förmlich, als der Drache über ihn hinwegbrauste.

Der Feuerdrache riss seinen Rachen auf, um wieder Flammen zu speien – da raste Taragor durch seinen Flügel hindurch geradewegs in seine Seite hinein. Kreischend und mit Flammen bedeckt löste er sich wieder von ihm, doch der Feuerdrache brüllte, wie Adrian ihn noch nie hatten brüllen hören, und stürzte nach unten. Erst knapp vor den obersten Steinen fing er sich wieder, doch inzwischen hatte Taragor schon gewendet und flog erneut auf ihn zu. Er war versengt und zerzaust, doch seine Wut ungeschmälert.

Immer wieder griff der blaue Drache das Ungeheuer an und immer wieder zog er sich brennend zurück, um mit dem nächsten Angriff noch mehr Schaden anzurichten. Der Feuerdrache drehte sich auf der Stelle und versuchte mit zuckenden Kopfbewegungen das kleine Ding zu erwischen, das sich erdreistete, ihm wehzutun. *Jokul-dreki* erholte sich unterdessen und bog den riesigen Kopf in den Nacken, um eine weitere eisige Atemwolke auszustoßen.

Weiße Wolken türmten sich über dem Steinkreis und überzogen die obersten Steine mit Eis. Sowohl Taragor wie der Feuerdrache verschwanden in ihnen und rotes Feuer leuchtete durch die Wolken. Wieder atmete *Jokul-dreki* aus. Das feurige Ungeheuer in der Wolke brüllte. Blitze schossen aus den Wolken und schlugen zischend und krachend in die Erde um den äußeren Steinkreis ein. Taragor flog aus der Wolke senkrecht nach oben. Seine Schuppen waren weiß verkrustet. Die Wolke löste sich auf. Der Feuerdrache schwebte noch in der Luft, doch seltsam verändert: Er blendete nicht mehr mit seinem gleißenden Feuer, sondern glühte rotschwarz wie geschmolzenes Gestein. Ein letztes Mal schlug er mit den Flügeln, dann zerbarst er mit einem Getöse, als prallten Welten aufeinander.

Schwarze Glasscherben regneten auf die Erde nieder, und Adrian riss Elsa unter das Tor zurück, das unter dem Lärm erzitterte. Dann hüllten nur noch Wind und Regen sie ein und der ohrenbetäubende Nachhall des Kampflärms.

23. Kapitel

Der Feuerdrache war verschwunden, doch Elsa konnte nicht glauben, dass schon alles vorbei war.

Ihr dröhnten immer noch die Ohren von dem Lärm, mit dem das Ungeheuer zugrunde gegangen war. Das Feuer war erloschen, auf den erhitzten Steinen des Steinkreises zischten die letzten Regentropfen. Die Erde war vom Kampf des Drachen aufgewühlt und verbrannt und mit den glänzenden schwarzen Splittern übersät, in die sich sein Körper aufgelöst hatte.

Eolande lehnte erschöpft an einem steinernen Pfeiler, Cluaran beugte sich über sie. Cathbar schüttelte Trymman die Hand.

„Das mit den Steinen war ein guter Einfall!", sagte er.

„Elsa hat Euer Lob noch viel mehr verdient", erwiderte Trymman mit stolzem Blick auf seine Tochter.

Doch Elsa schüttelte den Kopf.

Ich habe den Drachen nicht getötet, wollte sie sagen. *Das war Jokul-dreki. Außerdem …*

Etwas stimmte nicht.

Das Kristallschwert pulsierte schwach in ihrer Hand

und sie hörte Ioneths Stimme in ihrem Kopf sagen: *Nicht tot ... noch nicht ...*

Die beiden überlebenden Drachen brachen auf. Taragor flog langsam und schwerfällig. Seine Flügel waren zerfetzt, sein lahmes Bein hing noch tiefer nach unten. Alle Wut schien aus ihm gewichen und Elsa empfand unwillkürlich Mitleid mit der geschundenen Kreatur.

Jokul-dreki schwebte unmittelbar über ihnen und hatte den langen Hals so gebogen, dass er mit einem großen grünen Auge auf Adrian hinunterblickte.

„Er ist weg", rief Adrian ihm zum Abschied zu, „und dein Land gerettet! Du kannst jetzt schlafen, ich werde dich nicht mehr stören!"

Elsa überlegte gerade, ob der Eisdrache ihn wohl verstand, da neigte *Jokul-dreki* wie zur Antwort den Kopf. Dann schlug er donnernd mit seinen zerfetzten Schwingen, stieg auf und entfernte sich nach Norden.

Cathbar blickte der weißen Gestalt nach. „Tja", sagte er, „Loki ist also tot. Ich hätte nicht geglaubt, dass wir es schaffen."

Wieder meldete sich in Elsa das Gefühl, dass etwas nicht stimmte. Im Steinkreis war Ruhe eingekehrt. Es hatte aufgehört zu regnen und der Wind hatte sich gelegt. Sogar die von Cluaran beschworenen grauen Wolken lösten sich auf. Und trotzdem wurde Elsa das Gefühl nicht los, dass die Gefahr noch nicht gebannt war.

„Wir haben es noch nicht geschafft“, sagte sie. Das Schwert in ihrer Hand vibrierte. „Loki ist nicht tot. Der Drache war nur ein Teil von ihm …“ Ioneth schrie in ihrem Kopf auf und Elsa fuhr herum.

„Er ist hier!“

Bravo.

Wie eine Glocke tönte die melodische und zugleich verhasste Stimme in ihrem Kopf. Zwischen zwei Steinen des äußeren Steinkreises stand Loki.

Du wusstest doch, dass ich dich eines Tages holen würde. Dich und … Ioneth.

Flammen züngelten um seinen Kopf und aus seinen Augen und tauchten seinen schwingenden schwarzen Mantel in einen orangefarbenen Schein. Adrian und Elsas Vater begannen aufgeregt zu schreien, doch Elsa hörte sie nicht. Lokis Stimme füllte ihren Kopf ganz aus: *Komm zu mir …* Sie machte einen Schritt auf ihn zu und dann noch einen.

Sie hörte Ioneth etwas rufen und spürte die Spannung in ihrem Arm. Doch das Schwert, das sie vor sich hielt, leuchtete nur matt und war kaum zu sehen. Elsa schloss die Hand fest um die Stelle, wo der Griff des Schwertes sein musste, und versuchte sich einzureden, dass sie ein wirkliches Schwert in der Hand hielt. Zweimal hatte sie damit zugeschlagen, ohne viel zu spüren, und den Feuerdrachen verwundet. Ohne weiter zu überlegen, stürzte sie nach vorn und stieß die Klinge tief in die Brust hinter dem schwarzen Mantel.

Sie spürte nicht den geringsten Widerstand. Sie zog das Schwert heraus, um noch einmal zuzustoßen – da hielt etwas sie fest und zog sie auf das Dunkel vor ihr zu. Der Mantel blähte sich und füllte ihr Gesichtsfeld aus. Hinter ihm war nichts als Leere und die unwiderstehliche Stimme.

Komm.

„Elsa!"

Die Stimme ihres Vaters, die vor Panik und Wut heiser klang, brach den Zauber. Hände zogen sie unsanft zurück. Sie fiel auf den mit Asche bedeckten Boden. Verwirrt blickte sie auf. Adrian stand mit angstvoll aufgerissenen Augen über ihr, und ihr Vater und Cathbar hielten sie an den Schultern fest, als könnte sie sich losreißen und zu dem Dämon zurücklaufen, der sie vernichten wollte. Selbst Eolande war aufgestanden. Sie stützte sich auf Cathbars Arm und blickte besorgt auf Elsa hinunter.

„Er wollte dich aus dem Steinkreis herausziehen", sagte sie. „Und die Herrschaft über deine Gedanken an sich reißen ... wie er es einst bei mir getan hat. Aber du bist stärker, als ich damals war. Kämpfe gegen ihn!"

Elsa richtete sich mühsam auf. Loki stand immer noch von Flammen umzüngelt am Rand des Steinkreises. Über sein Gesicht spielte ein spöttisches Lächeln. Mit der ausgestreckten Hand winkte er sie zu sich.

Komm, Elsa, schlage nach mir! Kämpfe gegen mich!

Sie machte einen Schritt auf ihn zu und blieb stehen.

„Nein“, sagte sie, bemüht, ihre Stimme fest klingen zu lassen. „Ich gehe nicht mehr zu dir. Komm du in den Kreis!“

Lokis Hand erstarrte.

Das spöttische Lächeln wurde immer breiter und zwischen seinen Lippen erschienen weiße Zähne und dahinter Feuer.

„Warum nicht?“, sagte er, und diesmal tönte seine Stimme so laut durch den Steinkreis, dass die grauen Pfeiler erzitterten. „Was habe ich zu fürchten?“ Er begann zu wachsen und der Mantel wirbelte um ihn wie ein schwarzer Nebel voll sprühender Funken.

Eolande legte Elsa die Hand auf den Arm. „Bist du bereit?“, murmelte sie.

Nein!

Ioneth hatte gerufen, laut und deutlich und voller Panik. *Lass ihn nicht näher kommen,* flehte sie. *Ich bin zu schwach!*

Aber wir müssen jetzt kämpfen, erwiderte Elsa. Die wirbelnde schwarze Wolke, in der Loki sich verbarg, war inzwischen fast so groß wie die Steine. *Die Zeit ist gekommen – sie kommt nicht noch einmal.*

„Sie darf ihn nicht berühren!“

Cluaran stand auf einmal neben ihr und hielt ihre Hand fest. „Nein – bitte nicht!“, krächzte er atemlos. „Du merkst doch, dass sie zu schwach ist.“

Doch Eolande zog ihn zurück. „Sie muss“, sagte sie. „Elsa und Ioneth müssen jetzt kämpfen.“

„Er wird sie beide verschlingen“, stöhnte Cluaran und ließ die Hände sinken.

Jetzt, hallte es durch Elsas Kopf und sie trat auf den schwarzen Wirbel zu, der vor ihr aufragte. Sie hob ihre leuchtende Hand.

Ich brauche mehr Kraft, flüsterte Ioneth. Plötzlich brach ihre Stimme aus Elsas Mund: „Cluaran!“

Elsa fuhr herum. Cluaran sah sie mit schreckensstarrem Ausdruck an. Sie erwiderte den Blick verwirrt. „Ioneth sagt …“

Cluaran nickte. „Ja, natürlich.“ Er wandte sich an Eolande. „Mutter – hier erfüllt sich mein Schicksal. Verzeih mir, wenn ich dich verlasse.“

„Es gibt nichts zu verzeihen“, erwiderte Eolande. Sie umarmte ihn, murmelte etwas, das Elsa nicht verstand, hielt ihn an den Schultern fest und blickte ihm ins Gesicht. „Geh zu ihr, Cluaran. Geh mit meinem Segen.“

Elsa lauschte ihnen mit wachsender Angst. Vor ihrem geistigen Auge erschien das Bild eines schwarzhaarigen Mädchens, das sich auflöste und mit dem Schwert verschmolz, während der neben ihr kniende junge Mann flehentlich darum bat, ihren Platz einnehmen zu dürfen.

Cluaran wandte sich Elsa zu und sie sah das von Hoffnung und Angst verklärte Gesicht eines jungen Mannes vor sich. „Was muss ich tun?“, fragte er.

Elsa öffnete den Mund und wusste nicht, was sie sagen sollte. Da sprach Ioneths Stimme durch sie.

„Nimm meine Hand."

Cluarans Hand fühlte sich warm und trocken an, obwohl sie ein wenig zitterte. Der schwache Schein des Schwerts fiel auf seinen Arm und schien mit seiner Haut zu verschmelzen. Es wurde vor Elsas Augen heller, breitete sich wie schimmernder Nebel aus und hüllte Cluaran ein.

Cluarans Gestalt begann vor ihr zu verschwimmen. Er riss die Augen auf, und Elsa war bewusst, dass er in diesem Moment nicht ihr Gesicht sah, sondern das einer anderen.

Geliebter!, flüsterte Ioneth in ihrem Kopf.

Elsa sah nur noch das Leuchten. Cluarans Hand in ihrer Hand zitterte – und plötzlich hielt sie das Heft eines Schwerts, das sich fest anfühlte und so vertraut, als halte sie es schon ihr ganzes Leben lang. Neue Kraft durchströmte ihren Arm und das Schimmern bündelte sich zu einem gleißenden Strahl weißen Feuers.

Das Kristallschwert war zurückgekehrt.

Elsa begann zu zittern. Das Schwert in ihrer Hand blendete sie. Es leuchtete so hell wie damals vor Monaten, als es ein Teil von ihr geworden war. Doch Cluaran war verschwunden – als hätte es ihn nie gegeben. Der Platz, an dem er gestanden hatte, war leer, und nur verbrannte Erde war zu sehen. Schuldgefühle und Angst überkamen Elsa.

„Er ist nicht wirklich verschwunden." Eolande stand neben ihr. Über ihr Gesicht strömten Tränen, doch ihre

Stimme klang drängend. „Benütze, was er dir gegeben hat, schnell!"

Eine Flammensäule war in den Steinkreis vorgedrungen. Sie überragte die höchsten Steine und tauchte sie in blutrotes Licht. Trymman, Cathbar und Adrian rannten darum herum, warfen Steine auf sie, wichen rasch zurück und griffen wieder an. Die Säule hatte die Gestalt eines Menschen – eines Riesen, der wie der Drache aus Feuer bestand, dessen Füße den Boden, über den sie gingen, verbrannten und aus dessen Fingerspitzen Flammen schossen. Dort wo ihn Steine trafen, kräuselte sich die Oberfläche. Die getroffene Stelle wurde einen Moment lang hell und substanzlos, dann füllten Flammen sie wieder aus.

Der Riese blieb stehen. Er richtete seine weiß leuchtenden Augen auf Elsa, öffnete seinen Mund, der so schwarz und tief war wie der Schlund des Drachen, und spuckte Feuer.

Hab keine Angst, sagte Ioneths Stimme in Elsas Kopf. Elsa hörte sie lauter und deutlicher denn je. *Du hast den Drachen verwundet, obwohl ich nur schwach geleuchtet habe.*

Elsa hatte keine Angst. Das Schwert lag fest in ihrer Hand und durchströmte sie mit seiner Kraft. Und die Worte, die sie in ihrem Kopf hörte, kamen nicht mehr nur von einer, sondern von zwei Stimmen, ineinander verflochten wie die Stimmen eines Liedes und ihr zutiefst vertraut. Sie hob das Schwert, das in ihrer Hand leuchtete wie ein Blitz, und führte einen Schlag gegen die Beine des brennenden Riesen.

Flammen umhüllten sie und fielen von ihr ab, ohne ihr etwas anhaben zu können. Eolande beschützte sie ein letztes Mal. Der Riese brüllte und krümmte sich vornüber. Er fiel auf die Knie und auf ihr Schwert zu, verwandelte sich in einen Feuersturm und wich wieder zurück. Dicke schwarze Rauchfäden stiegen aus den Flammen auf, schlangen sich um Elsa und tasteten nach ihrem Hals.

Schlag noch einmal zu!, riefen die beiden Stimmen, und sie schlug mit dem Schwert nach oben und durchtrennte die Rauchfäden, als bestünden sie aus Fleisch und Blut. Wieder brüllte der Riese auf – und eine undurchdringliche schwarze Rauchwolke hüllte sie ein, und sie sah nur noch das Schwert in ihrer Hand leuchten. Sie ging durch das Dunkel – und stand unversehens vor einem der steinernen Pfeiler.

Verwirrt wich sie zurück. Gewaltig ragte der Pfeiler vor ihr auf, und sie streckte die Hand aus, um sich an der rauen Oberfläche abzustützen.

„Fass ihn nicht an!", schrie Eolande.

Die steinerne Oberfläche kräuselte sich und Elsa hob das Schwert. Der Pfeiler verschwamm und löste sich auf. An seiner Stelle erschien eine kleine menschliche Gestalt: Adrian, der die Hände abwehrend erhoben und die Augen vor Schreck aufgerissen hatte.

„Steht mir bei!", murmelte Elsa und schlug mit geschlossenen Augen zu. Als sie die Augen wieder öffnete, sah sie vor sich nur Nebel.

Er wird schwächer!, feuerten die beiden Stimmen sie an. *Treib ihn gegen die Steine!*

Sie fand jedoch keine Gelegenheit dazu. Nur das leuchtende Schwert in ihrer Hand behielt seine Gestalt, alles andere veränderte sich in rascher Folge. Der Nebel wurde zu einem Wald, dessen Bäume brannten, als sie auf sie einhieb, dann zu einer Flutwelle, die über ihrem Kopf zusammenschlug, dann zu einer Menge von Menschen, die alle aussahen wie Adrian, wie ihr Vater, wie sie selbst ... Elsa konnte nur an ihrem Platz ausharren und das Schwert halten, während Cluaran und Ioneth ihr die Hand führten. Manchmal glaubte sie, Loki getroffen zu haben, doch meist löste er sich unter ihren Schlägen und Hieben einfach in Nichts auf und verspottete sie alsbald in einer neuen Gestalt. Sie hörte die warnenden und anfeuernden Zurufe ihrer Gefährten, ohne sagen zu können, ob sie wirklich deren Stimmen oder nur die Stimme Lokis hörte.

Als Nächstes sah sie sich von Wölfen mit heraushängender Flammenzunge umringt, die immer näher kamen, während sie sich im Kreis drehte und auf sie einschlug. Eolande schrie gellend auf und verstummte schlagartig. Die Wölfe verschwanden und Loki stand ihr wieder in Menschengröße und allein gegenüber.

Er lächelte breit, aber das Lächeln galt nicht Elsa.

„Eolande", flüsterte Loki, „ich habe deinen Zauber

gebrochen. Du siehst, es nützt nichts, sich gegen mich aufzulehnen."

Er wandte sich Elsa zu und sein feuriger Mund öffnete sich weiter. Er streckte die Arme nach ihr aus und aus jeder Hand wuchs ein rot glühendes Schwert. Elsa spürte die Hitze auf ihrem Gesicht. Langsam kam er näher. Sie hörte Eolande hinter sich weinen.

„Und jetzt, meine Kleine", sagte Loki, „jetzt kämpfen wir."

Adrian hielt es nicht mehr aus. Er hatte zusammen mit den anderen aus einiger Entfernung zugesehen, wie Elsa gegen den ständig die Gestalt wechselnden Loki kämpfte. Eolande, die neben ihm stand, hatte versucht, ihren Schutzzauber aufrechtzuerhalten, und er hatte bei jeder Gelegenheit mit Steinen geworfen, vielleicht konnte er Elsa damit ja ein wenig helfen. In all seinen Verwandlungen gab Loki stets acht, nicht zu nahe an die Steine zu kommen. Streifte er einen, flackerten die Umrisse seiner Gestalt und verloren an Dichte. Die von den Gegnern geworfenen Steine hatten dieselbe Wirkung, doch gegen eine Macht, die selbst dem Kristallschwert widerstand, konnten sie nichts ausrichten.

Dann hatte Eolande vor Schmerzen aufgeschrien und die Trugbilder waren verschwunden. Einen Augenblick lang hatte Adrian geglaubt, Elsa habe den tödlichen Streich geführt – doch Loki stand weiter lachend vor ihr und Eolande war zu Boden gesunken.

„Ich kann Elsa nicht mehr schützen!“, schluchzte sie. „Es geht nicht mehr ... Aber die Flammen dürfen sie nicht berühren!“

Schritt für Schritt näherte Loki sich Elsa und schwang die beiden flammenden Schwerter durch die Luft. Elsa erwartete ihn äußerlich ruhig und konzentrierte sich auf den Moment, in dem sie zuschlagen würde. Adrian packte den Stein in seiner Faust fester. Falls Elsa Loki nicht traf ...

„Nein“, flüsterte Loki und hob die Arme hoch. Flammen brachen aus den Schwertspitzen, breiteten sich nach beiden Seiten aus und bildeten einen Ring aus Feuer um Elsa.

Gehalten wurde der Ring von einem Dutzend anderer Lokis, ähnlich den Pfeilern, welche die hängenden Steine trugen. Sie lachten alle mit schlundartigen Mündern und kamen langsam näher.

Ein Dutzend Silberkettchen blitzten im Schein des Feuers rot auf.

„Komm, Elsa.“ Die melodische Stimme kam aus einem Dutzend Kehlen gleichzeitig und hatte einen hässlichen Unterton. „Was nützt dir dein Schwert jetzt noch?“

Plötzlich wusste Adrian, was er zu tun hatte.

Er duckte sich zwischen zwei feurigen Gestalten hindurch, ohne auf Cathbars Rufe zu achten, und stellte sich neben Elsa. „Lass dich nicht von mir ablenken“, sagte er auf ihren erstaunten Blick. „Halte das Schwert bereit, und wenn ich auf einen zeige, greifst du ihn an."

Bevor Elsa protestieren konnte, schloss er die Augen, holte tief Luft und ließ seinen Blick in dem feurigen Kreis herumwandern.

Übermächtiger Zorn schlug ihm entgegen, der ihm den Atem nahm, doch er hielt wacker stand, streckte wie ein Schiffbrüchiger den Kopf über die Wogen und zwang sich, durch ein brennendes Augenpaar nach dem anderen zu blicken ...

Immer enger schloss sich der Ring um Elsa. Die Schwerter verschmolzen zu einem Wald aus Flammen und die Mäuler lachten über Elsas Ratlosigkeit. Adrian spürte die Hitze an seinem Körper. Sie versengte ihm Kleider und Haare. Er wandte sich der nächsten Gestalt zu.

Sie hätte ihn fast hinweggefegt. Blind klammerte er sich an die flammenden Augen, damit sie ihm nicht entwischen konnten, und packte Elsas Hand.

„Da!", stieß er hervor. „Der ist es!"

Loki bemerkte ihn und versuchte ihn abzuschütteln, doch er hielt sich mit aller Macht fest. Elsa hatte nur diese eine Gelegenheit. Adrian sah tosendes Feuer ... und eine kleine schwarze Gestalt, die einen Lichtstrahl in der Hand hielt und diesen jetzt zwischen die flammenden Arme stieß. Zu spät bemerkte er, wie das Ungeheuer um sich schlug und sich selbst mit seinem Feuer in Brand setzte, weil das Kristallschwert sein Herz durchbohrt hatte. Alles explodierte in einem Blitz, der so grell war, dass kein Auge ihn ertragen konnte. Dann erlosch das Licht wie eine Kerzenflamme und auch um Adrian wurde es Nacht.

24. Kapitel

Vier Tage später hatte die Welt sich bereits verändert.

Als sie nach Osten aufgebrochen waren, war ihnen auf der Straße fast niemand begegnet, sie sahen allerdings auch keine bewaffneten Banden. Am folgenden Tag wagten sich schon wieder die ersten Fuhrleute und Straßenhändler hervor. In der Nähe von Venta Bulgarum begegneten sie Reisenden, die versicherten, die Soldaten des Königs hätten die ins Land eingefallenen Dänen vertrieben.

Ein friedlicher Sommermorgen war angebrochen und Elsa schüttelte ihre Decke aus. *Ob die Menschen Loki und seine Machenschaften wohl schnell vergessen würden?*

Ihr Blick fiel auf Adrian, der das Gesicht der aufgehenden Sonne zugekehrt hatte, die er nicht mehr sehen konnte. *Nein,* dachte sie, *nicht alle.*

Sie verstand immer noch nicht, wie er den Verlust seines Augenlichts so gefasst und klaglos hinnehmen konnte. Sie hatte Eolande angefleht, seine Augen zu heilen, so wie Eolande und ihre Schwester ihre Hand geheilt hatten. Als die Fay-Frau traurig erwidert hatte, dies übersteige ihre Fähigkeiten, hatte sie fast geweint vor Enttäuschung. Doch Adrian schien nicht unglücklich zu sein.

Und wenn er sich nicht beklagte, mit welchem Recht tat sie es? Sie hatte ja nichts verloren ... wenigstens nicht im Vergleich zu ihm. Ihr Blick fiel auf ihren Vater, der sich an einem Bach das Gesicht wusch. Ihr wurde warm ums Herz und fast hätte sie die seltsame Leere in ihrer rechten Hand vergessen. Denn das Schwert war verschwunden.

Nachdem sie Loki erstochen hatte – nachdem der gewaltige gleißende Feuerball, der den Steinkreis und den ganzen Himmel ausgefüllt hatte, verschwunden war, ohne einen einzigen Stein umzuwerfen –, war Totenstille eingekehrt. Sie hatte körperlos im Dunkeln geschwebt, im Nirgendwo. *Bestimmt bin ich tot,* hatte sie gedacht – doch dann war ihr Körper langsam zu ihr zurückgekehrt. Sie hatte sein Gewicht wieder gespürt und verschwommenes Licht wahrgenommen. Ihr Arm hatte unaufhörlich gepocht, Fäden aus Licht hatten sich von ihm gelöst und waren in der Luft geschwebt, und sie hatte wieder die Stimmen Ioneths und Cluarans gehört, die fast wie eine einzige Stimme klangen. Sie hatten ihr Lebewohl zugerufen und sie verlassen.

Bewegungslos hatte sie im Steinkreis auf der Erde gelegen. Neben ihrer rechten Hand lag ein silberner Panzerhandschuh.

Sie hatte nicht gewusst, was sie zu Eolande sagen

sollte, die ihren Sohn verloren hatte. Eolande hatte ihnen noch geholfen, ihre Brandwunden zu verbinden, dann war sie zu ihrem Volk aufgebrochen.

„Für mich gibt es hier nichts mehr zu tun", sagte sie leise. Elsa nahm ihre Hand und ihre Augen begannen zu brennen.

„Vielleicht kommen die beiden ja eines Tages wieder", sagte sie verlegen. „Ich habe ihre Stimmen gehört, Eolande, und weiß, dass sie zusammen sind."

„Er wollte es so", sagte Eolande. Sie hielt Cluarans Ranzen in den Händen und zog ein kleines, in schwarzes Leder gebundenes Buch heraus. „Das ist die Geschichte des Schwertes. Mein Mann Brokk hat sie geschrieben und mein Sohn hat sie weitergeführt. Ich will sie beenden, damit mein Volk weiß, was er für sie getan hat – und was du und deine Freunde getan haben."

Bevor sie ging, nahm sie Elsa und Adrian beiseite und streifte sich einen kunstvoll gearbeiteten Reif aus Holz und Metall vom Arm.

„Dieser Reif ist alles, was ich euch schenken kann", sagte sie. „Er wurde geschaffen, um die Kraft zweier Völker zu vereinen, und sein Zauber ist immer noch stark. Wenn ihr je Hilfe braucht, legt ihn in die Nähe einer Tür. Ich werde euch hören."

Elsa sah sie zweifelnd an. „Was werden Eure Leute dazu sagen? Ich habe erlebt, was sie von uns halten."

„Das muss sich ändern", sagte Eolande und für einen kurzen Moment blitzte in ihren Augen wieder der alte

Kampfgeist auf. „Zweimal haben sich Menschen und Fay jetzt schon verbündet. Wenn wir es nicht getan hätten, gäbe es uns alle nicht mehr.“

Sie fasste Adrian an den Händen und küsste ihn, dann umarmte sie Elsa. „Ich werde euch nicht vergessen“, murmelte sie.

Sie zeichnete eine Tür in die Luft, trat hindurch und verschwand mitsamt der Tür.

Noch am selben Tag verließen sie den Steinkreis. Die meisten Steine waren rußgeschwärzt und der Boden unter ihnen war verbrannt und aufgewühlt, doch würde das alles mit der Zeit verschwinden. Nur die blitzenden Obsidiansplitter des Drachen am Fuß der Steintore würden dann noch von dem Kampf künden, der hier stattgefunden hatte.

Auf dem Weg zur Straße hob Cathbar einen Splitter auf und wog ihn in der Hand. „Den bringe ich meinen Kindern mit“, sagte er und steckte ihn dann in seinen Ranzen.

„Ihr habt doch gar keine Kinder!“, sagte Elsa verwirrt. „Oder?“

„Noch nicht“, erwiderte Cathbar. „Aber ich habe jetzt Zeit.“ Er lächelte. „Ich habe jetzt für viele Dinge Zeit, denn ich glaube, wir müssen nicht mehr kämpfen. Obwohl ich in Übung bleiben werde.“ Er tätschelte den Bogen und den Köcher, die ihm über die Schulter hingen. Es waren Cluarans Waffen. „Eolande hat sie mir gegeben, bevor sie ging“, sagte Cathbar. „Ich soll sie in Ehren halten – und das werde ich auch.“ Er wurde plötzlich ernst. „Cluaran war ein tapferer Mann.“

Sie brauchten zwei Tage bis nach Venta Bulgarum, wo Cathbar auf seinen Posten als Hauptmann der königlichen Wache zurückkehren wollte. Als sie sich dem Stadttor näherten, konnte Elsa einen Schauder nicht unterdrücken. Das letzte Mal, als sie hier gewesen waren, hatten sie sich verkleidet in die Stadt geschlichen wie Diebe und um ihr Leben gebangt. Unwillkürlich suchte sie Adrians Nähe. Auch er wirkte nervös. Bestimmt hatte er noch schlimmere Erinnerungen: Sein Onkel hatte sie damals gejagt. Doch dann trat Cathbar zum Tor und grüßte die Wachen. Es stellte sich heraus, dass sie diesmal willkommen waren. Die beiden Wachen wollten ihren Hauptmann und seine Ehrengäste unbedingt beide zur Halle des Königs geleiten.

Beotrich brach eine Besprechung mit seinen Ratsherren ab, um sie persönlich zu begrüßen. Doch Elsa hatte keine Augen für den König, denn neben ihm stand ein Mann, den sie kannte. Sie hatte nicht damit gerechnet, ihn jemals wiederzusehen. Er trug den roten Mantel eines Ratsherrn, ansonsten sah er noch genauso aus wie bei ihrer letzten Begegnung.

„Aagard!“, rief sie und eilte zu ihm, um ihn zu umarmen.

„Endlich haben meine Sorgen ein Ende!“, rief der Alte. Er hielt sie auf Armeslänge von sich weg und betrachtete ihr Gesicht. „Ich habe so oft Angst gehabt, du könntest scheitern, und mich für das verflucht, was ich euch zugemutet habe. Verzeih mir, dass ich an dir und Adrian gezweifelt habe." Er wandte sich Adrian zu und sah, dass er erblindet war. Sein Gesicht verdüsterte sich. „Ich habe euren Kampf aus der Ferne beobachtet und hoffte, ich hätte mich geirrt. Du hast einen hohen Preis gezahlt, Adrian. Dein Schicksal bekümmert mich zutiefst."

In den letzten Tagen sei viel passiert, sagte er weiter. Beotrichs Männer und die zurückgekehrten Soldaten aus Sussex hätten die dänischen Angreifer an ihren Küsten zurückgeschlagen. Dagegen sei es im Osten zu weiteren Überfällen gekommen. Fanatiker seien im Königreich Kent gelandet und hätten mit Blut und Feuer eine neue Religion verbreitet. Vor zwei Tagen allerdings seien Soldaten Beotrichs aus Kent zurückgekehrt und hätten berichtet, die Armee, die ihnen in einem niedergebrannten Dorf gegenübergestanden hätte, habe plötzlich jeden Mut verloren. Die Soldaten hätten sich verwirrt umgesehen und nicht gewusst, was sie tun sollten. Die wenigen Angreifer habe man schnell besiegt, die meisten hätten einfach kehrtgemacht und seien weggegangen. Einige hätten geweint.

„Wir haben am selben Vormittag noch etwas anderes erfahren", sagte Aagard ernst. „Orgrim wurde tot in seiner Zelle aufgefunden."

Adrian zuckte zusammen und aus seiner Kehle kam

ein ersticktes Geräusch. Elsa nahm seine Hand, doch er fasste sich rasch wieder und hörte sich mit unbewegtem Gesicht an, was Aagard zu berichten hatte.

„Er starb keines gewaltsamen Todes, Adrian. Er wirkte ganz friedlich – als sei der Funke, der ihn noch am Leben hielt, einfach erloschen. Als ich das hörte, war ich sicher, dass auch Loki keine Bedrohung mehr für uns darstellt."

Beotrich wollte seinen Gästen unbedingt alle Ehren erweisen, die hochgestellten Nachbarn gebührten. Elsa, ihr Vater und Adrian wurden vom königlichen Rat empfangen und Cathbar hielt unter den Hochrufen der Ratsherren den silbernen Handschuh hoch. Elsas Hand pochte bei seinem Anblick – aber sie hatte mit ihm nichts mehr zu schaffen, dachte sie mit einer Mischung aus Bedauern und Erleichterung. Aagard schloss ihn in die Kiste ein, in der Elsa ihn gefunden hatte. Dort würden die Ratsherren und ihre Nachfahren ihn bis zu dem Tag aufbewahren, an dem er wieder gebraucht wurde.

Nach dem Empfang bat Beotrich Adrian, noch zu bleiben und mit ihm zu feiern, doch Adrian lehnte zu Elsas Erleichterung ab. „Ich muss nach Noviomagus zurückkehren", sagte er. „Dort wartet meine Mutter auf mich."

Aagard und Cathbar begleiteten sie zum Stadttor.

„Lebt wohl", sagte Cathbar. Er schüttelte Trymman die Hand, dann fasste er Elsa an den Schultern. „Wir sind alle stolz auf dich", sagte er. „Ich bin überzeugt, ich werde in den kommenden Jahren noch von dir hören, Elsa.“ Er wandte sich an Adrian. „Wenn wir uns das nächste Mal sehen, beuge ich bestimmt schon das Knie vor einem König. Ich freue mich, dass ich dich zuerst als Kampfgefährten kennengelernt habe.“ Seine Stimme klang rau. „Wenn ihr mich braucht, kommt mich besuchen. Ihr seid hier immer willkommen.“

Er und Aagard hoben die Hände zum Abschied und blickten ihnen vom Stadttor aus nach.

Zu dritt setzten sie die Reise fort. In Sichtweite der Stadt Noviomagus übernachteten sie zum letzten Mal zusammen. Zum Frühstück versammelten sie sich um die Überreste des Feuers vom vergangenen Abend und aßen das letzte Brot.

„Was wirst du tun?“, fragte Adrian Elsa. Er saß neben ihr und hatte das Gesicht dem Feuer zugewandt, als blicke er in dessen Flammenkern. Nur sein stilles, in sich gekehrtes Gesicht verriet, dass er blind war.

„Zur See fahren natürlich“, sagte Elsa. „Wir brauchen kein eigenes Schiff. Jeder Kapitän in Dubris nimmt meinen Vater als Ersten Ruderer.“ Stolz betrachtete sie ihren Vater, der das Feuer mit Asche bestreute. Sie wusste, dass er immer noch seinem Schiff nachtrauerte, es aber nie zugegeben hätte. „Ich habe mich aus eigener Kraft hochgearbeitet und werde das auch noch einmal tun“, hatte er gesagt.

„Und du?“, fragte Adrian. „Wirst du auch rudern?“

Er sagte nicht: *Werden sie dafür auch eine Frau nehmen?*, aber Elsa hörte die Zweifel in seiner Stimme.

„Sie werden sich um Trymmans Tochter reißen!“ Sie hoffte, dass sie Recht behielt – aber selbst, wenn nicht, sie würde auf jeden Fall wieder zur See fahren. „Sonst verkleide ich mich eben als Junge“, fügte sie hinzu. „Wie damals, als wir Dumnonia verlassen haben.“

„Möglich wäre es.“ Adrian klang nachdenklich. „Du müsstest dir dazu allerdings die Haare abschneiden. Sie fallen dir schon wieder über die Schultern.“

„Deine sind auch nicht kürzer ...“ Elsa brach ab. Adrian hatte ihr das Gesicht zugewandt. Seine Augen starrten sie leer an, aber er grinste.

„Woher weißt du, wie lang meine Haare sind?“, fragte Elsa.

Auf einem überhängenden Ast vor ihnen hüpfte ein Spatz entlang. Er hatte den Kopf schräg gelegt und sah Elsa mit einem schwarz glänzenden Auge an. Dann flatterte er auf den Boden, pickte einen Krümel neben ihrem Fuß auf und verschwand.

„Ich habe den Blick immer noch“, sagte Adrian und sein Gesicht strahlte, nicht nur wegen des Feuers. „Natürlich werde ich die Augen anderer Menschen nicht ohne ihre Zustimmung benutzen, Ehrenwort. Aber ich kann mir die Augen von Tieren und Vögeln leihen. Beim ersten Mal war alles noch so dämmrig, dass ich mir nicht sicher war – aber jetzt sehe ich mit jedem Mal deutlicher.“

„Adrian!“ Elsa ließ den letzten Bissen ihres Brotes fallen und umarmte ihn. „Er kann doch sehen!“, rief sie auf den fragenden Blick ihres Vaters hin. „Er ist immer noch ein Ripente!“ Und sie schlug mit den Fäusten in die Luft vor Freude. Trymman sah ihr erstaunt dabei zu.

„Aber dein Gelübde?“, fragte sie dann. Sie löschten das Feuer und schulterten zum letzten Mal ihre Bündel. „Kann man ein König sein und trotzdem ein Ripente bleiben?“

„Ja“, sagte Adrian und seine Stimme klang fest. „Mein Vater hat es nicht geglaubt, aber woher hätte er es wissen sollen? Ich habe ihm versprochen, dass ich König werde, und ich werde mein Versprechen halten. Aber ich bin nicht er, Elsa.“ Er sagte es ruhig und ohne Bedauern. „Ich bin kein Feldherr und kein Eroberer. Ich habe andere Fähigkeiten, die ich gebrauchen muss, wenn ich ein guter König sein will.“

„Wir brauchen keine Eroberer mehr“, sagte Elsa, und Adrian nickte. Schweigend gingen sie eine Weile nebeneinander her. *Du wirst ein guter König sein,* dachte Elsa, *sogar ein großer.* Die Mauern von Noviomagus rückten näher und sie spürte einen Kloß im Hals. Sie versuchte nicht daran zu denken. *Unsere gemeinsame Zeit geht zu Ende.*

In Noviomagus wurden sie bereits erwartet. Trymman, der vorausgegangen war, blieb stehen und sie legten die letzten Meter zur Stadtmauer gemeinsam zurück. Ein Wächter sah sie, rannte nach drinnen und rief etwas, und noch bevor sie das Stadttor erreicht hatten, erschien dort zu ihrer Begrüßung eine Frau.

Sie war schlank, hatte braunes Haar und eine fast so helle Haut wie Adrian. Mit einem Schrei eilte sie auf Adrian zu und schloss ihn in die Arme.

„Aagard hat mich benachrichtigt", sagte sie. „Wie habe ich mich nach dir gesehnt, Adrian – ach, deine Augen ..." Sie schluchzte kurz auf, ließ Adrian los und biss die Lippen aufeinander, wie Elsa es Adrian so oft hatte tun sehen.

„Willkommen", begrüßte sie Trymman und Elsa. „Ich bin Branwen von Sussex. Ihr seid die Freunde meines Sohnes und habt ihn zu mir zurückgebracht. Dafür bin ich euch dankbarer, als Worte es ausdrücken können."

Königin Branwen bereitete ihnen zwar keinen offiziellen Empfang wie Beotrich, war aber eine ebenso großzügige Gastgeberin. Die drei Reisenden konnten baden und erhielten frische Kleider, und anschließend wurde Adrians Rückkehr mit einem Festmahl gefeiert. Erst als sie gekleidet und gespeist waren, setzte Branwen sich zu ihnen und wollte hören, was sie erlebt hatten. Aagard hatte ihr schon von ihrem Bruder Aelfred berichtet – von seiner Verwandlung in den Zauberer Orgrim, seinem Verrat und seinem Wahnsinn. Adrian berichtete kurz über sein Ende, und seine Mutter senkte den Blick, um ihre Tränen zu verbergen. Doch dann fesselte die Geschichte der Drachen ihre ganze Aufmerksamkeit. Erregt nahm sie Adrians Hand, als er beschrieb, wie *Jokul-dreki* sich von dem Gletscher erhoben hatte und wie das Feuer aus dem Berg hervorgebrochen war. Elsa kam die ganze Geschichte schon unwirklich vor. Cluaran hätte sie viel besser erzählt, dachte sie mit einem Stich im Herzen.

Branwen hörte ihnen stumm zu, und Adrian erzählte, wie er im Land der Dänen seinem Vater begegnet war. „Theobald hat mir davon berichtet", sagte sie leise. „Du warst also die ganze Zeit dort?"

Adrian berichtete von der Ermordung Heoreds und Mutter und Sohn weinten. „Er hat mir aufgetragen, auf dem schnellsten Weg zu dir zurückzukehren", sagte Adrian. „Aber ich musste erst noch helfen, Loki zu besiegen. Er hat so viele getötet, nicht nur meinen Vater ... Ich habe an jenem Abend geschworen, dass ich für seinen Tod jeden Preis zahlen würde."

„Und war es den Preis wert?", fragte Branwen leise. „Dass du um der Rache willen nichts mehr siehst?"

Adrian schwieg einen Moment. „Nicht um der Rache willen", sagte er schließlich, „aber vielleicht um des Friedens willen."

„Meine Mutter wird zumindest vorerst gemeinsam mit mir herrschen", sagte er am folgenden Tag zu Elsa. Sie saßen auf einer Wiese vor der Halle des Königs. „Sie regiert als Königin, seit mein Vater nach Norden aufgebrochen ist, und das Volk liebt sie. Ich kann von niemandem so viel lernen wie von ihr."

Er wirkt trotz seiner Blindheit zufriedener als je zuvor, dachte Elsa – *und ganz blind ist er ja auch nicht.* Zu seinen Füßen lag ein junger Jagdhund, ein Geschenk seiner Mutter, der aufmerksam den Kopf gehoben hatte. Elsa wusste, dass Adrian sie durch die Augen des Hundes ansah.

Sie wandte sich ab. Adrian sollte ihr Gesicht nicht sehen. Bald mussten ihr Vater und sie aufbrechen, um ihr Glück im Hafen von Dubris zu versuchen. Sie wusste nicht, wie sie davon anfangen sollte, doch Adrian schien Gedanken lesen zu können.

„Mir ware es am liebsten, wenn ihr beide hierbleiben würdet", sagte er. „Was hältst du davon, Elsa? Könntest du hier leben?"

Elsa betrachtete die friedliche Umgebung – die blühenden Büsche, die weißen Gänse auf dem See und die große Halle hinter ihnen. Einen Augenblick lang hätte sie am liebsten Ja gesagt. Doch dann schüttelte sie den Kopf.

„Das geht nicht, tut mir leid – ich werde dich wahnsinnig vermissen, Adrian. Aber mein Vater gehört auf das Meer. Zwischen vier Wänden ist er nicht lange glücklich. Und ich auch nicht."

Adrian nickte traurig. „Ich dachte mir, dass du das sagen würdest. Aber dann habe ich eine andere Bitte."

Er hatte ihr das Gesicht zugewandt und auf seinen stillen Zügen wurde unterdrückte Erregung sichtbar. „Könntet ihr auf eurer ersten Seereise etwas für mich erledigen?"

„Natürlich", sagte Elsa verwirrt. „Was denn?"

„Dann rufe ich die Schiffbauer noch heute zusammen!", rief er. „Denn für diesen Auftrag braucht ihr ein eigenes Schiff – eine neue *Spearwa.* Und ihr werdet auch über Land reisen."

Eine neue Spearwa.

Elsa hatte es die Sprache verschlagen und sie konnte Adrian nur anstarren. Der Hund sah sie mit seinen klaren braunen Augen an.

„Ich schicke euch ins Frankenreich und zu den Dänen – und nach Schneeland", fuhr Adrian mit wachsender Begeisterung fort. „Ich möchte dem fränkischen Kaiser und dem dänischen König Freundschaftsbriefe schicken und mich mit ihnen verbünden. Und ihr sollt Essensvorräte und Gold zum Eisvolk bringen und zu Fritha und ihrem Vater. Als Dank und damit sie wieder aufbauen können, was Loki zerstört hat."

Elsa sah immer noch sprachlos zwischen ihm und dem Hund hin und her. „Was meinst du, Elsa?", fragte Adrian verunsichert. „Willst du das für mich tun?"

„Aber ja!", rief sie. „Wie kannst du daran zweifeln? Wir reisen für dich, so weit und so oft du willst. Ich weiß nicht, wie ich dir danken soll, Adrian."

„Niemand wäre dafür besser geeignet als du", sagte

er. „Und anschließend besuchst du mich und erzählst mir von deinen Reisen?“

„Ganz bestimmt“, versprach sie.

Am folgenden Tag wollten sie mit den Vorbereitungen anfangen. Doch jetzt saßen sie friedlich nebeneinander in der warmen Sonne. Adrian nahm Elsas Hand. Elsa lächelte und sie plauderten und blickten über die Felder zum Hafen und zum offenen Meer.

Vor der felsigen Küste Hibernias hoch im Norden fiel etwas vom Himmel.

Taragor hatte seine zerfetzten Flügel bis zum Äußersten beansprucht und sie versagten ihren Dienst. Sein Gegner war vernichtet, die unerträgliche Stimme in seinem Kopf verstummt. Nur sein Bauch brannte noch vom Feuer des Ungeheuers und er war so müde wie noch nie.

Einladend ragten die grauen Felsen der Küste vor ihm auf. Er steuerte im Sturzflug darauf zu und schlug hart auf das Wasser an ihrem Fuß. Es befeuchtete seine verbrannten Flanken und kühlte sie. Er faltete die Flügel zusammen. Hier, im heilenden Wasser, wollte er eine Weile ausruhen, um dann weiterzufliegen …

Der große Felsen sei aus dem Nichts aufgetaucht, sagten die Seeleute. Blaugrau und zerklüftet ragte er aus dem Wasser. Seine obere Hälfte, die an einen riesigen Kopf erinnerte, war sogar bei Hochwasser zu sehen. Abergläubische Schiffer mieden ihn und umfuhren ihn in weitem Bogen. Doch die Kinder betrachteten ihn von der Küste aus und ihre Eltern erzählten ihnen Geschichten aus längst vergangenen Zeiten, in denen Helden und Fabelwesen miteinander gekämpft hatten. Der Felsen wurde zu einem Wahrzeichen, das an jene Zeiten erinnerte, in denen solche Wesen die Lüfte bevölkert und die Welt verändert hatten.

Ein schlafender Drache.

Ravensburger Bücher Absolut lesenswert!

Ein Schwert im Kampf gegen die Dunkelheit

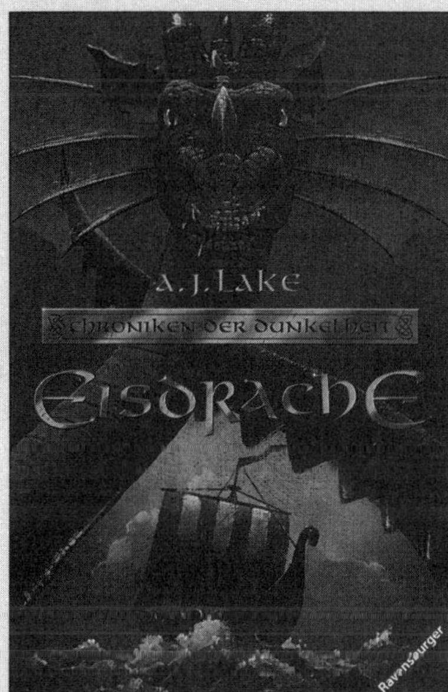

A. J. Lake

Eisdrache

Chroniken der Dunkelheit, Band 1

Prinz Adrian, Thronfolger von Sussex, ist auf der Flucht nach Gallien, da das Königreich von Feinden bedroht wird. Sein Schiff geht in einem Sturm unter, der von einer schrecklichen Kreatur heraufbeschworen wurde: dem Eisdrachen Taragor.

ISBN 978-3-473-34722-3

HC_08_024

www.ravensburger.de

Ravensburger

Ravensburger Bücher **Absolut lesenswert!**

Die Macht des Feuers

A. J. Lake

Kristallschwert

Chroniken der Dunkelheit, Band 2

Das Kristallschwert ruft Elsa ins Reich des Dämons Loki. Mit ihrem Freund Adrian macht sie sich auf zu jenem Ort, den sonst keiner zu betreten wagt: dem Feuerberg. Dort wurde das Schwert geschmiedet, dort wird sich seine geheime Macht enthüllen.

ISBN 978-3-473-**34733**-9

www.ravensburger.de

HC_08_074